U0147375

教育部人文社会科学重点研究基地
"齐鲁文化与中华文明文库"丛书　　江林昌 主编

楚辞与古代文明

代生——著

商务印书馆
The Commercial Press
创于1897

教育部人文社会科学重点研究基地山东师范大学齐鲁文化研究院

齐鲁文化传承与山东文化强省建设协同创新中心

资助成果

商务印书馆（上海）有限公司　出品
The Commercial Press（Shanghai）Co.Ltd

　　代生，1981年生，山东曲阜人，历史学博士，现为教育部人文社科重点研究基地山东师范大学齐鲁文化研究院副教授、山东省习近平新时代中国特色社会主义思想研究中心齐鲁文化研究基地研究员。先后在山东师范大学历史文化学院、烟台大学中国学术研究所、南京大学历史学系师从安作璋、江林昌、范毓周先生学习，获得历史学学士、硕士、博士学位。研究方向为先秦秦汉史、楚辞学、出土文献与古文字。在文、史、考古类期刊发表学术论文50余篇，多篇被人大报刊复印资料、《中国社会科学文摘》等全文转载或论点摘编。完成国家社科基金青年项目"清华简《系年》与东周国别史研究"1项，在研国家社科基金一般项目"清华简所见春秋史事研究"1项、省级课题2项，参与国家社科重大招标课题、国家社科基金项目多项。学位论文《考古发现与〈天问〉研究》获得山东省优秀硕士学位论文奖。

作者学术成果一览

一、主要著作

《清华简与儒家经典国际学术研讨会论文集》（副主编），上海古籍出版社，2017 年。

二、主要论文

1. 《咨政耆老与先秦治国理政——以清华简"书"类文献为中心的考察》，《暨南学报》2020 年第 10 期，人大报刊复印资料《先秦秦汉史》2021 年第 1 期全文转载，《中国社会科学文摘》2021 年第 3 期论点摘编。
2. 《由清华简〈系年〉再论两周之际〈诗经〉有关篇章的创作年代》，《华夏文化论坛》2018 年第 2 期。
3. 《清华简（六）郑国史类文献初探》，《济南大学学报》2018 年第 1 期。
4. 《孔子为政"先有司"思想再探》，《孔子研究》2017 年第 3 期。
5. 《清华简〈楚居〉与楚辞研究三题》，《济南大学学报》2016 年第 3 期，人大报刊复印资料《中国古代、近代文学研究》2016 年第 10 期全文转载。
6. 《清华简〈系年〉所见宋国史事初探》，《中国国家博物馆馆刊》2016 年第 7 期。
7. 《清华简〈系年〉所见郑国史事初探》，《中南大学学报》2015 年第 3 期。
8. 《清华简〈系年〉所见两周之际史事说》，《学术界》2014 年第 11 期，《中国社会科学文摘》2015 年第 5 期摘编。
9. 《齐侯壶新研》，《考古与文物》（中文核心，CSSCI）2012 年第 2 期。
10. 《出土文献与〈天问〉所见商末周初史事》，《四川师范大学学报》（中文核心，CSSCI）2012 年第 1 期。
11. 《也谈云梦睡虎地秦简〈魏律〉》，《史林》（中文核心，CSSCI）2009 年第 4 期。
12. 《楚辞所见东夷习俗二事考》，《民族艺术》，2007 年第 3 期（中文核心，CSSCI）。

总序

齐鲁文化的古典学意义

江林昌

自西周初年的分封之后，鲁国文化发展到春秋时期，出现了"孔墨显学"，继之而有"儒分为八，墨离为三"；齐国文化发展到战国时期，而有稷下学宫，诸子云集，百家争鸣，学派大盛。齐文化与鲁文化因此而为世人所敬仰。

秦国东灭六国、一统天下的过程中，齐文化中的法家思想、阴阳五行观念、神仙方士之术，都发挥过重大作用。继秦之后的西汉王朝，经过"文景之治"，到汉武帝时代，已是国力大增，疆土大扩，经济大盛。为适应农耕文明社会发展的需要，董仲舒上《天人三策》，著《春秋繁露》，以鲁文化中的儒学为核心，又广泛吸收百家思想之优点，尤其是融汇齐文化中的天人感应论、三统说、灾异说、阴阳五行说等内容。汉武帝及时采纳董仲舒的建议，司马迁又在《史记》里做了全面阐述，儒家学派因此由"子学"而上升为"国学"。但所谓"罢黜百家、独尊儒术"，并非消灭百家，而是以儒家为核心吸纳转化百家之精华，熔铸齐学之优长。因此，汉代的"儒术"，已非先秦鲁国文化中的纯儒学，而是融合了百家思想的"大儒学"了；汉代的"百家"，也非先秦单纯的各学派，而是经过儒学的同化创新的"新儒术"了。于是，先秦的"齐文化""鲁文化"经过秦、汉两次政治的大一统而转化融合为"齐鲁文化"了。从此以后，齐鲁文化作为中华传统文化的核心内容，在中华成熟文明发展道路上，与时俱进，转化创新，不断发挥积极作用。

在中华思想文化发展史上，齐鲁文化与中原文化、三晋文化、燕赵文化、关中文化、荆楚文化、吴越文化等区域文化本来都是独立发展、相互影响的。但因为以上所述的原因，在各区域文化中，齐鲁文化始终体现出其独特的优越性。也正因为如此，学术界一直将有区别的"齐文化""鲁文化"与融合后的"齐鲁文化"及其深远的影响价值，作为研究的重点，并已取得了较好成绩。但如果我们的研究就此止步，显然是不够的。因为，齐鲁文化还有许多重大问题有待于我们做深入探讨。

例一，齐文化与鲁文化为什么会呈现出不同的内涵特色？从自然地理环境来说明这种不同，固然是一个很好的角度，但仅此还不能完全说明问题。因为，西周以后的齐文化与鲁文化都是以泰沂山脉为生活背景的东夷文化为共同源头，同时又在不同程度上受到夏商周三代中原王朝政治文化制度的影响。这就需要我们深入探讨造成这种同源而异流的原因。这个问题分析清楚了，也就进一步找到了"齐文化"与"鲁文化"分流八百年之后，从战国后期开始至秦汉时期又合流为"齐鲁文化"的深层次原因，进而讲清楚了为什么齐鲁文化会成为中华优秀传统文化的主流文化。兹事体大，又涉及众多的专题，诸如环境变迁、黄河改道、夷夏东西、"禅让"、"世袭"、东夷文化与三代礼制、分封制与宗法制等，均需要做深入研究和综合分析。

这既是一个中华学术史上的重大课题，也是当今习近平新时代中国特色社会主义文化建设进程中建构"三大体系"、坚持"两个相结合"的时代课题。我们应该迎难而上，共克时艰。

例二，当我们解决了上述重大学术问题之后，便可接着攻克第二个重大学术课题，即在世界文明史背景下进行中外古典学的比较。法国著名古典学家让-皮埃尔·韦尔南指出："扎伊柴夫继雅斯贝尔斯之后也注意到，公元前7—2世纪之间，在中国、印度、伊朗、犹地亚、希腊等相距如此遥远的文明中，传统的宗教世界发生了深刻变化，出现了儒教、佛教、琐罗亚斯德教、犹太先知教以及希腊人对真理的哲学探索。但这样的比较同时也揭示了希腊的独特性。

希腊的变化不是在宗教领域内部发生的，新的思想形态是在宗教的边缘和外部形成的，有时甚至与某些宗教信仰或官方礼仪公开对立。"韦尔南从迈锡尼王权与希腊城邦之间的断裂关系中，揭示了希腊古典文化的"独特性"。

其实，春秋战国时期以齐学、鲁学为代表的中国古典学，与韦尔南所举例的希腊、印度、伊朗、犹地亚的古典学相比较，也有相当的"独特性"。这个"独特性"首先需要我们从中国历史学上的五帝时代到虞夏商周发展的连续性与变通性，从考古学上的新石器时代、青铜时代、铁器时代发展的总体连续性与区域多样性等角度，去寻找线索。其次，还需要我们在希腊、印度、伊朗、犹地亚等古典学产生的世界历史背景下做比较。在此基础上，我们可进而以马克思主义唯物史观为指导，具体分析中国古典学内涵的丰富性、特色的民族性、影响的深远性，进而建立中国古典学的学术体系、学科体系与话语体系。

山东师范大学齐鲁文化研究院是山东省属高校中唯一的教育部人文社科重点研究基地。"齐鲁文化研究"是该基地的工作重点。2016 年，我受山东师范大学的委托，为基地的发展草拟了一个以"齐鲁文化与中华文明传承创新研究"为目标的长远发展规划。这个规划幸能得到教育部社科司领导的肯定与全国学界同行的鼓励。为了能将这个规划的阶段性成果及时与学界交流，我们特设立了这套"齐鲁文化与中华文明文库"，不定期出版。

当今中国正处于五千多年农耕文明转型为现代工业文明，并处在中国特色社会主义现代化道路上快速高质量发展的宏大变革时期。马克思主义唯物史观表明，因生产力发展而引起的社会大变革，最终必将迎来思想文化的大繁荣。春秋战国时代，因铁器代替青铜器而引起了由血缘变地缘为特征的社会大变革，最终迎来了中国古典学的诞生。当今中国因科学技术而引起的社会大变革必将迎来中华民族的伟大复兴与中华文化的第二次大繁荣。正如习近平总书记所指出："这是一个需要理论而且一定能够产生理论的时代，这是一个需要思想而且一定能够产生思想的时代。"

欧洲的"古典学"发展到 15、16 世纪而有"文艺复兴"，从而迎来了西方社会的现代文明。中国的"古典学"发展到 21 世纪，在中国共产党领导下实现"两个百年"之后，也必将迎来新的伟大复兴。这个伟大复兴，必将迎来中国的"新古典学时代"。中国的"新古典学"既继承了五千多年中华文明史所孕育的丰富独特的传统文化，同时又在中国特色社会主义现代化建设中创造性转化、创新性发展，因而必将为人类社会的未来发展奉献中国智慧，影响巨大，意义深远。

殷切期望齐鲁文化研究院的学者们万分珍惜教育部人文社科重点研究基地这个崇高的平台，淡泊名利，潜心研究，为弘扬齐鲁文化，为复兴中国"古典学"，做永远坚定的努力。"我们不能辜负了这个时代！"

是为序。

2019 年立春之时

目　录

绪 论

楚辞历来被当作文学作品，而被称为"中国文学史上第一部浪漫主义诗歌总集"。然而，有关楚辞中的历史文化及其对中国古代文明研究的价值，两千多年来却一直未被学界重视。直至1917年，王国维发表《殷卜辞中所见先公先王考》，才真正揭示了楚辞所蕴含的历史文化内涵，进而开辟了利用楚辞研究中国古代文明之先路。可以说，对于20世纪的上古历史研究和今天的楚简、楚文化研究，楚辞都是重要的参考文献。

辞基础上对相关历史进行讨论，如《殷先公先王以日名之义及其发展》等篇。同时，姜亮夫还在前贤研究基础上，结合考古资料，进一步阐发了楚学与北方儒学不同体系的观点："鲁与三晋的史料，大半经过儒家一派人的整理，其实真相埋没的很多。南楚所传的古史，未经过任何学派的整理，亦自存其特有之真。所以研究古史，我一向主张，当分别地域以求其异，不当混一东西南北，以求其同。但千余年来的注释《楚辞》者，惟恐其不同！这多少是损害了屈赋之真一个原因。"①姜亮夫以考古资料研究楚辞古史，成绩斐然。

　　孙作云对楚辞尤其《天问》的研究，完全是以历史的角度进行探讨的，如《〈天问〉对于上古史研究的贡献》一文，特举十个例子以说明"作为史料的源泉，《天问》对于我们研究上古史，特别是氏族社会末期史，即从氏族发展到国家的历史，是有很大贡献的"②。其遗著《天问研究》，可以说是第一部以历史为主线、利用考古资料进行系统研究的著作。孙作云还认为，《天问》中有不少错简，可以依照夏、商、西周、春秋的时代顺序对该篇进行梳理。现在看来，由于材料有限，孙作云所做讨论有一些值得商榷的地方，但其开拓意义不可忽视。③陈子展先生就多次表示："孙作云教授用考古新发现的材料来研究先秦文学著作，他是《楚辞》专家，从这个角度研究，往往有独到的见解。"④

　　萧兵、龚维英在 20 世纪 70 年代末至 90 年代间，发表了多篇有关楚辞古史传说的文章。萧兵在介绍其治学方法时说："在恩格斯《家庭私有制和

---

　　①　姜亮夫：《屈原赋校注》序言，其详细讨论见《三楚所传古史与齐鲁三晋异同辨》，《姜亮夫全集·楚辞学论文集》，第 122—148 页。笔者以为此说非常精当，以近年来新公布的清华大学藏战国竹简"书"类文献为例，《傅说之命》等多神话色彩，很可能就是南方楚系传播的书类资料，与北方儒家所传有不同之处。

　　②　孙作云：《〈天问〉对于上古史研究的贡献》，《孙作云文集·〈楚辞〉研究》（下），河南大学出版社，2003 年，第 523—533 页。

　　③　关于《天问》的史料价值和意义，以及孙作云的研究成果，朱凤瀚、徐勇也有评述，参朱凤瀚、徐勇：《先秦史研究概要》，天津教育出版社，1996 年，第 62—64 页。

　　④　汤漳平：《陈子展先生谈先秦文学及楚辞学研究》，《出土文献与〈楚辞·九歌〉》，第 170、174 页。

国家的起源》指导下，集中注意于《楚辞》在神话民俗方面的疑难，特别着力于《楚辞》里神话传说的原来形态和变异，及其与有关文化诸因子的关系。"①按：萧兵所述"神话传说的原来形态和变异"，多属古史传说。萧兵、龚维英论作多参照考古资料，部分成果所得结论虽有一些牵强之处，但也极富启示意义。

江林昌在姜亮夫等研究基础上，以考古资料研究楚辞历史文化，其《楚辞与上古历史文化研究》②即认为楚辞是我们认识上古历史文化的一个窗口。该书分析了楚辞方位观念的内涵、巫风习俗，楚辞中所见殷族先公名称的文化内涵、夏夷氏族图腾、远古婚俗等问题，还特辟一章讨论《天问》所见古史传说及其意义。李学勤评价："书中通过一系列比较研究，更提出了不少新见解，为研究中国历史文化，也给理解《楚辞》这一古典作品拓广了道路。"③同时，他还对《天问》所载民族史诗和《诗经》"商颂""周颂"等进行了对比研究，认为：

> 今《天问》则有虞、夏、商、周民族史诗，其中商周民族史诗与《诗经》之"商颂""周颂"相一致，且有可补充者。因此，我们称《天问》中的商、周民族史诗为南楚所传之"商颂""周颂"。由此往上推，则《天问》所载虞、夏民族史诗亦可称为是南楚所载之"虞颂""夏颂"。既然《天问》之"商颂""周颂"与《诗经》之"商颂""周颂"相一致，则《天问》中"虞颂""夏颂"正可补《诗经》中这两部分之空缺。④

---

① 萧兵：《楚辞的文化破译》，第5页。萧兵以考古资料研究楚辞古史的代表著作为《楚辞新探》，天津古籍出版社，1988年；龚维英论作散见各类杂志，可参周建忠：《探幽索疑，辨误立说——评龚维英的楚辞研究》，《阜阳师范学院学报》（社会科学版）1987年第1期。

② 江林昌：《楚辞与上古历史文化研究》，齐鲁书社，1998年。

③ 李学勤：《〈楚辞〉与古史》，《东岳论丛》1996年第5期。

④ 江林昌：《〈商颂〉作于商代的考古印证与〈夏颂〉〈虞颂〉存于〈天问〉的比较分析》，饶宗颐主编《华学》（第九、十辑），第431—457页。

赵逵夫对楚辞所涉及的历史也有探讨，如《从〈天问〉看共工、鲧、禹治水及其对中华文明的贡献》一文，将文献所载的鲧治水与建筑堤防、城郭联系起来，认为新石器文化时代城址与鲧所筑龟蛇曳衔之状的堤防密切相关。鲧建城郭，为中华文明的发展做出了重要贡献。①

（六）楚辞神话

丰富的神话资源也是楚辞的一大特色。20 世纪 70 年代以来，萧兵、龚维英等以出土资料研究楚辞神话，取得了丰硕成果。②

以考古资料研究楚辞神话，最为突出的领域是对《天问》中宇宙神话的研究。《天问》从"曰遂古之初，谁传道之"起至"乌焉解羽"共 66 句，是屈原针对当时流行宇宙观的发问，探讨宇宙生成诸问题。作为先秦著作中记载楚国宇宙观最为详细的作品，《天问》受到了后世学者的普遍重视。近代以来，闻一多《天问释天》、游国恩《屈赋考源》等都曾就《天问》所反映的宇宙观念进行过探讨，创获虽多，但仍未能全面揭示其丰富内涵。长沙子弹库帛书发现以来，有关楚地宇宙观的帛书、帛画材料，如马王堆汉墓《黄帝书》、曾侯乙墓图像、郭店楚简《太一生水》及《老子》甲本等相继出土，为我们全面了解中国古代宇宙观念提供了珍贵的资料，这些材料也可以对《天问》宇宙神话进行印证。学者们对此进行了一系列有益的探讨，如：

长沙子弹库帛书中《宇宙》（又称《四时》）、《天象》、《月祭》三篇，具有阴阳学说的色彩，比较全面地反映了楚人的宇宙观念，其中的《宇宙》篇以神话的形式记述了宇宙生成的过程，与《天问》的宇宙论完全一致，并可从宇宙产生前的状态、宇宙创造神的出现等六个层次进行详细比较。

马王堆汉墓出土《黄帝书》（又称《黄帝四经》），经唐兰、李学勤等考证，

---

① 赵逵夫：《从〈天问〉看共工、鲧、禹治水及其对中华文明的贡献》,《社会科学战线》2001 年第 1 期。
② 萧兵：《楚辞与神话》，江苏古籍出版社，1987 年；龚维英作品目录可参第 20 页注①所提周建忠文。

该书为不晚于战国中期的道家著作①，其中《道原》《观》等篇反映了当时的宇宙观，可以与《天问》、长沙子弹库帛书《宇宙》篇、《淮南子》进行对读。

在曾侯乙墓中，E66衣箱箱盖顶端中央有一篆书"斗"字，代表北斗天极，也就是《天问》之"天极"，漆盖箱又绘有图案，学者考证即《天问》"羿焉彃日？乌焉解羽"、顾菟等形象。这方面，曾侯乙墓发掘者郭德维、楚辞学家汤炳正诸先生论述较多。②

另外，马王堆汉墓的帛画（1号墓和3号墓都出土了这种帛画，内容基本相同）大体可分为天、人、地下（或说海洋等）三个部分，其中描绘天的图景可以与《天问》有关"宇宙神话"的记载进行比较研究，郭沫若、萧兵等学者③对帛画中日月之间的女神、日中乌、月中蟾蜍和兔等形象与《天问》中的女娲、解羽之乌、顾菟等记载进行了比较研究。汉画像中的种种天体图案和宇宙神话与《天问》记载也可以进行全面对照。

二、当前楚辞研究的特点与尚待解决的问题

以上是我们的简略总结④，可以看出，出土资料在楚辞研究中起到了不可估量的作用，尤其是王国维、闻一多、姜亮夫、于省吾、孙作云等老一辈学者，利用有限的考古资料，极大地推动了楚辞研究的进步。

当前学者的研究，既有突出的成果，也呈现出以下特点。如从学者及其研究成果看，萧兵利用考古资料研究楚辞文化，江林昌利用考古资料研究楚辞所

---

① 李学勤：《简帛佚籍与学术史》，江西教育出版社，2001年，第82页。

② 郭德维：《曾侯乙墓中漆箧上日月和伏羲、女娲图象试释》，《江汉考古》1981年第1期；郭德维：《曾侯乙墓五弦琴上伏羲和女娲图象考释》，《江汉考古》2000年第1期；汤炳正：《天问"顾菟在腹"别解》，《屈赋新探》，齐鲁书社，1984年，第261—270页。

③ 如郭沫若：《西江月题长沙楚墓帛画》，《屈原赋今译》，上海书店出版社，2003年；萧兵：《马王堆〈帛画〉与〈楚辞〉神话》，《楚辞与神话》，第46—89页。

④ 尚可总结的有以出土资料研究屈原生年、楚简"三楚先"与楚辞"三王"、屈原思想来源，等等，这些问题比较复杂，且异说较多，尚无定论；除此之外，还有一批研究楚辞的硕士、博士学位论文和各类课题值得注意，惜许多成果未能发表。

第一节　五帝时代中期至夏初的夷夏关系

东夷集团和华夏集团之间的关系是学者久已注意的问题。早在 20 世纪 30 年代，傅斯年就曾作《夷夏东西说》，对夷夏关系的地域等问题进行了探讨。此后，随着考古资料的不断丰富，学者借以探讨夷夏关系，取得了丰硕的成果。由于楚民族在发展过程中与夷、夏的密切关系，作为楚文化结晶的楚辞，尤其是《天问》中保存了较多的夷、夏两族的史料，全面地反映了五帝时代中期至夏初两大集团的关系，可与考古资料比较印证，而有些史料并不曾为学者注意。我们试略述之。

一、夷夏集团间密切的婚姻关系

由于地缘等因素，东夷集团和华夏集团很早就产生了交往，尤其是五帝时代中期以后，两大集团形成了强大的部落联盟。他们之间保持了密切的婚姻关系。见于《天问》的有：

一是尧嫁二女于舜。尧是东夷集团和华夏集团组成的部落联盟共主，而舜为东夷集团首领，《孟子·离娄下》记载：

> 舜生于诸冯，迁于负夏，卒于鸣条，东夷之人也。

汉代赵岐注曰:"诸冯、负夏、鸣条,皆地名,负海也,在东方夷服之地。"① 诸冯等地大体在今鲁西、豫东一带。为了加强两大联盟的关系,尧把自己的两个女儿嫁给了舜,即《天问》所说:"舜闵在家,父何以鳏? 尧不姚告,二女何亲?"《尚书·尧典》也记载了此事:"(尧)帝曰:'我其试哉! 女于时,观厥刑于二女。'厘降二女于妫汭,嫔于虞。"②

二是禹与东夷集团涂山氏的婚姻。《天问》记载了禹与涂山氏的婚姻,"焉得彼涂山女,而通之于台桑?"此一史实先秦文献多有记载,如《吕氏春秋·音初》:"禹行功,见涂山之女。禹未之遇而巡省南土。涂山氏之女乃令其妾候禹于涂山之阳。"③《云梦秦简》也说:"癸丑、戊午、已(己)未,禹以取(娶)徐(涂)山之女日也,不弃,必以子死。"④ 涂山氏以狐为图腾,如《吴越春秋》记载"(禹)云:'吾娶也,必有应矣。'乃有九尾白狐造于禹。……禹因娶涂山,为之女娇"⑤。又"柏杼子征于东海,及王寿,得一狐九尾"⑥。涂山氏是以狐为图腾的东夷部族的一支,这已得到大多数学者的认定,如徐旭生所述:"禹娶于涂山氏,涂山为今安徽怀远县东南淮水南岸的一座小山,那么,禹妃或出于东夷集团,禹与该集团有婚姻的关系。"⑦

三是后羿与洛嫔的婚姻。后羿是东夷集团有穷氏的首领,以善射闻名,他率领部族成员几乎统一了整个东夷集团,如《淮南子·本经训》说:"尧之时,十日并出,焦禾稼,杀草木,而民无所食。猰貐、凿齿、九婴、大风、封豨、修蛇皆为民害。尧乃使羿诛凿齿于畴华之野,杀九婴于凶水之上,缴大风于青丘之泽,上射十日而下杀猰貐,断修蛇于洞庭,禽封豨于桑林。万民皆

---

① 焦循:《孟子正义》,中华书局,1987年,第537页。
② 屈万里:《尚书集释》,中西书局,2014年,第14页。
③ 陈奇猷:《吕氏春秋新校释》,上海古籍出版社,2002年,第338页。
④ 睡虎地秦墓竹简整理小组:《睡虎地秦墓竹简》,文物出版社,2001年,第208页。
⑤ 张觉:《吴越春秋校注》,岳麓书社,2006年,第161—162页。
⑥ 此系郭璞注《山海经》所引《古本竹书纪年》,见方诗铭、王修龄:《古本竹书纪年辑证》,上海古籍出版社,2005年,第8页。
⑦ 徐旭生:《中国古史的传说时代》,广西师范大学出版社,2003年,第170—171页。

喜。"^①"凿齿""九婴""大风"等可能就是氏族,这已经部分地得到了考古发现的证明,如凿齿为大汶口文化中盛行拔牙习俗的东夷部族。在大规模的统一战争以后,后羿"因夏民以代夏政",射杀了夏部族河伯氏的首领河伯,娶了河伯的妻子洛嫔,即《天问》记载"胡射夫河伯,而妻彼洛嫔"。这样后羿才在夏王朝的中心地带站稳脚跟。

四是寒浞与洛嫔的婚姻。寒浞是后羿收养的义子,他在当上了有穷部落的"相"后,开始与其后母私通。楚辞记载此事比较详尽,如《离骚》说:"固乱流其鲜终兮,浞又贪夫厥家。"《天问》"浞娶纯狐,眩妻爰谋",是说寒浞利用东夷族"执嫂,妻后母"的婚姻习俗,设计杀害了养父后羿,继承了羿的权力。这是东夷部族和夏部族的又一次婚姻关系。

五是少康与有虞氏的婚姻。少康是夏后相的遗腹子。据《左传》哀公元年记载,夏后相也与东夷有仍氏有婚姻关系,在寒浞的儿子攻灭夏后相时,少康母后缗怀孕,逃归有仍,生下了少康。少康成为有仍氏的"牧正",后来又逃到舜后裔有虞氏那里,为"庖正","虞思于是妻之以二姚,而邑诸纶。有田一成,有众一旅"^②。《楚辞》中多次提到了少康与有虞氏的婚姻,如《离骚》:"及少康之未家兮,留有虞之二姚。"

婚姻者,合二姓之好,婚姻关系的形成,正是两大集团联盟关系的体现。如果加上史籍所载的夏后相与东夷有仍氏的婚姻,我们则可以把这一阶段夷夏联盟上层的婚姻关系完整地勾勒出来,而他们倡领下的"民间"的婚姻等交流应更频繁。

二、夷 夏 斗 争

夷、夏两大集团密切交往的同时,也不可避免地出现了矛盾冲突,其中既

---

① 张双棣:《淮南子校释》(增订本),北京大学出版社,2013年,第852页。
② 杨伯峻:《春秋左传注》,中华书局,1990年,第1604—1605页。

有赤裸裸的最高权力斗争，也有婚姻关系掩盖下的分化瓦解和利用。

首先是鲧对联盟最高权力的争夺。在儒家文献《尚书》中，鲧是一个十恶不赦的人，然而在楚辞中却对其有不同的评价和记载。关于此点，姜亮夫论之颇详："儒家以为四凶之一，治水无功，被殛羽山，然《离骚》谓'鲧婞直以亡身'。鲧湮绛水，终之见因于羽，'夭乎羽之野'，《天问》则谓其'川谷成功'（原误'顺欲成功'，依余校），'咸播秬黍''莆雚是营'非无征劳，又言三年不施刑，非即殛杀，盖多宽恕之词，不作为元恶大也。"[1] 先生此说甚确。又如《吕氏春秋·恃君览》载：

> 尧以天下让舜，鲧为诸侯，怒于尧曰："得天之道者为帝，得地之道者为三公，今我得地之道，而不以我为三公！"以尧为失论，欲得三公。[2]

《韩非子·外储说右上》记载：

> 尧欲传天下于舜，鲧谏曰："不祥哉，孰以天下而传之匹夫乎！"尧不听，举兵而诛，杀鲧于羽山之郊。[3]

在这里，鲧自言"今我得地之道"，即《天问》所言"川谷成功"（指治水中已经成功地分别了川谷），可知鲧治水取得了一定的成绩；"欲为三公"，又反对"传天下于舜"，说明鲧对统治权觊觎已久，或意图把最高统治权留在华夏集团内部，这正反映了华夏集团与东夷集团对最高统治权的争夺。舜成为联盟共主后，便借故把鲧作为"四凶"之一放逐于东夷之地——羽山（《天问》"川谷成

---

[1] 姜亮夫：《三楚所传古史与齐鲁三晋异同辨》，《楚辞学论文集》，上海古籍出版社，1984年，第99页。

[2] 陈奇猷：《吕氏春秋新校释》，第1398页。

[3] 陈奇猷：《韩非子新校释》，上海古籍出版社，2000年，第788页。

功，帝何刑焉？永遏在羽山，夫何三年不施"即指此事），可以想见当时权力斗争的激烈。在争夺最高统治权中失败的鲧最终以"治水不成"的名义被逐，这也注定了他是一个悲剧性的人物。

其次是禹对世系权和夏启对世袭权的争夺。夏禹娶涂山氏，《天问》说："禹之力献功，降省下土四方。焉得彼涂山女，而通之于台桑？闵妃匹合，厥身是继。胡为嗜不同味，而快朝饱？"此段经孙作云、江林昌等疏证得以贯通。江林昌指出，鲧禹时期夏部族正处在由母权制向父权制过渡的关键时期，"厥身是继"是大禹对父权制的争夺，并最终取得了胜利[①]，而"母权制的被推翻，乃是妇女的具有世界意义的失败"[②]。《天问》所记述的，正是权力由母权东夷族流向父权夏族，这也是禹获取部落联盟首领权力的第一步。禹成为部落联盟首领后，依靠自己在治水中建立的威望和强大的势力，"名传天下于益，而实令启自取之也"[③]。上博简《容成氏》也说："启于是乎攻益自取。"[④]《天问》更为详细地记载了东夷集团和华夏集团的这次斗争："启代益作后，卒然离孽。何启惟忧，而能拘是达？皆归射鞠，而无害厥躬。何后益作革，而禹播降？"此说虽有一些细节不可解，但从文字间可以看出，启、益之间经历了一场惨烈的战斗，夏启最初处于下风，最后才得以胜利。

再次是后羿、寒浞代夏。益在联盟权力斗争中的失败，只是使东夷集团暂时处于下风。随着有穷氏后羿的强大，他们开始了统一东夷的战争，并试图挺进中原。后羿、寒浞娶洛嫔，在当时可算是"审时度势"之举。后羿要西进中原，仅仅依靠武力是不行的，他在射杀夏联盟的重要人物河伯后，便迎娶了河伯的妻子洛嫔。清代学者刘梦鹏也看到了这一点，他说："洛即有洛氏，亦夏时诸侯，见《路史》。言羿既革夏，何故杀河伯而结姻有洛氏，即伏

---

① 江林昌：《楚辞中所见母权制向父权制转变诸现象考》，《楚辞与上古历史文化研究》，第 223—240 页。

② 恩格斯：《家庭、私有制和国家的起源》，《马克思恩格斯选集》（第四卷），人民出版社，1972 年，第 52 页。

③ 陈奇猷：《韩非子新校释》，第 826 页。

④ 马承源主编：《上海博物馆藏战国楚竹书》（二），上海古籍出版社，2002 年，第 276 页。

自戕之机乎？"① 其实，后羿联姻的目的很明确，洛嫔所在氏族生活在洛水一带，有很强的势力，而"后羿代夏"不过是占据了夏都，其势力很不稳固，迎娶洛嫔是为了巩固自身势力，获得夏部落的承认和支持。后羿还可能看到了河伯氏与有洛氏之间的矛盾斗争，而站到有洛氏一边。河伯氏与有洛氏的战争文献有明载，如《归藏·启筮》"昔者河伯筮与洛战，而枚占，昆吾占之，不吉"，《竹书纪年》"洛伯用与河伯冯夷斗"。② 可以说，乘中原华夏集团内部之乱而西进，正是后羿的谋略。后人不知羿之苦心而往往以此认为他荒淫无度，是不正确的。寒浞迎娶洛嫔也是出于同样的目的，在其篡权后，因实力大增而灭夏后相。

最后是少康复国。相比之下，少康的婚姻政治性更为明显。由于后羿对东夷族其他部落的征伐，在他被杀后，一些东夷部落如有仍氏、有虞氏纷纷转向华夏集团，并在夏后相死后援助少康。《天问》记载少康逐犬而猎杀寒浞（"何少康逐犬，而颠陨厥首"），其实他完全是借助东夷部落的支持才得以消灭寒浞势力实现"中兴"的。

通过以上梳理可以看出，两大集团的权力交争和交流是并进的：在夏初的夷夏斗争中，包含着婚姻等和平的交流；在婚姻关系中，也蕴含着斗争和利用。东夷集团和华夏集团的这种关系，江林昌师精辟地指出："从五帝时代直到夏代中期，夷夏两族一直处于彼此强胜，共同联盟执政的状态之中：

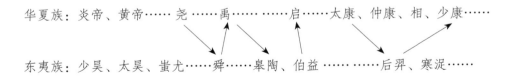

华夏族：炎帝、黄帝……尧……禹………启……太康、仲康、相、少康……

东夷族：少昊、太昊、蚩尤……舜……皋陶、伯益………后羿、寒浞……

在中华上古文明史上，两族关系保持如此长时期的联盟交往，大概除了夷夏之

---

① 崔富章主编：《楚辞集校集释》，湖北教育出版社，2003年，第1126页。
② 以上两则材料并见方诗铭、王修龄：《古本竹书纪年辑证》，第10页。

外，没有其他的事例。这是一个值得高度重视的古文明现象。"[1]

三、夷夏关系的考古学印证

从考古学上看，东夷和华夏的交往经历了一个漫长的时期，而五帝时代中后期到夏初这一时期，东夷集团处在山东龙山文化晚期—岳石文化这一阶段，华夏集团处在河南龙山文化晚期—二里头文化阶段，是两大集团关系最密切的时期，学者称之为"繁荣期"。[2]从考古学的背景来看《天问》所反映的夷夏关系，我们认为其中还有很多需要总结的地方。如尧时部落联盟中心在今山西临汾一带，2000—2001年，考古工作者在该地发现陶寺城址。城址内发现北、东、南三个方向的城墙，城址南北最大距离为2150米，最小距离为1725米，东西最大距离为1650米，总体面积超过280万平方米。除此之外，还发现了宫殿区、贵族墓，以及可以和《尚书·尧典》记载"历象日月星辰，敬授人时"对照的具有观象授时功能的大型建筑遗迹。[3]如此大规模的城址可推知尧部落当时的实力。而据张学海考证，舜时部落联盟中心当在今山东西部的阳谷、梁山、郓城、鄄城一带，由于洪水的冲击，许多遗址不复存在，但如果把以此为中心的聚落群与西、南面看似孤单的遗址包括进来，其聚落分布范围东北到西南可达104公里，东西宽80公里，面积在7000平方公里以上，现在所发现的其中心聚落景阳冈遗址的城址也在38万平方米以上。[4]由两大集团的势力来看，舜并非文献所记为"平民"，尧嫁二女并"禅让"于舜正是基于两大集团的军事力量考量而进行的。

"禹会涂山"这一事件在考古学中也表现得十分明显。近年来，考古学者

[1]　江林昌：《五帝时代中华文明的重心不在中原》，《东岳论丛》2007年第2期。

[2]　张国硕：《试论华夏与东夷集团的文化交流及其融合》，《中国史研究》1993年第3期。

[3]　何驽：《陶寺文化遗址走出尧舜禹"传说时代"的探索》，《中国文化遗产》2004年创刊号。

[4]　张学海：《再论东夷文明的诞生与发展》，《东方考古》（第一集），科学出版社，2004年，第344页。

在安徽蚌埠禹会村发掘的文化遗址，"根据禹会村遗址的木炭标本，经中国社会科学院考古研究所碳 14 实验室测试，其年代为（半衰期 5568）：3822±40BP（公元前 1872±40）；树轮校正年代为：2350BC（68.2%）2190BC。这个时期，正是龙山文化晚期，也是在淮河流域最昌盛的时期，而龙山文化时期与大禹的时期刚好吻合，同时，又加上地理位置的吻合，正说明我们在一步一步地向大禹走进"[①]。这里恰是山东龙山文化和河南龙山文化共存的地方。我们认为，"禹会涂山""禹娶涂山"并不是偶然的，这是在东夷族的舜成为共主后，以禹为首的华夏势力被迫南扩并拉拢东夷集团涂山氏的必要手段。

以缔结婚姻等交流方式为纽带的两大集团的交往，对双方政治、经济、文化等各方面都产生了重要影响。这方面学者已有专述，如以二里头文化为例，二里头文化是后羿代夏之后的夏文化，东夷文化对华夏文化的影响，在二里头文化一期中表现得十分明显，二里头文化的很多器物、器型都体现了强烈的东夷文化因素。[②]

通过以上讨论可知，《天问》仅千字之文竟可以把五帝时代后期至夏初东夷与华夏的关系比较完整地描绘出来，难能可贵。还应说明的是，有些学者在分析、解释华夏集团和东夷集团的文化交往时，往往简单地把后羿代夏、少康中兴和《竹书纪年》相关记载作为文献证据，又或仅仅强调夷、夏之间的交流是通过"军事占领和强迫"的方式进行的[③]，但从对《天问》所涉史料的分析来看，夷夏之间的交流是多样的，婚姻关系是两大集团交往的重要途径。

---

① 王吉怀：《解读禹会村》，《中国文物报》2010 年 1 月 29 日第 3 版。在本人学位论文答辩时，承蒙答辩委员水涛指出此信息，谨此致谢。

② 李伯谦：《二里头文化的性质与族属问题》（原载《文物》1986 年第 6 期），郑杰祥编《夏文化论集》（下），文物出版社，2002 年，第 333—340 页；栾丰实：《二里头遗址中的东方因素》，《华夏考古》2006 年第 3 期。

③ 张国硕：《试论华夏与东夷集团的文化交流及其融合》，《中国史研究》1993 年第 3 期。

第二节　先商族史迹探析

　　婚姻家庭制度的演进，反映了一个国家、民族的发展状况。由于文献的相对匮乏，许多有关中国上古婚姻家庭等内容的史实难以钩沉。好在"历史的规律性表现在不同民族在不同的时间处于相同的社会发展阶段时，它们的社会政治制度以及礼俗等方面，往往出现重复性和常规性"①，因此，利用民族学理论，通过对中国少数民族资料的分析来研究中国历史，成为当前史学研究的一条重要途径。前辈学者借此展开研究取得了卓越的成就。我们试在前辈学者研究的基础上，对《楚辞·天问》有关先商族史事做粗浅讨论。

一、研　究　回　顾

　　《天问》有关商族先公史事的记载为：

　　　　该秉季德，厥父是臧；胡终弊于有扈，牧夫牛羊？干协时舞，何以

---

　　①　马曜：《西双版纳和西周社会政治及礼俗制度比较研究——运用民族学资料研究先秦史一例》，《社会科学战线》1987 年第 4 期。

怀之？平胁曼肤，何以肥之？有扈牧竖，云何而逢？击床先出，其命何从？恒秉季德，焉得夫仆牛？何往营班禄，不但还来？昏微遵迹，有狄不宁，何繁鸟萃棘，负子肆情？眩弟并淫，危害厥兄；何变化以作诈，而后嗣逢长？

这一记载的史料价值，最早由王国维楬橥。王国维结合《山海经》《竹书纪年》等典籍，利用甲骨文考证出《天问》中"季""该""恒""微"分别为商先公季（即冥）、王亥、王恒和上甲微。[1] 这一研究可谓"凿破混沌"，意义甚大。随着研究的深入，不断有学者揭示商先公王季至上甲微时期的史事。如顾颉刚从《周易》中发现，《大壮》卦"六五"爻辞"丧羊于易，无悔"与《旅》卦"上九"爻辞"鸟焚其巢，旅人先笑后号咷，丧牛于易"，都是有关王亥与有易氏的故事[2]，这为研究该段历史增添了新的资料。

1933 年，吴其昌作《卜辞所见殷先公先王三续考》，对其师王国维所述进行补充，其中有两点看法值得注意，一是认为"'亥'字又误作'眩'，《楚辞·天问》'眩弟并淫'以下一节，正记王亥、王恒兄弟并淫仇杀之事"；二是认为上甲微当为王恒之子，他说："《天问》乃云：'何变化以作诈，而后嗣逢长？'此其谊犹今俗语云'何作恶者子孙昌盛也'，'变化作诈'，即承上句'危害厥兄'而来，浅著共晓，自此二句语气而观之，则主甲微当为王恒之子，不当为王亥之子矣。"[3]

吴其昌关于"上甲微为王恒之子"的看法，并不能成立。20 世纪 60 年代初，胡厚宣揭示了一则王亥与上甲微为父子的卜辞：

---

① 王国维：《殷卜辞中所见先公先王考》，《观堂集林》，第 209—223 页。
② 顾颉刚：《〈周易卦爻辞〉中的故事》，《中国现代学术经典·顾颉刚卷》，河北教育出版社，1996 年，第 234—238 页。
③ 吴其昌：《卜辞所见殷先公先王三续考》，《燕京学报》第 14 期。

□□卜，王（贞）其燎于上甲父（王）。（虚 738）

胡厚宣指出："这是一片龟腹甲，加拿大人明义士早年在安阳购得。明氏1957 年在美国逝世。……我们曾看过实物，拓有墨本，其文字绝真，由王贞云云，知为祖庚祖甲时所卜。卜辞大意说，某日占卜，殷王亲自问卦，问要燎祭于上甲的父亲王亥好不好？王亥的亥字，从亥从鸟作形。"[①] 由该甲骨卜辞可知，王亥为上甲微父的记载证据确凿，从而确定了王亥、王恒、上甲微之间的关系，也印证了《史记》所载上甲微为王亥之子的说法。

唐兰 1934 年在为王国维《古史新证》所作的《序》中充分肯定了王氏对商族先公的考证。他对王说亦有补充，即认为《天问》中"昏微遵迹"的"昏"，应是商先祖名：

卜辞习见字，昔人未识，以词例推之亦所祭先祖也。余所得一骨，与唐并列，尤其显证，余考其字盖即盂鼎我㫃殷术令之㫃，《说文》闻字重文之聉也。《天问》云："昏微遵迹，有狄不宁。"夫以上甲之能帅契，焉能被以昏称？昏盖微之别名也。然则字即上甲，后世作聉，遂借昏为之耳。此则先生说所未及也。凡若此者譬犹坠露轻尘，固不足以

---

① 胡厚宣：《甲骨文商族鸟图腾的遗迹》，《历史论丛》（第一辑），中华书局，1964 年，第137—138 页。按：此片甲骨已收入《甲骨文合集》，编号 24975。

增海岳也。[①]

王玉哲在其师唐兰说基础上，认为"昏"是先祖名，但非上甲微，"疑昏为上甲之兄弟，二人相继在位，率循其先人之迹，有狄（即有易）因以不宁"。他还赞同王国维提出的商代继承制度"商之继统法，以弟及为主，而以子继辅之，无弟然后传子"[②]，认为"兄终弟及"制是一定的社会发展阶段的产物，"由契到汤十四世，继承为首领的不只十四人。每世也是兄弟相传，不过每世非直系的先公名号未被传下来而已"。王亥与王恒、昏与上甲微等即例证。[③]

江林昌同意王玉哲释"昏"为上甲微之兄的说法，认为商民族崇拜太阳神，故其先公名称几乎均与太阳循环及其光芒有关。其中先公远祖名称直接取义于太阳光芒，先公近祖名称则集中反映了商人对太阳历的认识：

> 昏，《说文》："昏，日冥也。"甲骨卜辞冥正作"日冥""日暮"之时，如"兮至昏不雨"（《殷契粹编》175），郭沫若《殷契粹编》考释说："兮假为曦，即清晨。"则"兮至昏"即天刚亮至刚黑。《诗·陈风·东门之杨》："昏以为期，明星煌煌。"……总之，由"季""冥"至"昏""微"反映的是太阳神"夒"夜间地泉运行的昏黑过程，这与上文讨论的"契"至"曹圉"反映太阳神"俊"的白天空中运行正好形成了一个圆周循环。[④]

---

① 唐兰《古史新证序》，不见于清华大学出版社版《古史新证》，而收入 1935 年北京来薰阁旧书店影印王国维讲义手稿本。该序全文周文玖予以转录。参周文玖：《关于王国维的〈古史新证〉和唐兰先生的〈序〉》，《史学史研究》2003 年第 3 期。

② 王国维：《殷周制度论》，《观堂集林》，第 232 页。

③ 王玉哲：《试论商代兄终弟及的继统法与殷商前期的社会性质》，《南开大学学报》1956 年第 1 期。

④ 江林昌：《商族先公称名的文化学探索》，《考古发现与文史新证》，中华书局，2011 年，第 200 页。

除此之外，他认为王亥与王恒都曾娶有易氏女，昏与上甲微"共淫"，"实际上是普那路亚婚的典型反映，即兄弟共妻对方氏族的姐妹，或姐妹共夫对方氏族的兄弟。这在当时是十分自然的现象，也反映出当时商民族与有娀族的关系非同一般"[1]。

近来公布的清华简《保训》篇，也有上甲微为王亥复仇的记载："昔微假中于河，以复有易，有易服厥罪。微无害，迺归中于河。微志弗忘，传贻子孙，至于成唐，祗备不懈，用受大命。"已有学者据此研究《天问》。[2]

二、史 事 索 隐

前辈学者不仅考证出商族先公的名号，还对他们之间的亲属关系进行探讨，并借此考察了与之相关的继承制度和婚姻制度，为研究先商族史事奠定了良好的基础。在阅读前贤成果的基础上，我们以为，该段记载尚有讨论空间，下面试进行分析。

该段可分为四节，第一节为："该秉季德，厥父是臧；胡终弊于有扈，牧夫牛羊？干协时舞，何以怀之？平胁曼肤，何以肥之？有扈牧竖，云何而逢？击床先出，其命何从？"该节记载王亥与有易女之间的婚姻关系，王亥以"舞"蛊惑有易女及其被杀的情形。

第二节"恒秉季德，焉得夫仆牛？何往营班禄，不但还来？"言王恒继承王位，在有易氏那里得到仆牛。得到仆牛的原因在于他到有易氏那里"班禄"。

第三节为"昏微遵迹，有狄不宁，何繁鸟萃棘，负子肆情？"言上甲微遵循先人之德，为父复仇。"昏"当读为"昆"，二字可通，见于郭店楚简《尊德

---

[1]　江林昌、张卫静：《商族先公名号中的鸟图腾印记》，《寻根》2010 年第 6 期。

[2]　清华大学出土文献研究与保护中心：《清华大学藏战国竹简〈保训〉释文》，《文物》2009 年第 6 期。借以研究《天问》的论文如沈建华：《〈保训〉所见王亥史迹传说》，《光明日报》2009 年 4 月 20 日国学版；李锐：《〈楚辞·天问〉上甲微事迹新释》，《史学史研究》2015 年第 3 期。

义》篇"则民淫🐾"。李零指出，此字写法同《六德》篇第28、29简的"昆"，即"🐾"；"🐾"疑读昏，昏是晓母文部字，昆是见母文部字，读音相近。[1] 按：李说甚确。昏、昆可通。又昆有后裔、后代义，如《尚书·仲虺之诰》："垂裕后昆。"孔传："垂优足之道示后世。"晋左思《吴都赋》："其居则高门鼎贵，魁岸豪杰，虞魏之昆，顾陆之裔。"由此可知，"昏"实际上指代王亥之子上甲微。"昆""子"并用是为了避免重复。"负"读为"父"，何剑熏有详细考释。[2] "负子"，父子也；"繁鸟萃棘"，指众鸟聚集在荆棘之上，荆棘为人们所恶，可见此并非好事。当如学者所述，鸟喻男，棘喻女，此处说"父子肆情"，当是屈原问为何上甲微父子肆其情欲，都与有易女有染。

前三节分述王亥、王恒、上甲微事迹，最后一节"眩弟并淫，危害厥兄；何变化以作诈，而后嗣逢长"为总问。"眩"，吴其昌释为"亥"，也有学者认为《天问》有"眩妻爰谋"句，"眩"不当释为"亥"。但无论哪一说，都同意"眩弟"为王恒，"眩弟并淫，危害厥兄"，是指王恒与其兄王亥并淫有易女，危害厥兄，言王恒串通有易氏谋杀王亥。

以上讨论，看似仍有扞格，但若从先商族的继承制度和婚姻制度来考虑，则可贯通。如前所论，王玉哲考证出商先公时期的继承制度也是兄终弟及，即王国维所说："商之继统法，以弟及为主，而以子继辅之，无弟然后传子。"那么商族先公王亥时的婚姻制度是什么呢？我们以为，此一时期实行的是"收继婚"制度。收继婚是一种特殊的婚姻形式，其内容即"执嫂、妻后母"。"执嫂"即在兄死之后，其弟娶其寡嫂；"妻后母"是指父死后，其子收其庶母（父之妾）为妻。当前对收继婚产生的理论探讨仍有争议，但不可否认的是，在中国古代诸多少数民族都存在这一习俗，如匈奴、乌孙、鲜卑、突厥、羌、契丹等。关于收继婚实行的原因，李衡眉有详细讨论，他认为大体有以下几

---

① 李零：《郭店楚简校读记》（增订本），中国人民大学出版社，2007年，第185页。

② 何剑熏说："'负'当读为'父'，古音负父同属滂母，韵则鱼、侯相转，故可通用。今音则二字全无别矣。古有用'负'为'父'者，《孟子·尽心上》：'窃负而逃，遵海滨而处。''负'即假为'父'。"见何剑熏：《楚辞新诂》，第171页。

种：一是繁殖人口说；二是立宗种说；三是政治联姻说；四是婚姻外交说；五是财产继承说。① 可参其文。

《天问》"该秉季德"一段四节中，第一节几无异议；第二节中王恒复得仆牛，学者有不同看法。从收继婚和兄终弟及的继承制度来看，可知在王亥死后，其弟王恒理所当然地继承了其兄的位置，还受领了有易女。结合李衡眉的理论研究，我们以为，先商族与有易氏的婚姻关系，既有婚姻外交说（有易氏与王亥的同盟关系，详下文讨论），也有财产继承的因素，当以财产继承因素为主。作为商族的财产，有易女和仆牛被王恒得到是顺理成章的，而且王恒还对有易氏班赐爵禄，自然能够换回王亥的遗产。其中的内幕，屈原认为是"眩弟并淫，危害厥兄"。对这句话有两种解释，一种是误读，即由于王恒继承了王亥的王位并得到了有易女和仆牛，屈原认为王恒勾结有易氏杀了王亥；另一种则认为，王恒与有易氏谋杀了王亥，依照商族的婚姻和继承制度，受益者自然是王恒，他又"班禄"兑现与有易氏的承诺。我们倾向于后者。

王恒之后，依据商族的继承制度，上甲微成为首领。他为生父王亥报仇，即古本《竹书纪年》所载"殷主甲微假师于河伯以伐有易，灭之，逐杀其君绵臣也"。同样由于收继婚，上甲微要娶其后母有易女，基于此种关系，无怪乎屈原要说"负子肆情"。

"何变化以作诈"句，则可能如罗琨所云，上甲微与王恒之间发生了激烈的斗争，"在争相变化不厌其诈的斗争中，上甲微何以能使后嗣绵延久长，获得新的发展"，"'恒秉季德'成为王亥—上甲一系'后世（嗣）逢长'的权力传承中小小的插曲，只有武丁时还对他举行侑祭，此后逐渐被淡忘"。②

通过以上分析，则可以顺畅地解释该段了。此外，还有以下两个问题需要说明，来印证以上论述。

其一，收继婚与兄终弟及继承制密切相合。

---

① 李衡眉：《"妻后母、执嫂"原因探析》，《东岳论丛》1991 年第 3 期。

② 罗琨：《殷卜辞中高祖王亥史迹寻绎》，《胡厚宣先生纪念文集》，科学出版社，1998 年，第 48—63 页。

　　商族在其先公时期就存在兄终弟及的继承制度，事实上，这与商族此时存在的收继婚是密切相关的。恩格斯曾说："妇女由于结婚而脱离她的老氏族，加入新的、夫方的氏族团体，这样她便在那里占着一个完全特殊的地位。虽然她也是氏族的一员，但她并不是血缘亲属；她加入氏族的方式，从一开始就使她不受因结婚而加入的那个氏族禁止内部通婚的一切规定的束缚；其次，她已经被接受到氏族的继承团体中来，可以在她的丈夫死亡时继承他的财产，即一个氏族成员的财产。为了把财产保存在氏族以内，她必须同她的第一个丈夫的同氏族人结婚而不得同别的任何人结婚，这岂不是再自然不过的事吗？"[①]李衡眉认为这是收继婚存在的真正的经济原因，此说甚确。可见，收继婚从某种意义上说是一种财产继承制度。

　　在商族中，"当最后一位弟弟去世的时候，长兄的长子往往已经长大成人，有能力担当部族的重任。因此，兄终弟及制的下一轮往往是回传给长兄之子"[②]。收继婚的顺序，也与此有关。又如武沐、王希隆在对乌孙与匈奴等民族的收继婚与继承制度分析后指出："无论是在乌孙还是在匈奴的王位继承中，未成年的儿子是没有继承权的，而虽已成年，却依然年少者，其即使继位也不能得到充分的信任。未成年的儿子没有继承权，这是乌孙、匈奴等民族实行收继婚中的一个十分特殊的地方。它是解读收继婚制的关键之一。"[③]因之，收继婚实行的顺序是以弟执嫂为先。古代少数民族的收继婚和王位继承制度对我们理解商族先公时期的婚姻和继承制度仍有重要意义。如此，我们则可以理解为何在王亥死后，其弟王恒是第一受益者。

　　商族的收继婚制度，在商代中期还可能有遗留，如范毓周师在分析甲骨文"𣭰"时，认为这是"我母"的合文，指武丁生母，"商代的婚姻制度并不严肃，'我母'在小乙死后，又和他人结合而再生育他人的子女，而且身为殷王的武丁对此并不以为耻，反而可以亲自公开为其生育他人子女卜问产期"，并

----

① 恩格斯：《家庭、私有制和国家的起源》，《马克思恩格斯选集》（第四卷），第 121 页。
② 江林昌：《中国上古文明考论》，上海教育出版社，2005 年，第 116 页。
③ 武沐、王希隆：《对乌孙收继婚制度的再认识》，《西域研究》2003 年第 4 期。

由此现象推测"在商代婚姻制度中，是并不以寡妇再醮为耻的，甚至在旧王死后，旧王之子继位为新王后，旧王之妻、新王之生母也可以随意与他人结合而公开为他人生育子女"。[①] 按：此说甚确。武丁时期是王位继承的转折期——逐渐转向父子继承制。[②] 虽然继承制度有所改变，但是商人实行收继婚的习俗仍有保留，我们以为，范毓周师所说的"他人"，或即武丁之叔辈。在小乙死后，小乙之弟娶了小乙之妻、武丁之母，而武丁继承了王位；由于收继婚的孑遗，故而武丁并不以为耻，公开占卜其母生育事迹。如此便能合理地解释这一特殊现象。

在讨论这一问题时，还可以发现，其他实行收继婚的古代少数民族中，大都实行过兄终弟及的继承方式，这是一个值得注意的现象。唯兹事体大，容另文讨论。但可以知道的是，先商族的兄终弟及继承制度与收继婚制度是配套而行甚至是相互补充的，这对了解先商族社会发展状况也有重要意义。由此还可侧证前文讨论的合理性。

其二，商人对王亥的祭祀极为隆重。据甲骨文记载，祭祀王亥多用牛这种高规格的牺牲，少则几头，多达几十头，这在商人祭祀中是罕见的，足见王亥地位之高。除此之外，王亥多与上甲微、河伯并列合祭，如：

> 辛巳卜，贞，来辛卯酚河十牛，卯十牢；王亥燎十牛，卯十牢；上甲燎十牛，卯十牢。（《小屯南地甲骨》1116）
>
> 燎于河，王亥、上甲十牛，卯十牢，五月。（《甲骨文合集》1182）
>
> 燎于上甲，于河十牛。（《甲骨文合集》1188）

以上记载应与《天问》等文献所记王亥、上甲微父子与河伯的事迹有关。

---

① 范毓周：《说聑》，胡厚宣主编《全国商史学术讨论会论文集》，《殷都学刊》（增刊）1985 年 2 月，第 294—301 页。

② 江林昌、李秀亮：《试论商族首领继承制发展的三个阶段》，《徐州师范大学学报》（哲学社会科学版）2011 年第 2 期。

上甲微借助河伯的力量为王亥复仇，在此之前，王亥与河伯之间必定形成了密切的同盟关系。从《山海经·大荒东经》"有人曰王亥，两手操鸟，方食其头。王亥托于有易、河伯（以）仆牛"的记载看，当是商族与河伯、有易氏三者之间形成同盟，王亥才能在这两个部族中"仆牛"。而商人对王亥的祭祀之所以隆重，可能是王亥促成了三者的同盟。三个没有血缘关系的部族形成同盟，在古代确实是一件伟大的事情，因此王亥被看作"居功至伟"的高祖。

最后，我们可以试将此一时期的史事进行还原：殷祖王亥建立了与河伯、有易氏的同盟，并与有易氏建立婚姻关系，但其弟王恒凭借商族的婚姻和继承制度，与有易氏勾结，谋杀了王亥，成为王位、财产与有易氏女的继承者，并以"班禄"回馈有易氏。王恒之后，上甲微继承王位，借助与河伯的同盟关系，联合出兵为其父报仇，又由于上甲微能执"中"（清华简《保训》）、能"帅契者也"（《国语·鲁语》），故而能够"后嗣逢长"。依据商族的婚制和继承制，有易女也复归上甲微，因而有了屈原的一系列发问。

徐中舒早就指出："用边裔民族的资料阐发古代社会发展的实际情况，同样成为研究古代历史的重要途径……譬如中国古代传说中的禅让制度，人类婚姻家庭的演进，私有制的发生与发展，国家的产生以及中国古史分期等一系列重大课题都是在引进了民族史材料以后才有了较大的进展。"[1] 今以新出考古资料和匈奴等民族的资料解释《天问》所载先商族的史事，能够文通字顺，再次印证徐中舒所说良是。

---

[1] 徐中舒：《我的学习之路》，《文史知识》1987 年第 6 期。

第三节　有易氏历史的考索

有易氏本为上古氏族，是狄人的一支，因活动在古易水流域而得名。有易氏的历史，虽然见于《山海经》《天问》《周易》等古书，但遗憾的是，《天问》《山海经》等古籍被认为是"不雅驯之言"，《周易》"成为圣经的时候这件故事（引者按，指有易氏杀王亥，上甲微复仇事）已经衰微了，不能使人注意了"[①]。再加上进入周代礼制社会后"华夷之辨"的盛行，有易氏的历史不断被湮没，甚至连有易氏存在与否也成了问题。直至近世，王国维名文《殷卜辞中所见先公先王考》一出，有易氏的历史才渐为世人所知，顾颉刚又从《周易》卦辞中寻绎出王亥和有易氏的事迹，这样我们才对这支曾活动在中国北方的强大部族有所了解。

《天问》作为一部上古史诗，除完整保存了商先公王亥、王恒、上甲微牧夫牛羊及其与有易氏婚姻关系的重要资料外，还保存了商汤借助有易氏势力灭夏的资料。那就是：

> 汤谋易旅，何以厚之？覆舟斟郡，何道取之？

---

① 顾颉刚：《〈周易卦爻辞〉中的故事》，《中国现代学术经典·顾颉刚卷》，第 234 页。

关于此句的解释可谓众说纷纭，我们先谈一下该句的归属问题。历来学者主要有两种看法，一种看法以王逸《楚辞章句》为代表，认为"汤，殷王也。旅，众也。言殷汤欲变易夏众，使之从己，独何以厚待之乎？覆，反也。舟，船也。斟鄩，国名也。言少康灭斟鄩氏，奄若覆舟，独以何道取之乎？"王逸之说，是把此节划为两部分，上言商汤，下言少康。另外一种看法认为此句是夏初少康事，"汤"为误字。如朱熹"疑（'汤'）本康字，为少康也"，并依据《左传》哀公元年记载，认为此句讲的是少康复国；闻一多据牟廷相说，认为"汤"为（寒）浇之误；张惠言、马其昶又认为"汤"（湯）为"阳"（陽）字；等等。①

以上两种看法对"汤"字解释虽有不同，但对"覆舟斟鄩，何道取之"的解释是一致的，都认为是少康复国的史事。他们的依据是斟鄩是太康、仲康所都，后羿、寒浞代夏后仍居斟鄩，斟鄩成为后羿、寒浞势力的代称，因此"覆舟斟鄩"指少康复国中兴。王逸认识到这一点，但又觉得"汤"确为商汤不可移，无法圆通，故只好把一节分为两事，这割裂了《天问》原意，显然不足取。而朱熹等人的说法看似可通，但强解"汤"字乃是穿凿附会，殊不知随意改字乃是古书注释禁忌，因此他们的看法都是有问题的。其实，不必改一字，此句便可以贯通，原因在于朱熹等人忽略了夏桀也居斟鄩，如古本《竹书纪年》说"太康居斟鄩，羿亦居之，桀又居之"。这一点宋代学者吴仁杰已经指出。我们认为，"覆舟斟鄩，何道取之"是问商汤伐夏桀的路线问题，当是化用了《诗经·商颂·长发》"韦、顾既伐，昆吾夏桀"一句；而且上节"惟浇在户，何求于嫂？何少康逐犬，而颠陨厥首？女歧缝裳，而馆同爰止。何颠易厥首，而亲以逢殆"叙述少康杀浇事已经完毕，本节与下节"桀伐蒙山，何所得焉？妹嬉何肆，汤何殛焉"都应该是探讨夏末商初诸问题，此节言商汤灭夏事，把"汤"改为"浇""阳"等字实在没有必要！

明确了该句的归属，我们再来探讨"汤谋易旅"的含义。"易"，历来也有

---

① 诸说见崔富章主编：《楚辞集校集释》，第 1151—1153 页。

不同的解释。如王逸认为是"变易";钱澄之认为"易,治也";王夫之以为"易,改革也";闻一多则认为"易旅"为治甲,是制造厚的"铠甲"。解释众多,此不赘述。[1] 我们认为这里的"易",当为有易氏(师孙作云首释为有易[2],为我们论文的立意提供了启发,但他认为该句是少康事,故不取);《周易·大壮》"丧羊于易"之"易"便是有易;又据彭邦炯研究,"易"作为有易氏的称呼,甲骨文中已有其例。[3]《天问》中"有易"又曾讹为"有扈",这一点前辈学者论证颇详,如吴其昌说:

> 然"有易""有扈",何以相通?此王、顾所均未答者,今乃得其碻解:盖金文及古经典,凡属地名,后皆增以"邑"旁,"易",金文作🜨,"户",篆作户,🜨户二形,绝近易误,增以"邑"旁,则成"扈"耳。[4]

闻一多也提出了同样的看法:"易卜辞作𝌆,金文作𝌆。右半与篆书户字相似,而有扈字本只作户。此盖本作𝌆,缺其左半,读者误为户字,又依地名加邑旁之例改作扈也。"[5] 正因为历来学者不知道此"易"字当为有易,故此字"侥幸"得以保存。所谓"汤谋易旅,何以厚之",是说商汤曾厚赂有易氏,借助其力量,取得了对夏战争的胜利。这与商汤出师伐夏前所承诺的"尔尚辅予一人,致天之罚,予其大赉(《说文》'赉,赐也')汝"(《尚书·汤誓》)是一致的。这一问题可以从文献记载和考古发现两个方面进行分析。

首先,就文献记载来看。先商族和狄人是有婚姻关系的一个重要联盟,商族女始祖简狄,便出自狄人部落有娀氏。楚辞中有多处提到了商与有娀氏的婚姻,如《离骚》"望瑶台之偃蹇兮,见有娀之佚女",《天问》"简狄在台,喾何

① 以上诸说见崔富章主编:《楚辞集校集释》,第 1151—1153 页。
② 孙作云:《孙作云文集·〈楚辞〉研究》(下),第 661 页。
③ 彭邦炯:《从甲骨文的易说到有易与易水》,《殷都学刊》1999 年第 2 期。
④ 吴其昌:《卜辞所见殷先公先王三续考》,《燕京学报》1933 年第 14 期。
⑤ 闻一多:《闻一多全集》(楚辞编),第 166 页。

宜？玄鸟致贻，女何喜？"商和有易氏也结成了亲密的婚姻关系，《天问》"胡终弊于有扈，牧夫牛羊？干协时舞，何以怀之？平胁曼肤，何以肥之？有扈牧竖，云何而逢？击床先出，其命何从？恒秉季德，焉得夫仆牛？何往营班禄，不但还来？昏微遵迹，有狄不宁。何繁鸟萃棘，负子肆情？眩弟并淫，危害厥兄。何变化以作诈，而后嗣逢长"一段即重要证据。上节我们已经指出，商先公王亥与有易女本来是有婚姻关系的，但王恒为了独占有易女，"危害厥兄"，挑拨有易之君绵臣杀了王亥。后来王亥子上甲微"中兴"，伐有易，杀绵臣，给有易氏以沉重的打击。事实上，有易氏与商族的这次战斗，也暗含了婚姻关系掩盖下有易氏与商之间的"控制"与"反控制"的冲突。王恒"往营班禄"，班禄，颁布爵禄，姜亮夫认为是"王恒为商侯，于有易或有颁赐爵禄之事"[①]。其说甚确，乃是此时商族在对有易氏的斗争关系中稍处于主动。上甲微之后，商族则完全掌握了对有易氏的主动权。"上甲微虽然假河伯之师诛杀了有易之君绵臣，但易族人仍然存在，其族称还是有易，甲骨文中所见与吴、启勤劳王事（'叶王事'）向商王朝纳贡的易族人，应该就是……上甲微假河伯所伐的有易族的后裔。"[②] 有易氏勤劳王事，说明其与商形成了较为友好的关系，并成为商封国（判断封国的标准之一即向商王纳贡、勤王、助祭，在甲骨文中一般用"入"等表示）。由此可见，从先商到有商一代，有易氏与商族整体上保持着较好的关系。

其次，从考古发现来看。王国维已经指出："狄、易二字，不知孰正孰借，其国当在大河之北，或在易水左右（孙氏之骡说）。"[③] "王亥、王恒、上甲微时游牧移动的地点是在北部。有易即河北保定以北、北京以南的易水流域，古易水发源于今易县，流入拒马河。而古代拒马河皆称易水。"[④] 关于冀中北部区域的考古学文化，李伯谦在《先商文化探索》一文中认为属于下七垣文化漳河

---

① 姜亮夫：《重订屈原赋校注》，《姜亮夫全集·楚辞学论文集》，第 289 页。
② 彭邦炯：《从甲骨文的易说到有易与易水》，《殷都学刊》1999 年第 2 期。
③ 王国维：《殷卜辞中所见先公先王考》，《观堂集林》，第 215 页。
④ 江林昌：《中国上古文明考论》，第 105 页。

型；沈勇、李维明等指出这类遗存属下七垣文化保北型，并对其年代做了推断。[①]张翠莲指出：

> 笔者基本同意上述（引者按：即李伯谦、沈勇、李维明）见解，即这类遗存在时代上与下七垣文化比较接近或同时，在文化面貌上也有一些相似之处。但随着新材料的不断增多，我们发现从总体来看其与下七垣文化的差异比较明显……这类遗存在南起滹沱河、北至拒马河一带的太行山东麓地区多处遗址均有发现。因为这类遗存已完全具备了考古学文化成立的条件，因此我们觉得在资料渐趋丰富的现在，可以将它作为一种独立的考古学文化来看待。至于其命名，我们采用了以该类遗存最丰富的遗址命名的方法，因下岳各庄遗址发现的这类遗存较为丰富、延续时间亦较长，故而我们命名为下岳各庄文化。[②]

有关下岳各庄文化的族属，张翠莲认为即有易氏。根据文献记载有易氏活动的范围和年代看，这一说法是很有道理的。[③]如若此说可信，则可知道，曾被学者论证为先商文化类型之一的下岳各庄文化，是有易氏所创造的。那么，先商文化与有易氏文化在文化面貌上必然有较多的相似处，才会被学者认为是先商文化的地方类型。关于二者文化面貌的一致性，学者早已有讨论，此不赘

---

① 李伯谦：《先商文化探索》，《商文化论集》，文物出版社，2003年，第38—52页（原载《庆祝苏秉琦考古五十五年论文集》，文物出版社，1989年）；沈勇：《保北地区夏代两种青铜文化之探讨》，《华夏考古》1991年第3期；李维明：《关于先商文化诸类型的相应年代》，《中州学刊》1990年第6期。

② 张翠莲：《论冀中北部地区的下岳各庄文化》，《文博》2002年第3期。

③ 李伯谦指出："对先商文化的界定不同，对先商文化分布范围的认识也不一样。如果继续遵从邹衡先前和我后来对先商文化的界定，先商文化的分布范围就要大得多。如果认为张立东主张的将邹衡划分的汇卫型另立为韦族辉卫文化、张翠莲主张的将沈勇提出的保北型另立为有易氏岳各庄文化，有合理性和说服力，先商文化的分布范围将大大缩小。这一问题的解决，前提是对先商文化的科学界定，同时也需注意从动态的角度观察作为考古学文化的先商文化的发展演变的过程。"见李伯谦：《先商文化考古的新征程——在"先商文化学术研讨会"开幕式上的致辞》，《南方文物》2009年第4期。

述。有关有易氏与先商族的关系，张翠莲还认为：

> 对于有易与先商的关系，有人认为先商灭有易后据有其地，或活动范围逾至北部，但我们从文献中汤以地百里的记载可知，商人在立国前后活动范围尚如此，其在先公时期地域当更小，而且从上引文献中上甲微为报仇假师河伯亦可看出，当时其确实势单力孤。[①]

我们上述讨论与张翠莲的意见恰好相合。文献记载商族与有易氏的婚姻关系，以及考古所见两族文化面貌的一致性，说明他们在长期交往中形成了密切的同盟关系，尤其上甲微战胜有易氏以后逐步形成了以商族为中心的部落联盟。而夏商之际的"国家形态"，不过是部落联盟共主制的早期文明，商汤灭夏，乃是以商族为共主的部落联盟取代以夏族为共主的部落联盟。跟随商汤灭夏以"勤劳王事"，正是有易氏成为商封国的重要原因。

而且，就商汤灭夏的背景看，俞伟超曾敏锐地指出："商人只是和狄人的某一支互为姻娅的联盟，作为北狄集团的总体来说，商、狄两大集团的前进轨道却是距离很远的，不过，商、狄既然存在着这样的亲缘关系，商人集团似乎在很长的时间内是以广阔的狄人活动区为其可靠后方，所以商汤之时，曾放心的向南征服葛伯、韦、顾而灭夏。"[②] 显然，商汤所依靠的狄人，就是生活在易水流域的有易氏。正是依靠与有易氏形成的联盟作为后盾，借助仍有强大战斗力的有易氏军队，商汤才最终实现了"韦、顾既伐，昆吾夏桀"的目标，建立了以商为共主的部落联盟。《天问》所记载的商汤借助有易氏军队的史实，正可以从这一阶段的考古遗存中得到合理的解释。

通过以上疏解可以看出，若从有易氏与商族的密切关系来重新认识这段看似凌乱不堪的句子，则文从字顺、条理贯通，更无须求助于改字等手段强解，

---

① 张翠莲：《论冀中北部地区的下岳各庄文化》，《文博》2002 年第 3 期。

② 俞伟超：《早期中国的四大联盟集团》，《古史的考古学探索》，文物出版社，2002 年，第 134 页。

这也表明我们所论的正确性。所幸的是，通过对《天问》的分析，以及彭邦炯从甲骨文中所提取的信息，有易氏从与先商族建立联盟，到辅助商汤建国，再到成为商方国（入贡、勤劳王事）这样一个完整的发展历程，也清晰地展现在我们面前。

第四节　商末周初史事考

商末周初史事以及此一时期商、周关系是先秦史研究热点，也是久难破解的难点。而具有史诗性质的《天问》有多处涉及商末周初诸问题，如：

会晁争盟，何践吾期？苍鸟群飞，孰使萃之？

到击纣躬，叔旦不嘉。何亲揆发，足周之命以咨嗟？

授殷天下，其位安施？反成乃亡，其罪伊何？

争遣伐器，何以行之？并驱击翼，何以将之？……

彼王纣之躬，孰使乱惑？何恶辅弼，谗谄是服？

比干何逆，而抑沉之？雷开何顺，而赐封之？

何圣人之一德，卒其异方？梅伯受醢，箕子详狂。……

伯昌号衰，秉鞭作牧。何令徹彼岐社，命有殷国？

迁臧就岐，何能依？殷有惑妇，何所讥？ ①

受赐兹醢，西伯上告。何亲就上帝罚，殷之命以不救？

---

① "臧"，据《方言》为赘婿，这里指姜太公，如郭店楚简《穷达以时》"吕望为臧棘津"。此节言文王依凭梦象（或占卜）而举姜太公为师。详下文论证。

　　师望在肆，昌何识？鼓刀扬声，后何喜？

　　武发杀殷，何所悒？载尸集战，何所急？

　　伯林雉经，维其何故？何感天抑墬，夫谁畏惧？

　　这些词句，有的浅显易解，且多可与《诗经》《尚书》《史记》等文献对照；有的却很难索解，不为他书记载。我们试在前辈学者研究基础上，结合考古资料对相关问题做一疏解。

一、"伯昌号衰，秉鞭作牧"

　　该句注解，学者大体有两种意见，一是以王逸、朱熹等为代表，认为"秉鞭"等为虚指，是借言文王被封，行西伯事，如王逸说："秉，执也。鞭以喻政。言纣号令既衰，文王执鞭持政，为雍州之牧也。"另一种看法以今人郭沫若等为代表，认为是实指文王牧畜。如他在《屈原赋今译》中认为"'衰'即'蓑'之古字，'号'当读为'荷'"，该句应译为"文王这位酋长，他披着蓑衣，拿着鞭子看牛羊"。[①]谭介甫也持同样观点，并引《尚书·无逸》"文王卑服，即康功田功"为证。[②]

　　以上两说虽均圆通，但又缺乏文献依据。我们认为，"秉鞭作牧"，王、朱注大体正确。"牧"，为诸侯长，如《左传》哀公十三年子服景伯曰"王合诸侯，则伯帅侯牧以见于王"，杜注"伯，王宫伯；侯牧，方伯"。因此，"作牧"应指文王被封西伯。"号衰"，郭沫若的解释更合理。"号"，各本多作"号"，不作"號"。"可"为"荷"初文，号与何、可"皆匣纽字，古可

----

　　①　郭沫若：《屈原赋今译》，上海书店出版社，2003年，第98页。萧兵亦认为"衰"即蓑衣，但对"号"读"荷"持反对意见，参其《号衰·撤社·迁主》，《楚辞新探》，第788—797页。

　　②　谭介甫说见其《屈赋新编》（下），中华书局，1978年，第500页。赵光贤则认为其对《尚书》的理解是错误的，见其《周代社会辨析》，人民出版社，1980年，第215—218页。

假用"；号、可二字形近，皆从口从丂，只是口的位置不同，《说文》"号，从口，在丂上"，"可，从口丂，丂亦声"。因此，"号衰"为"荷蓑"很有可能。

如此作解，恰能得到上博简《容成氏》相关记载的印证，兹先抄录如下：

> （纣）于是乎作为金桎三千。既为金桎，又为酒池，厚乐于酒，溥夜以为淫，不听其邦之政。于是乎九邦叛之：丰、镐、舟、□、于、鹿、耆、崇、密须氏。文王闻之，曰："虽君无道，臣敢勿事乎？虽父无道，子敢勿事乎？孰天子而可反？"纣闻之，乃出文王于夏台之下而问焉，曰："九邦者其可来乎？"文王曰："可。"文王于是乎素端裹裳以行九邦，七邦来服，丰、镐不服。文王乃起师以向丰、镐，三鼓而进之，三鼓而退之，曰："吾所知多尽，一人无道，百姓其何罪？"丰、镐之民闻之，乃降文王。文王时故时而教民时，高下肥毳之利尽知之。知天之道，知地之利，思民不疾。昔者文王之佐纣也，如是状也。[①]

由《容成氏》记载来看，此时商、周关系已经进入比较紧张的时期，相关背景可参阅《吕氏春秋》《史记》等文献。文王受商纣之命使"七邦来服"并"起师以向丰、镐"，即《史记·殷本纪》言"纣乃赦西伯……赐弓矢斧钺，使得征伐，为西伯"，也正是《天问》"秉鞭（对叛逆诸侯的讨伐）作牧（受封西伯）"的具体所指。值得注意的是，《容成氏》言文王"素端"，笔者认为，伯昌"号衰"，就是《容成氏》所言"素端"，二者同为白衣，又皆为凶服，应该是后人在追述此事时产生了歧义。而无论"荷蓑"还是"素端"，都不是因为发生了凶事，如《左传》昭公三十一年记载季孙意如因驱逐鲁昭公而受到晋国质问时，"季孙练冠、麻衣、跣行"，这里的"练冠""麻衣""跣行"，按《礼记》之《间传》《问丧》等篇记载皆为丧服，但此处并非因为已有丧事，如杨

---

① 马承源主编：《上海博物馆藏战国楚竹书》（二），第285—290页。

伯峻言，"季孙如此，表忧戚之深"①。又李零指出："素端，见《周礼·春官·司服》等书是凶事所服，其服作缟冠，白布衣，素裳，素履。兵事为凶事，故文王服之。"② 可见，二者都是就即将发生凶事而言，在某种程度上讲是一种威慑（不服从则兵戎相见，如"丰、镐不服。文王乃起师以向丰、镐"），这是古人常用的手法。

由此可知，《容成氏》记载与《天问》所记载的正是文王被命西伯后，着凶服以军事威慑使诸邦臣服的事迹。又据沈建华研究，九邦之名已见于甲骨文，《容成氏》文王使九邦臣服的记载应属史实③，那么，《天问》的相关记载也有很大程度的可靠性。

二、"何令彻彼岐社，命有殷国"

《天问》此句众说纷纭，王逸认为是"言武王既诛纣，令坏邪岐之社，言已受天命而有殷国，因徙以为天下之太社也"。洪兴祖则说："彻，通也。……武王既有殷国，遂通岐周之社于天下，以为太社，犹汉初令民立汉社稷也。"他们都认为"有殷国"之后而"彻彼岐社"，这些看法完全颠倒了"彻彼岐社"与"命有殷国"的因果关系，显然不足取。萧兵指出了这一不足，但他认为是周人自毁神社，以表示破釜沉舟。④ 我们认为这些看法都有可商之处，依据如下：

首先从先秦文献记载来看，周人伐商皆与岐社有关。如《墨子·非攻下》"赤鸟衔圭，降周之岐社，曰：天命周文王伐殷有国"⑤，《吕氏春秋·应

---

① 杨伯峻：《春秋左传注》，第 1510—1511 页。

② 马承源主编：《上海博物馆藏战国楚竹书》（二），第 288 页。

③ 沈建华：《甲骨文中所见楚简"九邦"诸国》，中国殷商文化学会编《2004 年安阳殷商文明国际研讨会论文集》，社会科学文献出版社，2004 年，第 273—277 页。

④ 萧兵：《号衰·撤社·迁主》，《楚辞新探》，第 788—797 页。

⑤ 孙诒让：《墨子间诂》，中华书局，2001 年，第 151—152 页。

同》"及文王之时，天先见火，赤乌衔丹书集于周社"①。"赤鸟衔圭"，虽不一定实有其事，但可以看出，岐社对于周人灭商具有重要意义，不可能遭破坏。

其次，据上海博物馆藏竹书《鬼神之明》②篇记载：

> 此以桀折于鬲山而受首于岐社。

"受"，即商王纣。该句是说夏桀和商纣不行仁义，桀终败于鬲山，而商王纣（受）头颅被祭祀于岐社。《逸周书·世俘解》也记载了武王由商返周后的祭祀情况："武王在祀，太师负商王纣县首白旂、妻二首赤旂，乃以先馘入，燎于周庙。若翼日辛亥，祀于位，用籥于天位。越五日乙卯，武王乃以庶祀馘于国周庙……于誓社。"③"于誓社"，即誓于社。这里的社，便是《鬼神之明》《天问》所云岐社。郭沫若指出："《逸周书》中可信为周初文字者仅有三二篇，《世俘解》即其一，最为可信。"④可见，此处上博简《鬼神之明》的记载也应是可信的。既然武王斩纣首献祭于岐社，那么岐社在武王灭商后仍是存在的。

再者，周原甲骨也有在岐地举行祭祀的记载：

> 祠自蒿于周。（H11：117）
> 祠自蒿于壴，囟无咎。（H11：20）

祠，祀也；周，岐周。徐中舒指出："此皆武王自镐京（引者注：蒿，当释为

---

① 陈奇猷：《吕氏春秋新校释》，第 682—683 页。
② 曹锦炎：《上海博物馆藏楚竹书〈墨子〉佚文》，《文物》2006 年第 7 期。
③ 贾二强校点：《逸周书》，辽宁教育出版社，1997 年，第 33 页。
④ 郭沫若：《中国古代社会研究》，《郭沫若全集》（历史编 1），人民出版社，1982 年，第 299 页。

郊）前往周原祠祀周宗庙之事。……壹地不详，其地亦当在周原。"[①] 都城的社，与宗庙等建筑一起，即所谓"左祖右社"。陈梦家根据对大量青铜器铭文的研究指出，文献及青铜器所称的宗周，并非丰、镐两地，"乃宗庙所在之地。……武王时之周为宗周，当时未营成周，故宗周应指岐周。……自清以来山西出青铜器最多之处，是扶风、郿、凤翔、宝鸡、武功等处，《大盂鼎》《大克鼎》记'王在宗周'命臣工而皆出土于岐山，可以暗示岐山之周是宗周"[②]。张光直也通过考证，指出岐周虽然不再是"政府中心"，但一直是西周"宗教上的核心"[③]，作为宗教中心，不可能没有神社。

因此，学者关于"徹彼岐社"的解释并不准确。我们认为，这里的岐社，是社主。"徹彼岐社"是取岐社之主而为军社，如《周礼·春官·大祝》云"大师，宜于社，造于祖，设军社……及军归，献于社"，贾公彦疏曰："言大师者，土出六军，亲行征伐，故曰大师。云宜于社者，军将出，宜察于社。"[④] 因为在周人眼里，社供奉的是战争的保护神，武王献纣首级于岐社，是以凯旋告慰社主。《礼记·大传》："牧之野，武王之大事也。既事而退，柴于上帝，祈于社，设奠于牧室。"这是武王克商后班师途经牧野进行祭祀的记载，郑注："柴、祈、奠，告天地及先祖也。……社，社主也。"武王所祭祀之社，无疑是随军之岐社主。因此，屈原所问当是"为什么社主随军，就能注定得到商朝的政权？"

屈原为何有此一问？这或许与商、周两代对"社"的态度不同有关。据王震中研究，商代社神的地位并不高，周代社神地位却大大提升，出征前或凯旋后都要在社中举行祭礼。商代出征前的这一告神之礼却是对帝或者祖先进行的，如贞问出征能否得到帝的允诺和保佑："贞：王勿从戝，帝若（诺）"（《合

---

① 　徐中舒：《周原甲骨初论》，《徐中舒历史论文选辑》（下），中华书局，1998 年，第1428—1429 页。

② 　陈梦家：《西周铜器断代》（上），中华书局，2004 年，第 371—372 页。

③ 　张光直：《青铜挥麈》，上海文艺出版社，2000 年，第 266 页。

④ 　孙诒让：《周礼正义》（第八册），中华书局，1987 年，第 2027 页。

集》7407 正乙），"甲辰卜，争贞：我伐马方，帝受我佑，一月"。^①商、周间的这种文化差异，可能为屈原所关注。

三、"受赐兹醢，西伯上告"

此句王逸释为"纣醢梅伯，以赐诸侯，文王受之以祭，告语于上天也"，虽没有错，但只是简单地解释了字面意思，没能说明此句的真实内涵。《天问》中多次提到俎醢的问题，如"梅伯受醢，箕子佯狂"。而商纣赐西伯兹醢的目的却很少有人探究，我们认为，这一点可以从马王堆帛书《黄帝书·正乱》中得到启示：

> （黄帝在战胜蚩尤后）腐其骨肉，投之苦醢，使天下噍之。上帝以禁。帝曰：毋乏吾禁，毋留（流）吾醢，毋乱吾民，毋绝吾道。止（乏）禁，留（流）醢，乱民，绝道，反义逆时，非而行之，过极失当，擅制更爽，心欲是行，其上帝未先而擅兴兵，视蚩尤、共工。屈其脊，使甘其箭。不生不死，悫为地程。帝曰：谨守吾正名，毋失吾恒刑，以视（示）后人。^②

噍，《集韵》"噍，歃也"，歃血为盟之义。《五正》篇则明确说战胜蚩尤后"（黄）帝箸之明（盟），明（盟）曰'反义逆时，其刑视蚩尤'"。《尔雅·释名》："盟，明也，告其事于神明也。"又如《汉书·韩彭英卢吴传》载："汉诛梁王彭越，盛其醢以遍赐诸侯。"颜师古曰："反者被诛，皆以为醢，即《刑法志》所云'菹其骨肉'是也。"^③可知古人赐"醢"的目的除了威慑，便是意图结盟。

---

① 王震中：《商代王都的"社"与"左祖右社"之管见》，《中国古代文明的探索》，云南人民出版社，2005 年，第 497 页。

② 魏启鹏：《马王堆汉墓帛书〈黄帝书〉笺证》，中华书局，2004 年，第 136—137 页。

③ 班固：《汉书》，中华书局，1962 年，第 1887 页。

商王纣也正是如此，《吕氏春秋·行论》的记载为我们提供了一些线索：
"昔者纣为无道，杀梅伯而醢之，杀鬼侯而脯之，以礼诸侯于庙。文王流涕而
咨之。纣恐其畔（叛），欲杀文王而灭周。文王曰：'父虽无道，子敢不事父
乎？君虽不惠，臣敢不事君乎？孰王而可畔也？'纣乃赦之。"[①]所载可与《天
问》对照，"礼诸侯"乃是商纣借"醢"盟誓，"恐其畔（叛）"是他对文王最
大的担忧，因为此时文王已经"三分天下有其二"（《论语·泰伯》），文王在做
出"臣不敢不事君"的保证后才得到赦免。

与此可以参证的是上引周原甲骨，尤其是 H11：1、H11：82、H11：84、
H11：112 四片，兹引徐中舒释文及论述如下：

> 癸巳彝文武帝乙宗。贞，王其昭吼成唐，将御服二女（母）。其彝盟
> 牡三豚三，西又正。
>
> ……此言文王在文武帝乙宗，祠祭成唐及其两个配偶，杀牲为盟，在
> 殷王祖先神明监临下与周大臣同吃血酒，共效忠诚。……
>
> 彝文武宗。贞，王翌日乙酉其拜冉冉，丙戌武豊（缺）裂卯（缺）佐王。
>
> 文王在周民族中举起周方伯旐，也要与西正同饮血酒，同心同德，保
> 卫周邦，效忠殷王。

徐中舒最后指出："以上四例，充分说明文王时代周之事殷，处处都要
通过盟誓之言，作为周不叛殷的保证。"[②]此说甚确。这正与《天问》记载若
合符节！

文王无奈之下与商纣盟誓。他之所以"上告"天帝，因为商代固定的盟誓
对象便是天帝，由天帝对盟誓仪式予以监督。[③]"亲就上帝罚"，则是指文王受

---

① 陈奇猷：《吕氏春秋新校释》，第 1398—1399 页。
② 徐中舒：《周原甲骨初论》，《徐中舒历史论文选辑》（下），第 1424—1425 页。另，笔者对徐中舒所做个别释文存保留意见，但完全赞同徐先生学术观点。
③ 张国硕：《试论商代的会盟誓诅制度》，《殷都学刊》1998 年第 4 期。

帝命翦商。其受命之说，传世文献和出土金文屡载，如《诗经·文王有声》"文王受命，有此武功"，《尚书·康诰》"天乃大命文王，殪戎殷，诞受厥命"，《大盂鼎》"文王受天有大命"。①

四、"到击纣躬，叔旦不嘉"

"到击纣躬"，即《史记·周本纪》所载："（武王）遂入，至纣死所。武王自射之，三发而后下车，以轻剑击之，以黄钺斩纣头，县（悬）大白之旗。已而至纣之嬖妾二女，二女皆经自杀。武王又射三发，击以剑，斩以玄钺，县其头小白之旗。"②然后又祭祀于社。"叔旦不嘉"，叔旦即周公，"不嘉"指周公对周武王的行为不满。儒家学者对武王的做法似乎也有异议，如孔子评价武王时乐曲《武》说"尽美矣，未尽善也"（《论语·八佾》），实质上是对武王行为的侧面批评。于省吾指出："根据近年来地下所发现的商代遗址和墓葬以及文字资料来看，当时的统治者对战俘（包括对方的君长）和奴隶的大肆残杀，令人惨不忍睹。这种作风，周初还有一定程度的存在。可见武王对于敌人殷纣的猛力射杀，显然是符合于当时的历史实际情况的。"③由此看来，武王的行为在当时虽然是"得体"的，却没有得到周公的认可。

王晖在《周公改制考》一文中指出："西周时期对以人为牲制的改革应是在传说的周公制礼作乐时代，因为周公称王之后几乎没有以人为牲的情况了……大概周公在制礼作乐中就是以'义'作为原则，废除了文王、武王时代继承殷礼而袭用的以人为牲制。"④从《天问》记载来看，王晖的推测是正确的，正是由于周公对"到击纣躬"并不满意，所以他在进行"制礼作

---

① 晁福林：《夏商西周的社会变迁》，北京师范大学出版社，1996年，第172页。
② 司马迁：《史记》，中华书局，1959年，第124—125页。
③ 于省吾：《泽螺居诗经新证、泽螺居楚辞新证》，第177页。
④ 王晖：《周初改制考》，《中国史研究》2000年第2期。

乐"时去除了这种以人为牲的礼俗。《天问》所言为周公"制礼作乐"的原因找到了依据。

通过以上分析不难看出,《天问》翔实地记载了商末周初的系列史实,为我们勾勒了商末周初的基本图景,其中有的并不为其他传世文献所载,而完全可以与周原甲骨、出土竹简等记载相印证,显示出《天问》的重要史料价值。

第五节　周昭王、穆王伐楚事迹说

昭王、穆王是周代鼎盛期"成康之治"之后，以开疆拓土为主要事迹的两位天子。司马迁《史记·周本纪》评价此时"王道微缺""王道衰微"，管子却盛赞："昔吾先王昭王、穆王，世法文、武，远绩以成名。"① 孰是谁非，学者有不同说法。《天问》也记载了他们的事迹：

> 昭后成游，南土爰底。
> 厥利惟何，逢彼白雉？
> 穆王巧梅，夫何周流？
> 环理天下，夫何索求？

王逸注释说："昭王背成王之制而出游，南至于楚，楚人沉之，而遂不还也。……昭王南游，何以利于楚乎，以为越裳氏献白雉，昭王德不能致，欲亲往逢迎之。""穆王巧于辞令，贪好攻伐，远征犬戎，得四白狼，四白鹿。自是后，夷狄不至，诸侯不朝，穆王乃更巧词周流，而往说之，

---

① 徐元诰：《国语集解》（修订本），中华书局，2002年，第218页。

欲以怀来也。……王者当道修德以来四方，何为乃周流天下，而求索之也？"①

对此问题，前辈学者如闻一多、杨树达、汤炳正、沈文倬等做过详细考证。②如汤炳正《试论〈天问〉所反映的周、楚民族的两次斗争》一文，结合史墙盘，考索了《天问》"成游""巧梅"两词语的含义，认为"成游"从姜亮夫说，即"盛游"，指以兵车从游，"巧梅"即"讦谟"，指庞大的计划；并在此基础上讨论了其中的历史内涵，认为"《天问》所谓'昭后成游，南土爰底'，乃针对周昭王伐楚不返一事所提出的诘问；而'穆王巧梅，夫何周流'，亦系紧承上文，针对穆王时包括伐楚在内的'周流'所提出的诘问。这就是《天问》这两节诗中'成游''巧梅'的原始含义及其所涉及的丰富的历史内容"；还讨论了屈原的民族态度。③其说广为楚辞学者引用。

随着出土资料的不断增多，记载昭王、穆王事迹的铭文也越来越详尽，我们以为，传统的观点仍有补充的余地。现试在李学勤等对相关青铜器铭文研究的基础上，对《天问》所载做进一步探讨。

一、昭　王　事　迹

传统观点认为："《天问》所谓'昭后成游，南土爰底。厥利惟何，逢彼白雉'，实即指周昭王伐楚不返而言。"按：李学勤根据青铜器铭文，将昭王事迹按年代排定为：

---

① 洪兴祖：《楚辞补注》，第 110 页。
② 如闻一多：《楚辞校补·天问》，《闻一多全集》（楚辞编），第 168—169 页；杨树达：《积微居金文说·宗周钟跋》，上海古籍出版社，2007 年，第 212—214 页；汤炳正：《屈赋新探》，齐鲁书社，1978 年，第 222—237 页；沈文倬：《菿闇文存》，商务印书馆，2006 年，第 870—883 页。
③ 汤炳正：《屈赋新探》，第 222—237 页。

昭王十五年 （公元前981年）	九月	堆叔从王征楚荆，在成周（堆簋）
	九月既死霸丁丑（廿六日）	王伐楚，伯在炎，作册矢令　宜于王姜（令簋）
	十月甲午（十四日）	在炎自，伯懋父锡召白马（召尊，召卣）
十六年 （公元前980年）	八月	堆叔从王南征，惟归，在师（堆鼎）
十八年 （公元前978年）	十月甲子（初二日）	王在宗周，命南师中罙静省南国相，设居（静方鼎）
	十又二月 （惟王命南宫伐叛虎方之年）	王命南宫伐虎方（䍤甗）
		王命中先省南国，贯行，设王居在夒隩，负山（中方鼎甲）
十九年 （公元前977年）	正月既死霸庚申（廿九日）	王在宗周，王命□𩵥使于𢿘（𩵥甗）
		王命中先省南国，贯行设居，在曾，史儿至，以王命曰：余使汝使小大邦……中省自方、邓，造□邦在鄂师次，伯买父□以厥人戍汉中州，曰段曰旅（中甗）
	五月	王在庠（馆）
（惟王十又九祀）	（六月）戊子（卅日）	命作册析觅望土于相侯，锡金锡臣（析尊、方彝、觥）
	八月初吉庚申（初三日）	（静）至，告于成周
	（八）月既望丁丑（廿日）	王在成周太室，命静司在曾、鄂师、锡𦟀、旅、市、采𦈡（静方鼎）
	……	王大省公族于唐，振旅，王锡中马自厉侯四骒，南宫觅，王曰：用先（中觯）
	十三月庚寅（初四日）	王在寒次，王命太史觅中褱土，王曰：……作乃采（中方鼎乙）[1]

---

① 李学勤：《论西周的南国湘侯》，《通向文明之路》，商务印书馆，2010年，第175—179页。

通过分析，李学勤指出：

> 现在弄明白，昭王伐楚荆和南巡，是相衔接的两件事。据铭文，昭王十五年秋始伐楚国，他本人渡过汉水，遇到大兕，如《纪年》所载，在十六年。十六年秋，战事终了。这是伐楚荆的过程。到十八年，昭王在宗周即王都镐京，又派遣中、静等臣属省察南国，整顿驻守当地的军队。十九年，昭王前往成周、庠、寒等地，赏赐众臣，到次年落得"南巡不返"，以悲剧收场。这也便是史墙盘说的"广惩楚荆，惟奂（意为盛大）南行"，前者是伐楚，后者是南巡。[①]

《天问》言昭王"南土爰底"，"南土"一词，又见于《左传》昭公九年：

> 王使詹桓伯辞于晋，曰："我自夏以后稷，魏、骀、芮、岐、毕，吾西土也。及武王克商，蒲姑、商奄，吾东土也；巴、濮、楚、邓，吾南土也；肃慎、燕、亳，吾北土也。"[②]

可见所谓"南土"指周之南方诸国，铭文中多称"南国"。由于"昭王伐楚荆和南巡，是相衔接的两件事"，所以《天问》所言"南土爰底"，主要是指昭王南巡不返。这也表明，昭王之死与伐楚无关，而其南巡是否包含伐楚一事尚有疑问，更不会像学者所言仅指征伐荆楚。事实上，战国时人也没有认定昭王之死与楚有关，多称其"南征不复"或"南巡不返"。广为学者引用的，是《左传》僖公四年的记载：

> 四年春，齐侯以诸侯之师侵蔡。蔡溃，遂伐楚。楚子使与师言曰：

---

① 李学勤：《基美博物馆所藏令簋的年代》，《文物中的古文明》，商务印书馆，2008年，第534—537页。

② 杨伯峻：《春秋左传注》，第1307—1308页。

"君处北海，寡人处南海，唯是风马牛不相及也，不虞君之涉吾地也，何故？"① 管仲对曰："昔召康公命我先君大公曰：'五侯九伯，女实征之，以夹辅周室！'赐我先君履，东至于海，西至于河，南至于穆陵，北至于无棣。尔贡苞茅不入，王祭不共，无以缩酒，寡人是征。昭王南征而不复，寡人是问。"对曰："贡之不入，寡君之罪也，敢不共给？昭王之不复，君其问诸水滨！"师进，次于陉。夏，楚子使屈完如师。师退，次于召陵。②

齐人兴师问罪，先是说其先君受命"五侯九伯"，皆可征讨；再说楚人不进贡"缩酒"之"苞茅"；最后才提到昭王南征不复。可见这不过是齐人发难楚国的借口而已，楚人的回答，乃是义正词严的否认。齐人来势汹汹，只是因为理亏才退师，以此可知，昭王之死当与楚人无关。学者将昭王南征或南巡认定为伐楚，自然会将二事联系起来。③

有关《天问》"白雉"的记载，除了与王逸相似的看法外，学者多认为不详、待考；也有学者进行补说，如闻一多认为：

"雉"当为"兕"，声之误也。《吕氏春秋·至忠篇》"荆庄襄王猎于云梦，射随兕"，《说苑·立节篇》作科雉，《史记·齐太公世家》"苍兕苍兕"，《索隐》曰"一本或作苍雉"，《管蔡世家》曹惠伯兕，《十二诸侯年表》作雉，并其比。……《初学记》六引《纪年》曰："昭王十六年，伐

<hr>

① 陆宗达对此进行了新的句读和训诂，认为"这句话不是疑问句，而是质诘句，并且是表达了严厉的责问口气。……这段外交辞令是用强硬指责的态度说的，并不是婉和的问话"。陆宗达：《训诂简论》，北京出版社，2002年，第36页。

② 杨伯峻：《春秋左传注》，第288—291页。

③ 《吕氏春秋》记载："周昭王亲将征荆，辛余靡长且多力，为王右。还反涉汉，梁败，王及祭公抎于汉中，辛余靡振王北济，又反振祭公。"此语虽提及昭王伐荆，但未提到昭王之亡，只说是"还反涉汉"，古人对此即有争议，该语含混不明，矛盾之处颇多。详见陈奇猷：《吕氏春秋新校释》，第343—345页。

楚荆，涉汉，遇大兕。"本篇所问，即指斯役。然则昭王所逢，是兕非雉，
又有明征矣。[1]

杨树达认为"兕雉二字古通"，《天问》与古本《竹书纪年》所载"实一事
也"[2]，但需要指出的是，"遇大兕"的事情发生在昭王十六年，而昭王之死是在
十九年，年代记载难以牵和。汤炳正指出此点并提出了新的见解：

> 《天问》的"白雉"，亦或原作"兔雉"；"白"字乃"兔"字坏其下半
> 而致误。昭王逢兔雉而丧六师于汉水，故《天问》的"逢彼兔雉"，实暗
> 指昭王之南征不返。

这一说法虽能圆通，但前一句"南土爰底"，即指昭王溺死汉水，此处似
不必再重复作问其"南征不返"。学者以古本《竹书纪年》所载"遇大
兕""兔雉"等来解释《天问》"白雉"，似乎都认为《天问》所载有误，笔者
并不赞同。

从文献记载看，古人以白雉为祥瑞，如《太平御览》有"白雉"条：

> 《春秋感精符》曰："王者旁流四表则白雉见。"
> 《孝经援神契》曰："王者德至鸟兽，故雉白首。又曰：周成王时，越
> 裳献白雉，去京师三万里，王者祭祀不相踰，宴食衣服有节则止。"
> 《抱朴子》曰："白雉自有雉种，南越尤多。按《地域图》，今之九德
> 则古之越裳也。盖白雉之所出，周成王所以为瑞者，贵其所自来之远，明
> 其德化所被之广，非谓此为奇。"
> 《楚辞》曰："昭后成游，南土爰底。厥利惟何，逢彼白雉？"

---

① 闻一多：《楚辞校补·天问》，《闻一多全集》（楚辞编），第168—169页。
② 杨树达：《积微居金文说·宗周钟跋》，第213页。

　　《汉书》曰："平帝元始元年春，越裳重译献白雉一、黑雉二，诏使三公以荐宗庙。"①

　　上引《抱朴子》曰："盖白雉之所出，周成王所以为瑞者，贵其所自来之远，明其德化所被之广，非谓此为奇。"此语道破了以白雉为祥瑞的原因。我们以为，"越裳"献白雉，与召公省察南国有关。太保玉戈就记载："六月丙寅，王在丰，令太保省南国，帅汉，遂殷南，令厉侯辟，用鼄走百人。"李学勤指出："'遂殷南'，'殷'意为殷见。……'殷'的主语是'王'，不是太保。……由此可知，成王命召公巡省南国，沿汉而下，是为了召集当地诸侯来朝之事。由当时历史情况来看，这件事可能发生在周公东征平定三监以后，是巩固王朝南方统治的一项措施。"②越裳氏献白雉，是周公居摄六年时事，虽在召公省察南国后的很长一段时间，但越裳氏强调"道路悠远，山川岨深，音使不通，故重译而朝"③，不难看出他们是在为自己晚来朝贡做辩解。因此，白雉之献，实与成王巩固南土的措施密切相关。

　　越裳氏献白雉，是周成王宣扬国威、宣扬治理南土功绩的体现。明白此点，我们则可以理解《天问》所云昭王"逢彼白雉"，其实与周昭王南巡是一事，或者说这是昭王南征的借口。昭王欲继承先王业绩，仿效其先，对南土更广阔的范围进行征讨、巡视，尤其是在伐楚胜利后，他信心大增，遂实行"宏伟"的南巡计划。从上引铭文记载看，昭王所派使者到达的地域，已经很远，如到达"相"地，即湖南的湘江流域，还曾到达虎方（巴）、蜀等地，而其目的地，可能是南方更远的地方，从这一点看，"白雉"所出之地亦当在其

----

① 李昉等著，孙雍长、熊毓兰校点：《太平御览》（第八卷），河北教育出版社，1994年，第347—348页。

② 太保玉戈，相传为光绪二十八年（1902）在陕西岐山掘土所得，出土后归端方所有，并收入其《陶斋古玉图》，有摹本，后流散海外，藏于美国华盛顿弗利尔美术馆。李学勤指出，考虑到玉戈不少地方承袭商末的特点，其年代很可能是成王时，特别是成王的前期。李学勤：《太保玉戈与江汉的开发》，《李学勤文集》，上海辞书出版社，2005年，第209—214页。

③ 范晔：《后汉书·南蛮西南夷列传》，中华书局，1965年，第2835页。

计划之内。无怪乎西周青铜重器史墙盘和逑盘铭文都对昭王的征伐行为予以高度评价。

近年来出土的王家台秦简《归藏》中就有关于"白雉"的记载：

复曰：昔者陼王卜复白雉□。

王辉在讨论该篇时指出：

白雉，白色野鸡，古人以为祥瑞之物。《春秋感精符》："王者德流四表则白雉见。"《楚辞·天问》："厥利维何，逢彼白雉？"《周易·复卦》卦辞："复，亨，出入无疾，朋来无咎。反复其道，七日来复，利有攸往。"复卦六爻除最下一爻为阳外，余皆为阴，象征一阳回复，故有祥瑞。周初有祥瑞。《史记·周本纪》："武王渡河，中流白鱼跃入王舟中。"①

白雉既为祥瑞，从《周易·复卦》"利有攸往"看，《归藏》的《复卦》也应是吉卦。此处王辉已引《天问》记载，但没有讨论。他读"陼"为"周"，甚确，文献所见与白雉有关的周王，只有成王和昭王两人——成王时越裳氏献白雉，而昭王欲"逢"白雉。《归藏》中的周王，应非成王，因为就史籍所载，周公曾就献白雉事做了义正词严的回答："德不加焉，则君子不飨其质；政不施焉，则君子不臣其人，吾何以获此赐也？"②所以没有再系之占卜的必要。因此我们以为，《归藏》中的周王应当是昭王。"卜复白雉"，《说文》："复，往来也。"昭王以越裳氏曾献白雉为借口，"卜复白雉"，而"利有攸往"，其结果是吉兆，故而在伐楚后开始了南巡。

准此，我们有必要再回顾一下王逸的看法。他认为昭王背成王之制，以

---

① 王辉：《王家台秦简〈归藏〉校释 28 则》，《江汉考古》2003 年第 1 期。
② 范晔：《后汉书·南蛮西南夷列传》，第 2835 页。

"成游"之"成"释"成王",无疑是错误的。根据文献,越裳氏献白雉,在周公摄政时,也即成王之时,王逸所误当源于此。虽有误解,却又误中！他说"昭王德不能致,欲亲往逢迎之",却是很有见地的。越裳氏,在交趾之南,恰合于周朝"南土"的范围。学者认为王逸引"越裳氏献白雉"解释"逢彼白雉",时代混乱,实在是冤枉了他。

事实上,复"白雉"不过是昭王南巡的理由。在南巡中,昭王及其诸臣确实到达了南方较为偏远的地方,只是由于南征不复,使得周王朝对南方的管理遭到重创,他身死异地也成为后世笑柄。昭王卜南巡为吉[①],最后却落得如此下场,屈原所问"厥利惟何",恰是指此。

二、穆 王 事 迹

汤炳正释"巧梅"为"讦谟",就庞大的计划而言,甚确。根据铭文记载,周穆王确实有伐楚的行为,如 2003 年 1 月在陕西眉县杨家村发现的青铜器窖藏,共出土铜器 27 件,其中的逨盘,其铭文记载了周文王至周宣王的世系和做器者祖先追随周王的事迹。其中关于昭王、穆王的铭文说:"用会昭王、穆王,盗政四方,扑伐楚荆。""盗",李学勤读为"廷","意思是将其德政普及四方诸侯"[②]。可见,铭文评价穆王"盗政四方",与《天问》"周流"与"环理天下"同义,都指对四方统治的维护。从广义上而言,这种维护应该包含伐楚,但我们不能因此而认定《天问》所载"穆王巧梅"一节必与伐楚相关。

《国语·周语上》记载:"穆王将征犬戎,祭公谋父谏曰:'不可,先王耀

---

①　此处的南巡,自然包含了征讨。卜出征的例子,在秦简《归藏》中占了很大比例,如黄帝卜伐炎帝、武王卜伐纣、周穆王卜出征等,这恰能为我们所论昭王卜南巡、征讨事迹提供佐证。

②　李学勤:《眉县杨家村新出青铜器研究》,《中国古代文明研究》,华东师范大学出版社,2005 年,141—142 页。

德不观兵……'王不听，遂征之，得四白狼、四白鹿以归。自是荒服者不至。"①《史记·周本纪》说："昭王之时，王道微缺，昭王南巡狩不返，卒于江上，其卒不赴告，讳之也。……穆王即位，春秋已五十矣，王道衰微。"②昭王南巡不复，与《天问》"昭后盛游，南土爰底"指同一件事；穆王征伐犬戎，"得四白狼、四白鹿以归"，最后落得"自是荒服者不至"的结果，则可能与"夫何索求"有关。王逸所述即引自《国语》。"王室衰微"是对昭王、穆王的评价，应该说，这是史书对昭王、穆王事迹的"正常"记载，与屈原所问其实是相同的。以此来看，屈原的诘问应该是以史家的眼光看待的，并不一定具有民族性。

另外，汤炳正举证与穆王伐楚有关的文献说：

> 周穆王继昭王而伐楚的问题，曾为他八骏游天下的传说所掩盖。……《白帖》三，引古本《竹书纪年》云穆王"三十七年，伐荆"。又《艺文类聚》九及《通鉴外记》三，皆引古本《竹书纪年》云穆王"三十七年，伐楚。大起九师，东至于九江，叱鼋鼍以为梁"。……这些记载，虽有的已演化为神话式的传说，而实际上是真实历史的投影。③

上引资料，杨宽也有考索，认为"当时九江之地为扬越所在"，"鄂在今湖北鄂城，九江在其东南"，并引《史记·楚世家》"周夷王之时……熊渠甚得江汉间民和，乃兴兵伐庸、杨粤，至于鄂"为证，认为楚人在穆王之时尚未占有九江。④此说甚是，《白帖》《艺文类聚》所引当是后人根据后世的地理格局妄改古本《竹书纪年》。以后世所篡改的史料作为证据，明显没有说服力。

① 徐元诰：《国语集解》（修订本），第1—9页。
② 司马迁：《史记》，第134页。
③ 汤炳正：《屈赋新探》，第185页。
④ 杨宽：《西周史》，上海人民出版社，2003年，第561页。

综上可知,汤炳正关于《天问》"成游""巧捶"两词的基本释义是正确的,但他以此认为这都与昭王、穆王征伐楚国有关,并将昭王南巡与伐楚等同起来,无疑是可以讨论的。屈原《天问》对古史传说的怀疑和诘问,反映了他的历史观和价值观,对昭王、穆王事迹的诘问,是否因其与伐楚有关而具民族感情色彩,我们是持否定态度的。总之,《天问》有关昭王、穆王的事迹,随着出土铭文资料的增多而得以诠释,这是值得庆幸的。

第二章

楚辞古史人物及其事迹研究

王国维说："研究中国古史，为最纠纷之问题。上古之事，传说与史实混而不分。史实之中，固不免有所缘饰，与传说无异；而传说之中，亦往往有史实为之素地：二者不易区别，此世界各国之所同也。"① 此言甚是。楚辞中古史人物的事迹也是如此，其中既包含了真实的史实记载，也有后人的附会，沾染着浓重的时代色彩。而通过对考古资料的分析，我们可以分解出其中的附益成分，纠正历来学者的错误认识。

---

① 　王国维：《古史新证》，第 1 页。

第一节　禹事迹研究（附夏启事迹研究）

禹是夏王朝的建立者，其事迹广为先秦诸子称颂。即便是新出土文献，也多有关于禹的记录。如《上海博物馆藏战国楚竹书》（二）有一篇题名为《容成氏》[①]的作品，从上古帝王容成氏的事迹讲起，迄周武王伐纣，包含了丰富的古史传说内容，而其中大禹的事迹占了很大的篇幅；又如保利博物馆收藏的燹公盨，其铭文专门记述禹治水的传说；其他出土文献中关于禹的零星记载更是不可胜数。结合这些资料，可以对楚辞中所载与禹有关的事迹进行分析。

一、禹　治　水

禹为我们所知的重要事迹，就是治水。在传世文献中，多有大禹治水的记载，《天问》中，屈原就介绍了两位治水英雄——禹与其父鲧，其事迹如下：

---

① 这里所用释文与简序，多参照李零注释：《容成氏》，马承源主编《上海博物馆藏战国楚竹书》（二）；陈剑：《上博楚简〈容成氏〉与古史传说》，复旦大学出土文献与古文字研究中心网站，2008 年 7 月 31 日。下同，不再出注。

> 不任汩鸿，师何以尚之？
>
> 佥曰何忧？何不课而行之？
>
> 鸱龟曳衔，鲧何听（圣）焉？
>
> 顺欲成功，帝何刑焉？
>
> 永遏在羽山，夫何三年不施？
>
> 伯禹愎鲧，夫何以变化？
>
> 纂就前绪，遂成考功。
>
> 何续初继业，而厥谋不同？
>
> 洪泉极深，何以填之？
>
> 地方九则，何以坟之？
>
> 河海应龙，何画何历？
>
> 鲧何所营？禹何所成？
>
> 康回冯怒，墬何故以东南倾？
>
> 九州安错？川谷何洿？
>
> ……
>
> 禹之力献功，降省下土四方。

由于疑古思潮的影响，禹被看作神话人物，一些楚辞学者也将鲧、禹治水看作神话[1]，近来公布的燹公盨，年代为西周中期，其铭文就记载了禹治水：

> 天命禹敷土，随山浚川，廼差地设征，降民监德，廼自作配享民，
> 成父母。生我王、作臣，厥贵唯德民，好明德，顾在天下。用厥绍好，
> 益干（？）懿德，康亡不懋。孝友，訏明经齐，好祀无废。心好德，婚媾

---

① 我们认为，禹为人王，关于其治水，应实有其事，但也有后世附益的成分，笼统地将之归结于神话是不恰当的。鲧、禹治水的事迹，徐旭生已有详考，他认为："洪水的发生区域主要的在兖州，次要的在豫州、徐州境内。其余各州无洪水。禹平水土遍及九州的说法是后人把实在的历史逐渐扩大而成的。"参徐旭生：《中国古史的传说时代》，文物出版社，1985 年，第 161 页。

亦唯协。天厘用考，神复用被禄，永御于宁。遂公曰：民唯克用兹德，亡诲（侮）。[1]

　　这里的"天命禹"，有学者认为是禹为神话人物的证据。但读周代典籍即可知道，文王也是受天命，楚辞即有西伯"何亲就上帝罚，殷之命以不救"的记载，《诗经·大雅·文王》也有"文王降陟，在帝左右"的说法。文王为周之始王，禹也应如此。燹公盨铭作为最早记录大禹事迹的记载，其中的史实素材不可低估。[2]就《天问》记载而言，上引资料当是屈原在呵问宇宙生成的神话后，开始对夏商周史事的发问。我们认为鲧、禹都是古史人物。

　　通读楚辞全文，可以知道屈原对鲧是持同情态度的，并以"鲠直"相称，我们在前文探讨夷夏关系时已经指出。大禹治水，如《天问》所述，是在继承其父事业基础上成功的，"伯禹愎鲧"，即指此事。江林昌利用考古学和地理学的资料，认为"大概鲧治水的时候，正值黄河由南往北改道的高峰期，所以鲧虽然勤奋工作，但还是'九载，绩用弗成'。……而禹治水的成功……现在看来，当时的黄河改道客观上已近尾声，大禹因势利导，因而成功"[3]。此说可从。禹治水的细节，《天问》说："洪泉极深，何以填之？地方九则，何以坟之？河海应龙？何画何历？……九州安错？川谷何洿？……禹之力献功，降省下土方。"由于文献缺失，很多已不可解，不过上博简《容成氏》篇就记载了禹治理"九州"的传说：

　　　　舜听政三年，山陵不尻（处），水潦不洞（通），乃立禹以为司工（空）。禹既已受命，乃卉服、箸箬帽、芙蕮，□足□☑面干赮，胫不生（之）毛。□渺湝流，禹亲执枌（畚）耜，以陂明都之泽，决九河之滹

---

[1]　李学勤：《论燹公盨及其重要意义》，《中国古代文明研究》，第 126—136 页
[2]　李锐：《新出简帛的学术探索》，北京师范大学出版社，2010 年，第 416—429 页。我们认为，李锐结合燹公盨讨论大禹问题，针对疑古思潮、王国维及当前一些学者的看法进行探讨，其方法和结论都是中肯的。
[3]　江林昌：《中国上古文明考论》，第 66—69 页。

（阻），于是乎夹州、徐州始可处。禹通淮与沂，东注之海，于是乎竞州、莒州始可处也。禹乃通䔍与易，东注之海，于是乎藕州始可处也。禹乃通三江五湖，东注之海，于是乎荆州、扬州始可处也。禹乃通伊、洛，并里〈瀍〉、涧，东注之河，于是乎豫州始可处也。禹乃通泾与渭，北注之河，于是乎虘州始可处也。禹乃从汉以南为名谷五百，从汉以北为名谷五百。

这里禹治"九州"各州名与地理位置，与《尚书·禹贡》中的"九州"并不完全相合。以往学者多依据《禹贡》注释《天问》，现在看来，流传于楚地的《容成氏》之"九州"，则更可能合于屈原所问之"九州"。①

二、禹建号旗的传说及其在今古文中的意义

上博简《容成氏》篇记有禹建"号旗"的故事，见于第17—21简，兹将原文移录如下：

禹乃因山陵平隰之可封邑者而繁实之。乃因迩以知远，去苛而行简。因民之欲，会天地之利。夫是以近者悦绍，而远者自至。四海之内及四海之外皆请贡。禹然后始为之号旗，以辨其左右，思民毋惑。东方之旗以日，西方之旗以月，南方之旗以蛇，中正之旗以熊，北方之旗以鸟。禹然后始行以俭，衣不亵美，食不重味，朝不车逆，舂不毇米，醯不折骨。

---

① 关于九州，学者多有讨论，如江林昌等认为，"九州"有三个层次，邹衍所提出的九州，可称为"大九州"；《禹贡》所述九州可称为"中九州"；而《左传》昭公四年载"四岳、三涂、阳城、太室、荆山、中南：九州之险也"，这里的九州包含四岳、三涂、阳城、太室、荆山、中南，位于河南西部和陕西南部，可称为"小九州"。其说见江林昌等：《略论"九州"的范围和"九"的原始涵义》，《民族艺术》2001年第3期。

这一记载，学者讨论较少。我们以为，号旗即《楚辞·大招》的"禹麾"。明乎此，对于解决今古文经学的一些问题也有帮助。

（一）号旗即楚辞《大招》之"禹麾"

《容成氏》云："近者悦，而远者自至。四海之内及四海之外皆请贡。禹然后始为之号旗。"在古代汉语中，"然后"一词多指具有因果关系的动作承继，"隐含有无甲事则无乙事的意思"①，所以该句的隐含之义为：四方朝贡是建号旗的基础。由于这一基础，号旗具有了浓厚的政治意义。如叶舒宪说："建立旗帜的象征体系，这是我国传媒发展史上的大事。而辨别四方和中央的关系，这是我们'中国'之所以得名的原型经验。'中'字的原初字型就是一个旗杆，上面飘着旗帜，表示由人群围着祭祀仪式的中心象征，引申为中央空间的意思。中央是与四方相对而言的。没有四方的臣服拥戴，就没有中央的统治权力。"②可见，禹建五方号旗实际上体现了他的功绩和权威。

学者在研究《容成氏》"号旗"时，多言"古书未见"。笔者认为，禹建号旗的故事，"隐藏"在《楚辞·大招》中。③《大招》："直赢在位，近禹麾只。"王逸认为："赢，余。禹，圣王，明于知人。麾，举手也。言中直之人，皆在显位，复有赢余贤俊，以为储副，诚近夏禹指麾取士，一国之人，悉进之也。"释麾为动词，朱熹认为不妥又无达诂，言"禹麾未详"；蒋骥《山带阁注楚辞》则认为："疑楚王车旗之名。禹或羽字之误也。"种种说法，莫衷一是。清人徐文靖《管城硕记》提出了与众不同的看法，他认为："禹之旌旗名麾，色尚黑也。"④徐氏的说法是有道理的，近，似也，禹麾当为名词。又《广韵》："麾，

---

① 吕叔湘：《中国文法要略》，商务印书馆，1982年，第380—382页。
② 叶舒宪：《大禹的熊旗解谜》，《民族艺术》2008年第1期。
③ 学者多认为《招魂》是屈原的作品，《大招》不是。其实，就思想意旨来看，《大招》所反映的政治思想与屈原甚为相合，详细论述请参孙作云：《〈大招〉的作者及其写作年代》，《孙作云文集·〈楚辞〉研究》（下），第758—771页。
④ 以上说法均见崔富章主编：《楚辞集校集释》，第2317页。

《说文》曰'旌旗所以指麾也',亦作麾。"故禹麾指禹之旌旗。

在这里,我们不妨把《大招》相关辞句抄录下来:

> 名声若日,照四海只。德誉配天,万民理只。北至幽陵,南交阯只。西薄羊肠,东穷海只。魂乎归来!尚贤士只。发政献行,禁苛暴只。举杰压陛,诛讥罢只。直赢在位,近禹麾只。豪杰执政,流泽施只。魂乎归来,国家为只。

不难发现,这与《容成氏》记载多有相合:《容成氏》言禹得到四海臣服,亦即《尚书·禹贡》"东渐于海,西被于流沙,朔南暨声教讫于四海",与《大招》"名声若日,照四海只。德誉配天,万民理只。北至幽陵,南交阯只。西薄羊肠,东穷海只"相同;《容成氏》言禹"去苛而行简""始行以俭",而《大招》言"发政献行,禁苛暴只";《容成氏》言禹"五让天下之贤者","见皋陶之贤也,而欲以为后",《大招》云"举杰压陛,诛讥罢只"……《容成氏》所记大禹的业绩,竟与《大招》中屈原讽谏楚王的辞句相合,岂不异哉!仔细分析《大招》一文,便可涣然冰释,因为这正是屈原借当时流传的圣王大禹的故事来激励楚王的——"直赢在位,近禹麾只","直赢"而"在位"者,即楚王,"近禹麾只",表达的是希望楚王能像大禹建立号旗那样取得功绩。"魂兮归来,国家为只","为",可为之义。《大招》最后说"尚三王只",王逸注"三王,禹、汤、文王也",更点明了这一主题。《左传》桓公二年臧哀伯曾劝谏鲁公说:"三辰旂旗,昭其明也。……文、物以纪之,声、明以发之,以照临百官,百官于是乎戒惧,而不敢易纪律。"由此可知,禹麾作为一种"重器"昭显了大禹的道德,《左传》"百官象之"与《大招》"近禹麾只"所指完全相同。

据李学勤研究,"上博简所自出的墓时代为战国中期偏晚到晚期偏早,简的书写时代也不出此限"[①]。其时代与屈原生活年代相当或略早,屈原"博

---

① 李学勤:《孔孟之间与老庄之间》,《文物中的古文明》,第402页。

闻强识"，自然十分熟悉禹为号旗的事迹。如此看来，号旗和禹麾，同是大禹建立的"旗帜"，又都代表着大禹的功绩，它们不过是同一物的两种不同称呼罢了。

以往有学者对《大招》"北至幽陵，南交阯只。西薄羊肠，东穷海只"提出质疑，云："其国之四至，实乃秦汉之世，四海为一、天下一统的盛世版舆，并非楚国之实况。故疑《大招》乃秦汉之际人事拟《招魂》的吊屈之作……"①现在看来，这种观点不能成立。"国之四至""四海归一"的说法虽然不符合楚之实况，但先秦文献对圣王禹、汤的这种称颂比比皆是，《大招》中的记载，正是屈原在对这些圣王称颂后，希望楚王也能够做到，我们当然不能据此而剥夺屈原的著作权。明乎此，再来读《大招》，更能深刻体会到屈原为国为民担忧的苦心了。

（二）禹麾（号旗）与《尧典》舜"纳于大麓"学术公案

《大招》关于"禹麾"的记载语焉不详，通过对《容成氏》相关文句的分析则可以得到合理的解释。禹麾"以辨其左右，思民毋惑"的功用，又让我们联想到了《尚书·尧典》"纳于大麓，烈风雷雨弗迷"的记载。《尧典》云：

> 慎徽五典，五典克从；纳于百揆，百揆时叙；宾于四门，四门穆穆；纳于大麓，烈风雷雨弗迷。帝曰："格！汝舜。询事考言，乃言厎可绩，三载。汝陟帝位。"②

此节大体是说尧欲以舜为接班人而对其进行考验，学者争议不多。但对"纳于大麓，烈风雷雨弗迷"一句的解释，今、古文学者与宋儒各执一词，众说纷纭，可谓形成了一桩"学术公案"。

---

① 崔富章主编：《楚辞集校集释》，第 2260 页。
② 屈万里：《尚书集释》，第 15—16 页。

首先是今、古文学派的争议。司马迁《史记·五帝本纪》说，"尧使舜入山林川泽，暴风雷雨，舜行不迷。尧以为圣"，"舜入于大麓，烈风雨雷不迷，尧乃知舜之足授天下"。高诱注《淮南子·泰族训》曰："尧使舜入林麓之中，遭大风雨不迷也。"他们认为"麓"指山麓，如杨向奎所言，"这全是本于孔安国的古文说"。今文学派则是另一种解释，如《尚书》大传注云："麓者录也，古者天子命大事，命诸侯，则为坛国之外，尧聚诸侯，命舜陟位居摄，致天子之事，使大录之。"《新论·求辅》："昔尧试舜于大麓者，乃领录天下之事，如今之尚书官矣。"①

此种笔墨官司打了上千年后，宋儒又提出了新的诠释，认定"麓"是指泰山之麓，如王安石《新经义》说："大麓，泰山之麓也。后世封禅之说傅会于此。"吕祖谦《东莱书说》也说："尧使舜摄行祭事于泰山之麓，《孟子》云'使之主祭而百神享之'，言主祭而风雨不迷阴阳调和也。"

三种意见的关键是"麓"字。前辈学者早已指出，今文学派以谐音附会麓为禄（录）是不可信的。②笔者也认为，《尧典》"纳于大麓，烈风雷雨弗迷"一句前已言"纳于百揆"。揆、官双声通用，古无异议。"纳于百揆"即指总理百官，《左传》文公十八年"《虞书》数舜之功……曰'纳于百揆，百揆时序'，无废事也"即指此。若按今文学派的说法释大麓为官名，则前后重复，显然不妥。

著名学者刘起釪认为宋儒的观点更"合于原材料的原意"，"因为这些材料显然仍是由神话传说中来的。古人以山泽为群神所居之地……《尧典》作者掌握了这类有关材料，抄入书中，司马迁把它作为历史资料，作出理性的解释"。③刘起釪把《尧典》资料来源推到了更早的神话传说，并将司马迁的解释视为神话历史化，看似有理有据，其实并不妥当。关于"神话历史化"以及古

---

① 以上诸观点可参杨向奎：《大禹与夏后氏》，《杨向奎集》，中国社会科学出版社，2006年，第140—141页。

② 以上观点参顾颉刚、刘起釪：《尚书校释译论》，中华书局，2005年，第102—105页。

③ 顾颉刚、刘起釪：《尚书校释译论》，第104页。

史辨派对古史传说的考证问题，常金仓曾有专文讨论，他认为：

> 凡与自然神发生过一些纠葛并或多或少具有神异故事的人物，如取帝"息壤"以堙洪水的鲧，得应龙鸱鸦之助疏通江河的禹，射九日保禾稼的羿，上宾九天的启，为帝司夜的"二八神"，无一不是历史上为民兴利除害的英雄，在战国时代十分盛行的方士仙术渲染下成了半神半仙之人，因为他们原本就是传说人物，所以根本不存在所谓"神话的历史化"，倒是十足的"历史的神话化"了。①

常金仓的评述十分精当：鲧、禹、羿、启的传说具有神性，这多来源于古人艳称上古帝王、贤杰具有某种超越常人的能力，但我们不能据此断定他们是神而非人；先秦文献对上古人物的著述多带有"神话化"的嗜好，不能因其具有传说成分而一概抛弃。因而刘起釪以"神话历史化"的观点来衡量宋儒和司马迁的看法，并不可行。他对该句的解释，恰是常金仓所说"历史的神话化"。况且，宋儒所谓"主祭泰山说"只是对《孟子》相关记载的揣测，并无实据，其对"烈风雷雨弗迷"的解释更难贯通。"弗迷"，《说文》"迷，惑也"，与《容成氏》禹建号旗"思民毋惑"同义。就尧对舜的考验"纳于大麓，烈风雷雨弗迷"而言，"烈风雷雨"无疑是指环境的恶劣。

尤其值得注意的是，古文学派的解释与禹建号旗传说所反映的"时代背景"是完全契合的："舜入于大麓，烈风雨雷不迷，尧乃知舜之足授天下。"（《史记·五帝本纪》）可见良好的方向辨识能力是尧对舜另眼相看的重要原因，也是舜能成为部落首领的必备条件。上博简《容成氏》言"以辨其左右，思民毋惑"，孟蓬生指出："'思'当读为'使'。古音思为心母之部，使为山母之部。心山古音每相通，今人多以为当合为一音。如生与姓、辛与莘、相与霜等

---

①　常金仓：《中国神话学的基本问题：神话的历史化还是历史的神话化？》，《陕西师范大学学报》（哲学社会科学版）2000 年第 9 期。需要说明的是，对古史辨派这一观点的评述，所涉问题较多，我们只是简单引述，详论参常文。

皆是。"①由此看来，大禹建东、西、南、北、中五方号旗，目的便是帮助时人辨识方向，使民不再受其困扰。该篇第 16 简又说舜在位时，"疠疫不至，妖祥不行，祸灾去亡，禽兽肥大，草木晋（蓁）长"，虽完全是尊崇之词，但也恰恰说明疠疫、妖祥、祸灾、禽兽等是当时面临的重要问题。②因为就时代背景而言，尧舜禹时期，生产力水平不高，多山川林泽、野兽猛禽，人民需要开发山林并从中获取生活资料，在恶劣的环境下，辨识方向成为生活中的一个亟待解决的问题。大禹利用建号旗的方法，使人民能够更好地辨左右四方，也就解决了尧舜时代遗留下来的问题。显然，《容成氏》与《尚书》所记二事可以连读，这也说明尧纳舜于山林使之辨识方向的传说在战国时代早已流行。所谓"神话历史化"始自司马迁的说法自然不能成立。

可以与此参证的是《左传》宣公三年关于禹铸九鼎的记载：

> 楚子伐陆浑之戎，遂至于洛，观兵于周疆。定王使王孙满劳楚子。楚子问鼎之大小、轻重焉。对曰："在德不在鼎。昔夏之方有德也，远方图物，贡金九牧，铸鼎象物，百物而为之备，使民知神、奸。故民入川泽山林，不逢不若。……"③

王孙满的回答能够退楚师，可知并非搪塞的说辞。就该段提供的信息而言，我们认为其有古老的传承。"远方图物，贡金九牧"，即图物远方，九牧贡金。图，画也；物，即"神与奸"。禹利用九州所进贡的青铜，铸造九鼎，刻画远方百"物"形象，"百物而为之备"。这样，人们在进入山川林泽时，也就知道了什么是对自己有利的"神"，什么是对自己有害的"奸"，从而缓解了他

---

① 孟蓬生：《上博竹书（二）字词劄记》，简帛研究网，2003 年 1 月 14 日。
② 关于此点，《孟子》也说："当尧之时，天下犹未平，洪水横流，泛滥于天下，草木畅茂，禽兽繁殖，五谷不登，禽兽逼人，兽蹄鸟迹之道交于中国。尧独忧之，举舜而敷治焉。"可为佐证。
③ 杨伯峻：《春秋左传注》，第 669—672 页。

们的恐惧情绪，解决了人民生活中的难题。^①质而言之，九鼎的作用不在于它具有某种"特异功能"，而在于它类似现在的"百科全书"，能够扩大人们的视野，具有一定的指示作用。可见，禹立号旗和铸九鼎的目的是一致的，都是为了解决人民生活中的现实问题。

故而，《尚书》中舜"纳于大麓，烈风雷雨弗迷"，《容成氏》中禹建号旗，《左传》中禹铸造九鼎等材料所反映的时代背景是大致相合的，那就是在人类社会早期，人的认识水平不高，方向辨识能力不强，对风雷雨电等自然现象及野兽猛禽充满敬畏。从这方面说，释"麓"为"山川林麓"的说法更切合实际。

由楚辞和上博简《容成氏》记载可知，"禹为号旗"的故事曾广泛流传于战国楚地，为先秦时人称颂，但由于种种原因，这一故事到汉代以后已经流传不广了，王逸受学识所囿，已不能洞悉此事，徐文靖从《史记》等文献中寻绎出一些信息，难能可贵。

三、禹后的继承制度与启益斗争

禹死传子，确立了王权的父子继承制。《天问》"启代益作后，卒然离孽。何启惟忧，而能拘是达？皆归射鞫，而无害厥躬。何后益作革，而禹播降"一节，即说夏禹的传位问题。先秦诸子对此事有不同看法，如儒家学者认为是人们思禹之德而归启，法家认为是禹名为禅益而实令启夺益位。启、益的权力之争，事难详考，《天问》上述记载，学者解释不一。马王堆汉墓出土的《黄帝四经·十大经·正乱》有关于黄帝伐蚩尤的记载：

戦盈哉，太山之稽曰：可矣。于是出其锵钺，奋其戎兵。黄帝身遇蚩

---

①　赵世超曾作《铸鼎象物说》一文，指出："夏王铸了九鼎，一下子便解除了古代人类生存和发展中所面临的最主要的灾难。"赵世超的文章对笔者颇有启发，但对其认为铸鼎象物"即用模拟巫术的办法，通过控制敌人的图像来控制敌人"的观点持保留意见。其说见《社会科学战线》2004年第4期。

尤，因而擒之，剥其□革以为干侯，使人射之，多中者赏。剪其发而建之天，名之曰蚩尤之旌。充其胃以为鞠，使人执之，多中者赏。①

萧兵据以解释《天问》，认为"充其胃以为鞠"之"鞠"与"皆归射鞠"的"鞠"意义相同，是一种厌胜巫术，益在革囊里装上象征夏启灵魂的东西，通过箭射诅咒启早死。②萧兵独辟蹊径，论述极富启示，可做参考。但他认为"何后益作革，而禹播降"是说"为什么后益要做这革囊，大禹却又能庇佑播降威灵"，我们觉得欠妥：即使益施行巫术，但其与启也实经历了一场惨烈的战斗，厌胜巫术只是其中的一个插曲，"启代益作后"即战争的结果。笔者以为，"何后益作革，而禹播降"是屈原对这一事件所做的思考。上博简《容成氏》的相关记载或可对我们解释这个问题提供帮助：

禹听政三年，不折（制）革，不刃金，不铬矢，川无蔡，宅不空，关市无赋。禹乃因山陵平隰之平可封邑者而繁实之，乃因迩知远，去苛而行简，因民之欲，会天地之利，夫是以近者悦治，而远者自至，四海之内及四海之外皆请贡。

"不制革，不刃金，不铬矢"是说禹不造武器、不发展军事力量（当然这只是战国时人对大禹的尊崇而言），"因山陵平隰之平"是说禹平水土、发展农业生产，意即《天问》下文"咸播秬黍，莆蓘是营"。（据于省吾考证："'咸播秬黍'，是指水土平复，播种秬黍言之；'莆蓘是营'，是指经营水中蒲苇，以为莞席、筐筥或包装用物言之。……都系从事于农、副业的生产，为的是适应当时人民生活上的需要。"③）"四海之内及四海之外皆请贡"，是指大禹治理卓越而取得的成就。《天问》"禹播降"无疑与上博简《容成氏》所载大禹不造兵革

---

① 魏启鹏：《马王堆汉墓帛书〈黄帝书〉笺证》，第 136 页。
② 萧兵：《启代益作后：原始社会末期的冲突》，《楚辞新探》，第 662—689 页。
③ 于省吾：《泽螺居诗经新证、泽螺居楚辞新证》，第 174—175 页。

而发展农业使天下臣服相同，是指"禹播降而保有天下"，这与《论语·宪问》"羿善射，奡荡舟，俱不得其死然。禹、稷躬稼而有天下"所言也是一致的，都是时人对尚德与尚力的反思。其实，综观《天问》全文，处处流露着这种思考，如"何勤子屠母，而死分竟地"等。

因此，"后益作革"之"革"，不当释为厌胜用的"革囊"，应指兵革。最后一句是问：为什么伯益选择兴兵作战难得天下，大禹播降"嘉谷"、发展农业而保启有天下？这正透露了大禹所立威信对启益战争的影响。从这个角度看，王逸认为，"启所以能……代益为君者，以禹平治水土，百姓得下种百谷，故思归启也"，所言有理。

四、禹 举 皋 陶

禹以皋陶为臣的说法，历来无异议。直至 20 世纪 20 年代疑古思潮兴起，顾颉刚对此提出了不同看法，并以此作为文献晚出的证据。其文曰：

> 墨子《尚贤下》篇固然也说：
> 昔者尧有舜，舜有禹，禹有皋陶。汤有小臣，武王有闳夭、泰颠、南宫括、散宜生。
> 但这只能证明舜与禹曾有过君臣的关系，并不能证明他们定有禅让的关系，正如禹并不曾禅让给皋陶、汤并不曾禅让给伊尹、武王并不曾禅让给闳夭等一样。而且《尚贤下》篇本较晚出，即"禹有皋陶"一语可证。
> 案《论语》子夏曰："舜有天下选于众，举皋陶，不仁者远矣。"《孟子》也说"舜以不得禹皋陶为己忧"，"舜为天子，皋陶为士"，都把皋陶和舜发生关系。《墨子》说"禹举益于阴方之中"，《孟子》也说"禹荐益于天"，"益之相禹也"，又都把益和禹发生关系。舜和皋陶相当，禹和益相当，一个圣君，一个贤相，分配得很好，这本是儒墨杜撰的印版古史的公例。惟此篇以皋陶与禹相当，和《所染》篇同。《所染》篇是抄袭

《吕氏春秋》的文字，昔人已明其伪。而且此篇下文又说"日月之所照，舟车之所及，粒食之所养，得此莫不劝誉"，这等文字直同秦始皇琅琊刻石，《大戴礼记·五帝德》《小戴礼记·中庸》等篇语句一律，定出秦后了。[①]

顾颉刚的说法，学者一直未找到驳斥的文献依据。直至上博简《容成氏》公布后，裘锡圭指出：

> 顾氏说《尚贤下》晚出，主要证据是"禹有皋陶"这句话。《容成氏》说："禹有子五人，不以其子为后，见皋陶之贤也，而欲以为后。"这不就是"禹有皋陶"吗？可见至晚在战国中期就有这种说法了，《尚贤下》决非"定出秦后"。[②]

通观顾颉刚所说，他认为《尚贤下》所载"只能证明舜与禹曾有过君臣的关系，并不能证明他们定有禅让的关系，正如禹并不曾禅让给皋陶，汤并不曾禅让给伊尹，武王并不曾禅让给闳夭等一样"，应是正确的。裘锡圭利用《容成氏》指出这一看法不能成立，我们认为裘说所言甚是。其实，传世文献如《楚辞》中相关记载也可说明其误，如《楚辞·离骚》云："汤禹俨而求合兮，挚咎繇而能调。"王逸注曰："俨，敬也。合，匹也。……挚，伊尹名，汤臣也。咎繇，禹臣也。调，和也，言汤禹至圣，犹敬承天道，求其匹合，得伊尹、咎繇，乃能调和阴阳，而安天下也。"此即"禹有皋陶，汤有伊尹"。

《离骚》将汤和禹、挚和咎繇列在一起，如王逸所说，挚即伊尹，汤和伊尹的关系和禹和咎繇的关系是相同的，此即《墨子·尚贤下》"禹有皋陶"说。

① 顾颉刚：《禅让传说起于墨家考》，《古史辨》（第七册下编），上海古籍出版社，1982年，第55—56页。
② 裘锡圭：《新出土先秦文献与古史传说》，《中国出土古文献十讲》，复旦大学出版社，2004年，第36页。

顾颉刚认为《离骚》是屈原作品无疑①，可见他提出"禹有皋陶"晚出的说法时对楚辞是失于检索的。近来，新公布的清华大学藏战国楚简《厚父》也有禹举皋陶的事迹：

> □□□□王监嘉绩，问前文人之恭明德。王若曰："厚父！遹闻禹□□□□□□□□□□川，乃降之民，建夏邦。启惟后，帝亦弗受启之经德，少命皋繇下为之卿事，兹咸有神，能格于上，知天之威哉，问民之若否，惟天乃永保夏邑。在夏之哲王，廼严寅畏皇天上帝之命，朝夕肆祀，不盘于康，以庶民惟政之恭，天则弗斁，永保夏邦。其在时后王之卿，或肆祀三后，永叙在服，惟如台？"②

这里的"少命皋繇下为之卿事"即《墨子·尚贤下》的"禹有皋陶"。清华简《厚父》记载的是"王"与厚父的对话，厚父是夏族后裔，这里的"王"，学者多论定为周王，该篇的年代，一般认为在西周中期以前。③由此看来，《离骚》《墨子》所记"禹有皋陶"的事迹来源较早，是较为真实的材料。

五、启屠其母的传说

启依靠其父禹的威望，才能成为夏王朝的继任者，因此在文献中，启没有好的声望。在《天问》中，即有启屠母之说：

> 何勤子屠母，而死分竟地？

---

① 顾颉刚：《中国上古史研究讲义》，中华书局，2002年，第20页。
② 李学勤主编：《清华大学藏战国竹简》（伍），中西书局，2014年，第110页。按：此处句读又有"启之经德少，命皋陶……"的看法，亦可从。除此之外，清华简第十辑《四告》中周公祭告皋陶，也有许多问题值得讨论，详参拙稿《清华简〈四告〉周公祭告皋陶新研》（待刊）。
③ 刘国忠：《也谈清华简〈厚父〉的撰作时代与性质》，《扬州大学学报》（人文社会科学版）2017年第6期。

关于此句，学者们说法不一。王逸说："禹烽剥母背而生，其母之身分散竟地，何以能有圣德，忧劳天下乎。"王逸关于禹出生的说法可以得到出土文献的印证，上博简《子羔》篇记载："〔禹之母……之〕（简9）女也，观于伊而得之，窒（娠）三（简11上段）忩（年）而画（？）于背而生，生而能言，是禹也。"①

虽然如此，但不代表王逸的看法正确，因为就上述此类神话传说看，禹之生虽然是出其母背，这即使算作"屠母"，其母也并未因此而亡，这是文献所共见的。因此，把禹之事当作解释并不合理。其实，王逸说很早就遭到过质疑，如朱熹《楚辞集注》云：

> 屠母，疑亦谓《淮南》所说："禹治水时，自化为熊，以通轩辕之道，涂山氏见之而惭，遂化为石，时方孕启。禹曰：'归我子！'于是石破北方而启生。"其石在嵩山，见《汉书》注。竟地，即化石也。此皆怪妄不足论，但恐文义当如此耳。②

朱熹的看法来自《淮南子》逸文（《汉书·武帝纪》颜师古注引）：

> 禹治鸿水，通轩辕山，化为熊。谓涂山氏曰："欲饷，闻鼓声乃来。"禹跳石，误中鼓。涂山往见，禹方作熊，惭而去，至嵩高山下，化为石。方生启，禹曰："归我子！"石破北方而启生。③

《绎史》卷十一引《随巢子》也有类似的说法。学者以上述资料解释勤子屠母，有一定道理。又，20世纪70年代出土的云梦睡虎地秦简《日书》甲种《吏》章记载说：

---

① 陈剑：《上博简〈子羔〉〈从政〉篇的竹简拼合与编连问题小议》，《文物》2003年第5期。
② 朱熹：《楚辞集注》，上海古籍出版社，1979年，第60页。
③ 此当为《淮南子》逸文，出自班固：《汉书》，第190页。

癸丑、戊午、己未，禹取檰山之女日也，不弃，必以子死（二背壹）。

按：《日书》以数术的角度讨论禹娶涂山氏，谈到了涂山氏与其子的事情，这与上引资料所反映的事迹其实是相同的，即由于启的出生，带来的是涂山氏的死亡。王晖等推测涂山女乃是因为生启难产而死，并结合《尚书·益稷》"予创若时，娶于涂山，辛壬癸甲，启呱呱而泣，予弗子"指出，"涂山氏之女生启时，不仅是难产，且时日较长；'辛壬癸甲'四日是照应下文的，是指涂山氏之女的难产之日"[1]。我们认为此说比较合理。由于古人对生育的认识有限，对难产等情形不能正确理解，因而将启生而其母死认为是"启屠其母"，《淮南子》云启母化石，"石破北方而生启"，正是如此。因此，后人以为启母子相克，故产生了子屠母的传说，更被写入记录人事吉凶的《日书》。

① 王晖、王建科：《出土文字资料与古代神话原型新探》，《北京师范大学学报》（社会科学版）2005 年第 1 期。

第二节　伊尹事迹辨正

伊尹是夏末商初一位举足轻重的人物，他的事迹在甲骨卜辞、青铜铭文、简牍、帛书等传世文献中都有广泛记载。而在先秦古书中，记载伊尹事迹最为全面的，要数《楚辞·天问》。据统计，《天问》仅有172句1550多字，但有关伊尹事迹的就多达14句120字，其中包括了他的出生、身份、经历、死后受祭等。可以说，《天问》为我们提供了一份完整的伊尹"履历表"：

> 缘鹄饰玉，后帝是飨。
>
> 何承谋夏桀，终以灭丧？
>
> 帝乃降观，下逢伊挚。
>
> 何条放致罚，而黎服大说？……
>
> 成汤东巡，有莘爰极。
>
> 何乞彼小臣，而吉妃是得？
>
> 水滨之木，得彼小子。
>
> 夫何恶之，媵有莘之妇？
>
> 汤出重泉，夫何罪尤？

不胜心伐帝，夫谁使挑之？……

皇天集命，惟何戒之？

受礼天下，又使至代之？

初汤臣挚，后兹承辅。

何卒官汤，尊食宗绪？

姜亮夫在《楚辞通故》中对伊尹事迹有详细论述，我们在此基础上，结合甲骨文、青铜器及清华简《赤鸠之集汤之屋》篇再做一点讨论。

一、伊尹出身及其任职

伊尹的出生，屈原认为他是水灾之后在"水滨之木"中被捡到的。《天问》这一记载，与《吕氏春秋·本味》相合：

> 有侁氏（引者按：即有莘氏）女子采桑，得婴儿于空桑之中，献之其君。其君令烰人养之，察其所以然。曰："其母居伊水之上，孕，梦有神告之曰：'臼出水而东走，毋顾！'明日，视臼出水，告其邻，东走十里而顾，其邑尽为水，身因化为空桑。故命之曰伊尹。"此伊尹生空桑之故也。长而贤，汤闻伊尹，使人请之有侁氏，有侁氏不可。伊尹亦欲归汤，汤于是请取妇为婚。有侁氏喜，以伊尹为媵。①

伊尹的出生显然带有传奇的色彩，无疑是出自古人对他的神化。而从《天问》中可知，伊尹出生后地位低贱，是一个"小臣"，又是"媵人"，还当过"庖"——厨师，这是战国时人判定伊尹身份低贱的主要原因。然而事实并非如此，春秋时代的《叔夷钟铭》云："赫赫成唐（汤），有严在帝所，敷受天

---

① 陈奇猷：《吕氏春秋新校释》，第 744 页。

命，翦伐夏嗣，败厥灵师。伊小臣惟辅，咸有九州，处禹之堵。"小臣为伊尹曾任官职，甲骨文中习见：

> 贞惟小臣令众黍，一月。（《合集》12）
> 贞今庚辰夕用虏小臣三十、小妾三十于妇。九月。（《合集》629）
> 癸酉卜贞，多妣虏小臣三十、小母三十于妇。（《合集》630）

据陈梦家考证，小臣在商代为较高的官名，且"受王之命，为其征伐，为其具车马，为其司卜事"。而到西周中期后，小臣才成为低贱阶级和作为赏赐的东西，并成为低级官吏的称呼。[①]因此战国人已经不知道商代"小臣"的确切含义。伊尹为"媵人"，在春秋战国时代，媵人的身份是很卑微的，但是从甲骨文看来并非如此。伊尹作为先王旧臣受祭于宗庙（详下文），甲骨文中称其为黾示：

> 乙酉贞：又岁于伊黾示？（《合集》33329）

张政烺释为"舅示"，表示伊尹当为商汤之妻弟。[②]由此可知伊尹并非如战国时人想象得那样低贱，相反，出生之"灵异"表明了他的特殊身份。

再说"伊尹"之"尹"，本义即主管、掌握。范毓周师对甲骨文中的"尹"做了详细考述，他指出："尹作为一种握事者，是主管一类或一方事务的长官，甲骨文中的'尹'正是这样一种性质的职官。殷代除了在中央王朝设'尹'一职外，在地方上也是设置'尹'来主管事务的。"[③]可见伊尹的地位实际上是极为显赫的。

[①] 陈梦家：《殷墟卜辞综述》，中华书局，1988年，第504—507页。

[②] 张政烺：《释它示》，《古文字研究》（第1辑），中华书局，1979年，第63—70页。

[③] 范毓周：《甲骨文中的"尹"与"工"——殷代职官考异之一》，《史学月刊》1995年第1期。

二、清华简《赤鹄之集汤之屋》与伊尹事迹

《天问》"缘鹄饰玉，后帝何飨"一句中"缘鹄饰玉"的具体所指，历来有不同解释。如王逸注曰："言伊尹始仕，因缘烹鹄鸟之羹，修饰玉鼎以事于汤，汤贤之，遂以为相也。"林云铭《楚辞灯》认为："治象谓之鹄。《礼记》云君子比德于玉。因治象而表其德，以荐馨于帝，此夏代诸王皆克享天心也。"陈本礼《屈辞精义》认为："鹄，鼎之形象鹄者。以玉饰之，取其洁也。"[1] 孰是孰非，已难辨别，以上三说也都能从商代考古资料中找到印证。

首先来看林云铭说，《尔雅·释器》"象谓之鹄"，故鹄又可指象牙器。在殷墟妇好墓出土有著名的象牙三杯，据介绍，其中二件成对，杯身皆用象牙根段制成，通体雕刻繁缛精细的花纹，由口至切地可分四段：第一段（口下）刻饕餮纹三组，两侧有身尾，口均向下，眼、眉、鼻嵌以绿松石，其下有用绿松石镶出的细带纹一周；第二段（颈、腹）雕饕餮纹三组，口均向下，口、眼、鼻清晰，并镶以绿松石；第三段（腹下）刻变形夔纹三个，口、眼、尾清晰，眼镶绿松石，其下有用绿松石镶出的细带纹三周；第四段（近切地处）雕饕餮纹三组，目字形眼，大鼻翘眉，镶以绿松石。[2] 绿松石是古玉之一，因此，"缘鹄饰玉"可解为在象牙器物上镶嵌绿松石。

王逸和陈本礼说，都是以鹄为动物形象的，只不过陈本礼以之为鹄鸟纹饰。在商周时代，鸟纹是青铜器中的常见纹饰。象牙器物镶嵌绿松石是夏代早就有的技术，《天问》强调的是伊尹以新奇之法飨祀后帝，我们认为林云铭的说法不太可信，萧兵认为鹄为"天鹅"，并说"蒋骥看出它的不通，提出新解：'鹄、玉，皆鼎俎之饰也。'姜（亮夫）注也采用其说。但我国出土的商周陶铜鼎罐无虑万千，却没有一个以天鹅为文饰。此说有架空之嫌"[3]。笔者以为，青

---

① 以上说法参崔富章主编：《楚辞集校集释》，第1168—1169页。
② 中国社会科学院考古研究所编：《殷墟妇好墓》，文物出版社，1980年，第215—218页。
③ 萧兵：《献鹄与食玉》，《楚辞新探》，第775页。

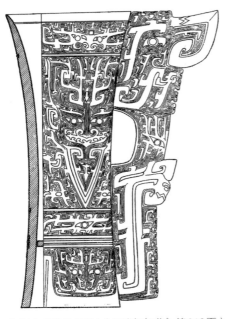

妇好墓所出象牙杯(《殷墟妇好墓》第216页)

铜器中多见大鸟纹饰,形象不一,似不必非要坐实为"天鹅"。

那么《天问》此处"鹄"是作为飨食上帝的食物,还是作为通天的器物纹饰呢?著名学者张光直似乎也有同样的困惑:"若干与此有关的问题牵涉到器物的装饰与器物在商周饮食系统中的地位之间的可能联系。当时有无任何用食用的动物的图像来装饰盛放这种动物的肉食的器皿的企图?从表面上看来,答案是否定的,因为神话中的动物似乎不是食用的,而商周铜器上的装饰动物显然是神话性的。但是神话中的动物经常是以实际的动物为基础的,而其中最常见的是牛、羊和虎。这些多半都是食用的动物,也是祭用的动物,同时另外一些比较少见的动物也是如此,如鹿、象、犀和山羊。鸟类也是常见的装饰图样,而许多鸟类也是食物的原料,而且鱼类亦然。因此这个问题是还有待进一步的研究才能解决的。"[1]

而简单地从字面上,我们很难解释"缘鹄饰玉"之鹄是作为食物还是青铜器图样,可以说已经陷入张光直所说的"有待进一步的研究"的难题中。但就这个问题看还是有解决的方法的,那就是鸟纹饰青铜器出现的年代问题。学者指出,这类青铜器的出现当在商代中期以后[2],而如果《天问》记载伊尹"缘鹄饰玉"是实录的话,那鹄为食用之动物无疑。

最近,清华大学藏战国竹简《赤鹄之集汤之屋》的公布,为解读《天问》伊尹事迹提供了绝佳的资料,不妨引述如下:

---

① 张光直:《中国青铜时代》,生活·读书·新知三联书店,1983年,第247页。
② 陈公柔、张长寿:《殷墟青铜容器上鸟纹的断代研究》,《考古学报》1984年第3期。

　　曰古有赤鵫（鹄），集于汤之屋，汤射之获之，乃命小臣曰："旨羹之，我其享之。"汤往口。小臣既羹之，汤后妻纴茷谓小臣曰："尝我于尔羹。"小臣弗敢尝，曰："后其杀我。"纴茷谓小臣曰："尔不我尝，吾不亦杀尔？"小臣自堂下授纴茷羹。纴茷受小臣而尝之，乃昭然，四荒之外，无不见也；小臣受其余而尝之，亦昭然，四海之外，无不见也。汤返廷，小臣馈。汤怒曰："孰调吾羹？"小臣惧，乃逃于夏。汤乃魅之，小臣乃眛而寝于路，视而不能言。众鸟将食之。巫乌曰："是小臣也，不可食也。夏后有疾，将抚楚，于食其祭。"众鸟乃讯巫乌曰："夏后之疾如何？"巫乌乃言曰："帝命二黄蛇与二白兔尻后之寝室之栋，其下舍后疾，是使后疾疾而不智知人。帝命后土为二陵屯，共尻后之床下，其上刺后之体，是使后之身屙蓳，不可及于席。"众鸟乃往。巫乌乃歝小臣之喉胃，小臣乃起而行，至于夏后。夏后曰："尔惟谁？"小臣曰："我天巫。"夏后乃讯小臣曰："如尔天巫，而知朕疾？"小臣曰："我知之。"夏后曰："朕疾如何？"小臣曰："帝命二黄蛇与二白兔，尻后之寝室之栋，其下舍后疾，是使后梦梦眩眩而不知人。帝命后土为二陵屯，共尻后之床下，其上刺后之身，是使后昏乱甘心。后如撤屋，杀黄蛇与白兔，发地斩陵，后之疾其瘳。"夏后乃从小臣之言，撤屋，杀二黄蛇与一白兔；乃发地，有二陵膚，乃斩之。其一白兔不得，是始为陴丁诸屋，以御白兔。[1]

　　简文叙述因有一只赤鹄在汤的屋顶，汤将之射杀下来，让伊尹为他做成羹。谁知汤妻纴茷却来要挟伊尹，先尝羹汤，伊尹也偷尝了一口，两人都"耳聪目明"，能够看到四荒之外。然而偷尝了汤羹，却惹怒了商汤，伊尹逃亡，商汤通过巫术诅咒伊尹，使其不能行动。不料伊尹却"因祸得福"，听到了群鸟的对话，了解到帝对夏桀所施的巫术后，以天巫的身份治好了夏桀疾病。

---

　　[1]　李学勤主编：《清华大学藏战国竹简》（叁），中西书局，2012年，第167页。

由《赤鹄之集汤之屋》一文来看，我们认为，"缘鹄饰玉，后帝何享"所言正是伊尹烹调鹄羹之事。颇让人费解的是，"缘鹄饰玉，后帝是飨。何承谋夏桀，终以灭丧？帝乃降观，下逢伊挚。何条放致罚，而黎服大说"一节中，"何承谋夏桀，终以灭丧"，"何条放致罚，而黎服大说"两句所言都是夏桀的覆灭，与前面一句什么关系？再叙述遇到伊尹，重用伊尹，似乎不太合适。我们认为，这两句是前后承接的关系。

关键的解读在"帝乃降观，下逢伊挚"一句。关于此句学者也存在不同看法，如王逸认为："帝谓汤也。挚，伊尹名也。言汤出观风俗，乃忧下民，博选于众，而逢伊尹，举以为相也。"又"何条放致罚，而黎服大说"句，他指出："言汤行天之罚，以诛于桀，放之鸣条之野，天下众民大喜悦也。"黄文焕则认为："帝乃降观者，既咎伊尹，又咎天帝。"[1] 可见，这里的"帝"或解释为商汤，或解读为天帝，未知孰是。关键在"降观"一词的解读，传统观点认为是商汤东巡，但《天问》已经明言"成汤东巡，有莘爰及"，两句似不应再重复表达，我们以为传统看法难以成立。萧兵则提出了一个新的看法，认为"观读为祸"才合理通畅，并进行了论证。[2] 此说或有一定道理，根据刘国忠的讨论，"《赤鹄之集汤之屋》提到了'后'，意为国君；同时简文也提到了'帝'，但其中说的'帝'明显就是指天帝，与作为人间统治者的'后'显然不是一回事。二者不可混为一谈"[3]。由此可知，《天问》"帝乃降观"就是天帝降祸，甲骨文中就有"帝其降祸"（《合集》14176）的文例。那么天帝降祸指的是什么呢？由《赤鹄之集汤之屋》的记载来看就很明白了，帝所降的祸是施于夏桀的。这也是我们将该篇全文引录的原因。

伊尹成为商汤重臣，其地位不是一蹴而就的；他们之间也并非一直是主诚臣忠，而是存在过许多矛盾，《战国策·燕策二》记载说："伊尹再逃汤而之

---

① 以上观点参崔富章主编：《楚辞集校集释》，第 1171 页。
② 萧兵：《楚辞新探》，第 782 页。
③ 刘国忠：《清华简〈赤鹄之集汤之屋〉与伊尹间夏》，《深圳大学学报》（人文社会科学版）2013 年第 1 期。

桀，再逃桀而之汤，果与鸣条之战，而以汤为天子。"① 有关的情形，因传世文献不足，记载过于简略，我们难以了解事情具体经过。而清华简《赤鹄之集汤之屋》《尹至》《尹诰》三篇，从不同角度记载了伊尹与商汤灭夏的历程，对解读《天问》所记无疑有重要价值。

三、由"尊食宗绪"看伊尹地位

"初汤臣挚，后兹承辅。何卒官汤，尊食宗绪？"《天问》此一记载可谓伊尹的履历，初、后、卒三字表示伊尹身份和地位的变化。这里的"承辅"就是《叔夷钟铭》所言"翦伐夏嗣……伊小臣惟辅"，即指伊尹辅助商汤灭夏；《天问》"何承谋夏桀，终以灭丧？"也是说伊尹在商汤建国中"出谋划策"。文献记载伊尹为商汤间谍而灭夏，如：

> 昔殷之兴也，伊挚在夏。(《孙子兵法·用间》)
>
> 妹喜有宠，于是乎与伊尹比而亡夏。(《国语·晋语一》)
>
> 后桀……弃其元妃于洛，曰末喜氏，末喜氏以与伊尹交，遂以间夏。(《太平御览》引《古本竹书纪年》)
>
> （汤）欲令伊尹往视旷夏，恐其不信，汤由亲射伊尹，伊尹奔夏，三年反报于亳。(《吕氏春秋·慎大览》)

上博简《容成氏》也说"汤乃谋戒求贤，乃立伊尹以为佐。伊尹既已受命，乃执兵钦（禁）暴，兼得于民，遂迷而……"此当是伊尹通过某种方法使夏桀受到蛊惑，"承谋夏桀"，应指此事。

总之，伊尹在商汤灭夏中应当起到了巨大的作用。"何卒官汤，尊食宗绪？"是说伊尹死后，在宗庙中受祭。此事在甲骨中的大量记载早已引起了学

---

① 缪文远：《战国策新校注》（修订本），巴蜀书社，1998 年，第 938 页。

者们的重视，据张永山统计，卜辞中大约有近90条祭祀伊尹及其配偶的刻辞①，如：

> 癸丑子卜，来丁酒伊尹，至？（《合集》21574）
>
> 甲子卜，侑于伊尹，丁卯？（《合集》32785）
>
> 彤伊尹。（《殷墟书契菁华》）
>
> 岁于伊尹二牢。（《殷墟书契后编》）

由以上讨论可知，屈原对伊尹的认识，虽然受到了时代的影响，把伊尹看作出身低微的人，但由于《天问》的史诗性质，其中包含了大量的历史信息，多数资料可与出土甲骨、金文资料记载相合。

---

① 张永山：《从卜辞中的伊尹看"民不祀非族"》，《古文字研究》（第22辑），中华书局，2000年，第1页。

第三节　梅伯事迹研究

梅伯，商末贤臣，关于其事迹，文献记载不多。楚辞中有多处提到梅伯事迹，有明引也有暗引，如《离骚》"殷宗用而不长"，王逸曰："言纣无道，杀比干，醢梅伯，武王仗黄钺行天罚，殷宗遂绝，不得长久也。"《天问》"梅伯受醢，箕子详狂"，王逸云："梅伯，纣诸侯也。言梅伯忠直，而数谏纣，纣怒，乃杀之，菹醢其身。箕子见之，则披发详狂也。"《天问》"受赐兹醢，西伯上告"，王逸曰："言纣醢梅伯以赐诸侯，文王受之以祭，告语于上天也。"

郭店楚简《穷达以时》就有梅伯的事迹。笔者认为，正确梳理该篇内容，对理解《楚辞》梅伯事迹有重要意义。

首先，我们试对该篇进行重新梳理。该篇公布后，学者们就简序排列、内容内涵等问题进行了激烈的讨论，其中对第9简"初滔酤，后名扬，非其德加。子胥前多功，后戮死，非其智（衰也）"也有论述。起初，许多学者认为与举荐孙叔敖的沈尹相关。后来，赵平安考证"滔酤"一词应为"菹醢"，他认为该简前有缺简，应是言比干事。楚辞中即有比干的故事，《九章·涉江》云："伍子逢殃兮，比干菹醢。"《天问》云："比干何逆，而抑沉之？"王逸注曰"比干，纣之诸父也，纣惑妲己，作糟丘、酒池长夜之饮，断斩朝涉，刳剔孕妇。比干正谏，纣怒曰：'吾闻圣人心有七孔。'于是乃杀比干，剖其心而观之，故言菹醢也"，把"菹醢"释为剖比干之心。赵平安除据楚辞等论定郭店楚简《穷达以时》"初醢醢，后名扬，非其德加"讲述的是王子比干的故事外，还认为比干故事在不同时期、不同地域有着不同的衍变，而比干"醢醢"是楚地文化的特定说法。①

对此，陈剑认为"将此事系于比干，一则跟绝大部分古书所讲比干之事扣合不紧密，二则'比干'在简文中实未出现，简单地归因于脱简恐有问题"。我们认为可从。以其所释"菹醢"为基础，陈剑又发现其中第14简可以与第9简相接，可连读为：

简14　　简9
（郭店楚简《穷达以时》
第14、9简）

> 善鄙稷也，穷达以时。德行一也，誉毁在旁，圣之弋母之白【14】初洎醢，后名扬，非其德加。子胥前多功，后戮死，非其智【9】衰也。

陈剑认为，"圣之弋母之白"中"母之"二字是误抄倒。因为根据图版，"母之白"的"之"字旁有浅色墨点，应是提示"母之"二字误抄。如此"圣之弋之母白"，应断为"圣之弋之。母白"。"母白"即"梅伯"，这一观点只需调整简的位置即可贯通，应该是最为可行的办法。他指出：

> 梅伯在商纣时以罪受醢，在晚周人文章中则屡见称道，即"初醢醢，后名扬"。梅伯可谓先辱后荣，子胥则可谓先荣后辱，二者形成对比。但究其实，他们的"德"

---

① 参见赵平安：《〈穷达以时〉第九号简考论——兼及先秦两汉文献中比干故事的衍变》，《古籍整理研究学刊》2002年第2期。赵平安指出："孟蓬生先生认为此处［菹］应读为醢，可从。"

或"智"前后并无变化，此即上文第 14 简所说的"德行一也，誉毁在旁"。

从调整后的简文不难看出，"德行一也，毁誉在旁"是一个过渡句，或是总结上面所述圣王举贤臣，或是引出下文。陈剑十分谨慎，只把"德行一也，毁誉在旁"的评价放在梅伯和伍子胥身上。他在介绍"圣之贼之"时说：

> "圣之弋之"句承"德行一也，誉毁在旁"而言，裘锡圭先生疑可读为圣之贼之，意为旁人对同一个人誉毁不同，或以之为圣，或以之为贼。《吕氏春秋·赞能》篇说："得地千里，不若得一圣人。舜得皋陶而舜受之，汤得伊尹而有夏民，文王得吕望而服殷商。夫得圣人，岂有里数哉？管子束缚在鲁，桓公欲相鲍叔。鲍叔曰：吾君欲霸王，则管夷吾在彼。臣弗若也。桓公曰：夷吾，寡人之贼也，射我者也，不可。"管仲见于此处简文的上文，《吕览》作者之意系以之为"圣人"，而齐桓公却以之为"贼"，可与简文相印证。《吕览》同篇又说："沈尹茎辞曰：期思之鄙人有孙叔敖者，圣人也。"以"圣人"评价简文上文出现过的孙叔敖，亦可作为参考。[①]

裘锡圭对"圣之贼之"的考释十分正确。笔者以为，"德行一也，誉毁在旁，圣之贼之"句是一个整体，"圣之贼之"的评价对象还是梅伯和伍子胥。上博简相关资料的公布为此增添了证据，即以梅伯和伍子胥为圣人。这一说法恰见于上博简《鬼神之明》篇：

> 及桀、纣、幽、厉，焚圣人，杀谏者，贼百姓，乱邦家。此以桀折于鬲山，而纣首于只（岐）社，身不没，为天下笑。则鬼［神之罚，此明］矣。及伍子胥者，天下之圣人也，鸱夷而死。荣夷公者，天下之乱人也，长年而没。[②]

---

① 陈剑：《郭店简〈穷达以时〉〈语丛四〉的几处简序调整》，艾兰、邢文编《新出简帛研究》，文物出版社，2004 年，第 316—322 页。

② 曹锦炎：《上海博物馆藏楚竹书〈墨子〉佚文》，《文物》2006 年第 7 期。

该文两次提到圣人，其一是"桀、纣、幽、厉，焚圣人"。陈伟已经指出，文献有桀、纣焚圣人的记载，见于《说苑·权谋》："昔桀罪谏者，纣焚圣人，剖王子比干之心。"他说："值得注意的是，在《尚书·泰誓》中，也有与'焚圣人'类似的记述，其云'焚炙忠良，刳剔孕妇'。"①廖名春对此也曾有专门论证：

> 简二"及桀、纣、幽、厉，焚圣人，杀讦者，贼百姓，乱邦家"句，"焚圣人"不见于记载。《韩非子·人主》："昔关龙逢说桀而伤其四肢，王子比干谏纣而剖其心，子胥忠直夫差而诛于属镂。"又《尸子·佚文》："义必利，虽桀杀关龙逢、纣杀王子比干，犹谓义之必利也。"《史记·李斯列传》："昔者桀杀关龙逢，纣杀王子比干，吴王夫差杀伍子胥。"简三称"及伍子胥者，天下之圣人也，鸱夷而死"，则所谓"焚圣人"当指"桀杀关龙逢、纣杀王子比干"。《史记·龟策列传》："圣人剖其心。"也是以"比干"为"圣人"。《左传·襄公二十四年》："象有齿以焚其身。"杜预注："焚，毙也。"《经典释文》："服云：焚读曰偾。偾，僵也。"《集韵·问韵》："偾，《说文》僵也。或作焚。"《周礼·秋官·掌戮》："凡杀其亲者焚之。"贾公彦疏："焚如，杀其亲之刑。"疑简文"焚"当读如"偾"，训为僵，义为毙、杀。"焚圣人"即"偾圣人"、毙圣人，指"杀关龙逢""杀王子比干"，并非指烧死、焚炙关龙逢和比干。②

廖名春的看法很有见地，无疑，这里的圣人，自然包括被商纣所杀的梅伯等人。又《鬼神之明》篇直言伍子胥为"天下之圣人也"，这也是目前文献所见对伍子胥的最高评价。故而，"圣之贼之"之"圣"当指下文的梅伯和伍子胥。

在文献中，还可找到以梅伯和伍子胥为贼的记述。如与《穷达以时》记载

---

① 陈伟：《鬼神之明校读》，《新出楚简研读》，武汉大学出版社，2010年，第253页。
② 廖名春：《读〈上博五·鬼神之明〉篇札记》，简帛研究网，2006年2月20日。

几乎相同的《说苑·杂言》说："伍子胥前多功，后戮死，非其智益衰也，前遇阖庐，后遇夫差也。"[①] 由此可知，伍子胥为圣、为贼，是因为"前遇阖庐，后遇夫差"，即阖庐尊伍子胥为圣人，夫差以伍子胥为贼故鸱夷之。《新序·杂事第三》"昔伍子胥说听于阖闾，吴为远迹至郢；夫差不是也，赐之鸱夷沉之江"[②] 即指此。《荀子·臣道》说：

> 故谏、争、辅、拂之人，社稷之臣也，国君之宝也，明君所尊厚也，而暗主惑君以为己贼也。故明君之所赏，暗君之所罚也；暗君之所赏，明君之所杀也。伊尹、箕子，可谓谏矣；比干、子胥，可谓争矣。[③]

荀子的看法，与《穷达以时》所体现的时遇思想无疑是一致的，梅伯作为忠臣，遇到商纣，"暗主惑君以为己贼也"，故而被杀。学者指出，无论年代还是出土地点，上博简与郭店楚简都很相近。以《鬼神之明》所述作为背景，有助于我们更好地理解《穷达以时》篇相关记载。

梅伯为"圣人"的说法，可以校释《楚辞·天问》有关记载：

> 彼王纣之躬，孰使乱惑？
> 何恶辅弼，谗谄是服？
> 比干何逆，而抑沉之？
> 雷开何顺，而赐封之？
> 何圣人之一德，卒其异方：
> 梅伯受醢，箕子详狂？

此段也是陈述商纣王之昏德与劣迹。这里也提到了"圣人"，对其定义是

① 向宗鲁：《说苑校证》，中华书局，1987年，第423页。
② 李华年：《新序全译》，贵州人民出版社，1994年，第89—90页。
③ 梁启雄：《荀子简释》，中华书局，1983年，第177—178页。按：标点略有改动。

圣人"一德",与楚简《穷达以时》中圣人"德行一也"实质是相同的。圣人，王逸说："谓文王也。卒，终也。言文王仁圣，能纯一其德，则天下异方终皆归之也。"他以文王释圣人，或许是因为他认为只有文王才配得上这一称呼。这点，后人已有怀疑，如宋代学者洪兴祖《楚辞补注》引述他人的观点："或曰：下文云梅伯受醢，箕子佯狂，此异方也。"[①] 根据文意以及《穷达以时》《鬼神之明》中称梅伯诸人为圣人的记载，可知《楚辞》中的"圣人"无疑是指梅伯与箕子。历来注释中，王夫之在《楚辞通释》中的解释最为恰当："圣人尽忠事君其德一也，或死或狂，归于自尽而已。"

关于梅伯受醢传说的事情，姜亮夫曾就其流传地域进行过讨论：

> 《天问》"梅伯受醢"，王逸注："梅伯，纣诸侯也……数谏纣，纣怒而杀之，菹醢其身。"《惜誓》"梅伯数谏而至醢兮"，洪补曰"梅，音浼"，《离骚》云"后辛之菹醢兮，殷宗用而不长"。……洪兴祖补注："《礼记》云，昔殷纣乱天下，脯鬼侯以飨诸侯。"《史记》曰："纣醢九侯，脯鄂侯。"《淮南子·俶真训》："醢鬼侯之女，飨梅伯之骸。"按洪引纣脯醢资料略备，而醢梅伯，惟见《淮南》，刘安本楚人，则与《天问》之所传为一源，贾生虽洛阳少年，而又长沙王太傅，且习楚赋者也。故所征故事，当亦得之屈赋，则谓醢梅伯，乃南楚所传，而鬼侯、鄂侯之事，则当为北土之说也。[②]

事实上，《韩非子》与《吕氏春秋》也记有梅伯受醢的故事，但他们都晚于屈原作品，其故事来源或出自楚地传说亦未可知。从这点看，姜亮夫所推测"醢梅伯乃南楚所传"，仍是很有见地的。又，从我们以上讨论可知，梅伯、伍子胥为圣人的说法也曾在楚地广泛流传，以致被"博闻强识"的屈原所引用。

---

① 以上诸说参崔富章主编：《楚辞集校集释》，第 1218—1219 页。
② 姜亮夫：《楚辞通故》（第二辑），云南人民出版社，2001 年，第 61 页。

到汉代，此种说法湮没不闻，王逸以圣人为文王塞之，失之千里。

　　附记：本节主体曾以"《穷达以时》第 14、9 号简补说"为题于 2010 年 10 月 3 日发表在复旦大学出土文献与古文字研究中心网站。其后得到不少前辈时贤赐教，如在宥先生说，李锐曾指出："2003 年元旦在荆门市博物馆'郭店楚简考察·高级研究班'上，检郭店楚简《穷达以时》第 14 号实物，'之'字右旁没有小墨点，《郭店楚墓竹简》图版上的小墨点，当系底片加工时出现的误差。"——这似乎否定了陈剑"毋之"倒抄的猜想。按：在宥先生所引李锐看法很重要，陈剑尚未对此做出回应。笔者认为，即使如此，也可能存在陈剑说的可能性。以不增字，只是简序调整来贯通全文，可靠性更大。而关于"菹醢"之事，《楚辞》习见，且如赵平安所说，"比干菹醢"之事，目前仅在《楚辞》中有记载。陈、赵二先生所做讨论均能言之成理，关键点在于"梅伯"还是"比干"谁更可信。

　　另外，"圣之弋毋之白"一句，近日再读《楚辞·九章·惜诵》，发现其有句云："情沉抑而不达兮，又蔽而莫之白也。"王逸注曰："言己怀忠贞之情，沉没胸臆，不得白达，左右壅蔽，无肯白达己心也。""毋之白"或可读为"莫之白"。留以待考。

第四节　姜太公事迹考

姜太公是商末周初的重要人物，是周王朝的开拓者之一，又是齐国的始封者、齐文化的奠基人，在中国历史上具有重要地位。在私学兴起、百家争鸣的春秋战国时代，姜太公的史迹和遗说，被诸子各派所引用、发挥，形成了诸多有关太公身世、经历的传说，蒙上了浓重的时代色彩。

楚辞中即有不少姜太公的古史传说，如《离骚》"吕望之鼓刀兮，遭周文而得举"，《天问》"师望在肆，昌何识？鼓刀扬声后何喜"，《九辩》"太公九十乃显荣兮"，等等。除此之外，《天问》"迁臧就岐，何能依？殷有惑妇，何所讥"一节，也是对姜太公的事迹的记述，并不为注释者注意。我们试结合郭店楚简等资料，对其具体含义略做探讨。

该节王逸注："言太王始与百姓徙其宝藏，来就岐下，何能使其民依倚而随之也？太王，一作文王。惑妇，谓妲己也。讥，谏也。言妲己惑误于纣，不可复讥谏也。"历代学者多从之。但从《天问》句式看，如闻一多所说，四句为一节，节言一事。[①] "迁臧就岐，何能依？殷有惑妇，何所讥？"也应该是言一事。王逸将该节分作两事解释，忽而太王事又忽而妲己事，难以衔接，常给

---

① 闻一多：《闻一多全集》（楚辞编），第 498 页。

人以莫名之感。现代学者陈直就提出新的解释，他认为：

> 《庄子·田子方》云："文王观于臧，见一丈夫钓，而其钓莫钓，文王
> 欲举而受之政，称曰臧丈人。"李奇注云："臧，地名。"《天问》之迁臧就
> 岐，藏与臧字相通，谓文王由臧迁于岐邑也。①

陈直的说法极富启示，但他又只是点到即止，对"臧丈人"具体所指以及
"何所依"，"殷有惑妇，何所讥"的含义也未做研究。我们认为，要彻底弄清
该节的意义，需对有关记载再做分析。在这里，不妨全引《庄子·田子方》篇
相关记载：

> 文王观于臧，见一丈夫钓，而其钓莫钓。……文王欲举而授之政……
> 于是旦而属之大夫曰："昔者寡人梦见良人，黑色而髯，乘驳马而偏朱蹄，
> 号曰：'寓而政于臧丈人，庶几乎民有瘳乎！'"诸大夫蹴然曰："先君王
> 也。"文王曰："然则卜之。"诸大夫曰："先君之命，王其无它，又何卜
> 焉。"遂迎臧丈人而授之政。……文王于是焉以为大师。②

文王举臧丈人为大师的传说，让我们想到了有关姜太公的故事。如晋石刻
《太公吕望表》引战国成书的《周志》云：

> 文王梦天帝服玄禳以立令狐之津。帝曰："昌，赐汝望。"文王再拜稽
> 首，太公于后亦再拜稽首。文王梦之夜，太公梦之亦然。其后文王见太公
> 而纠之曰："而名为望乎？"答曰："唯，为望。"文王曰："有之，有之。"
> 遂与之归，以为卿士。（据东魏立《吕望表》补阙字）③

---

① 陈直：《文史考古论丛·楚辞解要》，天津古籍出版社，1988 年，第 11 页。
② 郭象注，成玄英疏：《庄子注疏》，中华书局，2011 年，第 383—384 页。
③ 房立中：《姜太公全书》，学苑出版社，1996 年，第 659 页。

又《史记·齐太公世家》载：

> 吕尚盖尝穷困，年老矣，以渔钓奸周西伯。西伯将出猎，卜之，曰："所获非龙非彨，非虎非罴；所获霸王之辅。"于是周西伯猎，果遇太公于渭之阳，与语大说，曰："自吾先君太公曰'当有圣人适周，周以兴'，子真是邪？吾太公望子久矣。"故号之曰"太公望"，载与俱归，立为师。

相较之下，不难发现，《庄子》中臧丈人传说与姜太公传说多有雷同，唯《庄子》下文言臧丈人"朝令而夜遁，终身无闻"，与姜太公行为不符。但战国诸子为证成己说，多托古言事，"朝令而夜遁，终身无闻"正是庄子所要阐发的道家之思想，其传说渊源，无疑来自姜太公。这一点，唐代学者成玄英也说："丈夫者，寓言于太公也。"当代学者陈鼓应更直释臧丈人为姜太公。[1]

有意思的是，姜太公为"臧"的记载见于新出郭店楚简《穷达以时》：

> 吕望为臧棘津，战监门来地。

姜太公为"臧"说，这是首见。《方言》卷三："齐之北鄙，燕之北部，凡民男而婿婢谓之臧，女而妇奴谓之获。亡奴谓之臧，亡婢谓之获，皆异方骂奴婢丑称也。"许全胜据此推测"盖因太公少至贫贱而为人壻，又久不得赎身，遂沦为臧矣"[2]，至确。在战国秦汉间的传说中，姜太公就被认为是赘婿，《战国策》《说苑》《韩诗外传》等文献均有记载，如《说苑·尊贤》"大公望，故老妇之出夫也"，《韩诗外传》则明确说："太公望少为人壻，老而见去。"

而且，《穷达以时》与《庄子·田子方》两篇关于举贤的"故事"多相合，如下表：

---

① 陈鼓应：《庄子今注今译》，中华书局，1983年，第528页。
② 许全胜：《太公望考》，北京大学考古文博院编《考古学研究》（六），科学出版社，2006年，第212—216页。

郭店楚简《穷达以时》	《庄子·田子方》
百里转鬻五羊，为伯牧牛，释板筑而为朝卿，遇秦穆。	百里奚爵禄不入于心，故饭牛而牛肥，使秦穆公忘其贱，与之政也。
舜耕于历山，陶埏与河浒，立而为天子，遇尧也。	有虞氏死生不入于心，故足以动人。
孙叔三射恒思少司马，出而为令尹，遇楚庄也。	肩吾问于孙叔敖曰：子三为令尹而不荣华，三去之而无忧色。……
吕望为臧棘津，战监门来地，行年七十而屠牛于朝歌，迁而为天子师，遇周文也。	文王观于臧，见一丈夫钓，而其钓莫钓。……遂迎臧丈人而授之政。

尧举舜，文王举姜太公，秦穆公举百里奚，楚庄王举孙叔敖，是战国时人津津乐道的“故事”，具体情节或有出入，不足为异。两篇所引事迹的相同，亦可印证“臧丈人”即姜太公的说法。

《庄子》中“臧”为地名，如李奇注：“臧，地名。”考之典籍，文王遇太公垂钓之地记载却大有不同，如《吕氏春秋·观世》载：“太公钓于滋泉，……文王得之。”《说苑》：“吕望年七十钓于渭滨。”……诸多异说，很难坐实确有臧地。我们认为，“臧”有地名和赘婿等说法恐不是简单的偶合，太公为“臧”——赘婿说当起源较早，如郭店楚简整理者指出，《穷达以时》“简现存一五枚……内容与《荀子·宥坐》、《孔子家语·在厄》、《韩诗外传》卷七、《说苑·杂言》所载孔子困于陈、蔡之间时答子路的一段话类似，与后二书所载尤为相近”[1]。该篇虽不一定是孔子与子路对话实录，但确有更早渊源，《庄子》所载应是采撷姜太公为“臧”的事迹而附会之说，这在《庄子》中多有前例。[2]

而将《穷达以时》和《庄子·田子方》两篇合读，则可对《天问》“迁臧就岐”一节做出合理的解释：“迁臧就岐”，是指文王举姜太公为太师，即《穷

---

① 荆门市博物馆编：《郭店楚墓竹简》，文物出版社，1998年，第145页。

② 如余嘉锡先生举《庄子》为例，指出：“诸子著书，词人作赋，义有奥衍，辞有往复，则设为故事以证其义，假为问答以尽其辞，不必实有其人，亦不必真有此问也。”见余嘉锡：《古书通例》，刘梦溪主编《中国现代学术经典·余嘉锡、杨树达卷》，河北教育出版社，1996年，第221页。

达以时》："吕望为臧棘津……迁（'迁'字从裘锡圭释[①]）而为天子师，遇周文也。"[②] "何所依"意谓迁臧就岐有何依凭？指文王依凭梦象或占卜而识姜太公的传说，《史记》等文献多有记载。"殷有惑妇"，学者大多认为是妲己，实应是太公之妻也。《战国策·秦策》"太公望，齐之逐夫，朝歌之废屠"中，"齐之逐夫"本作"老妇之逐夫"。[③]《抱朴子·逸民》："吕尚……老妇逐之。"朝歌、棘津都是殷地，其妻殷人也，是为殷妇。"何所讥？"《说文》"讥，诽也"，言太公为其妇所奚落。既为妇逐，讥讽更不在话下。屈原如此发问应是感叹像姜太公这样有才干并被文王举而为师的人，却遭到惑妇之讥讽。如此作解，再读该节，则感文从字顺，毫无扞格。

姜太公为"赘婿"的说法在战国秦汉间虽广为流传，但明确说其为"臧"者，传世文献未见。王逸不能洞悉此事，故把太公和妲己事附会于此，权充解释，致使千百年来《天问》这一有关姜太公的传说不能昭示。陈直慧眼独具，为该节的解释寻得重要线索。而郭店楚简《穷达以时》的公布，成为揭示《天问》中姜太公事迹的直接证据。

---

① 荆门市博物馆编：《郭店楚墓竹简》，第 146 页。

② 需要指出的是，屈原《天问》针对当时流行的古史传说发问，往往诸说并存，如载伊尹遇商汤的事迹，既有伊尹为庖厨献技说（"缘鹄饰玉，后帝是飨"），又有汤求媵臣说（"何乞彼小臣，而吉妃是得"）；其载姜太公遇文王也是朝歌肉屠说（"师望在肆"句）和"迁臧就岐"说并存。这恰是屈原尚贤思想的表达。而细绎"迁臧就岐"说，实际上是太公垂钓而为文王识的传说，与上引《吕氏春秋·观世》等相同。

③ 刘信方《孔子所述吕望氏名身世辨析》（《孔子研究》2003 年第 5 期）一文指出："《离骚》：'吕望之鼓刀兮，遭周文而得举。'补注引《战国策》：'太公望，老妇之逐夫，朝歌之废屠，文王用之而王。'又引注云：'吕尚为老妇之所逐，卖肉于朝歌，肉上生臭，不售，故曰废屠。'今本《战国策·秦策五》'四国为一将以攻秦'章作'齐之逐夫'，吕望'鼓刀'之时，尚无齐国，知姚本作'老妇之逐夫'是，而后人将其改为'齐之逐夫'。"可参。

第五节　伍子胥事迹辨说

伍子胥，名员，春秋时期楚国人。因楚平王听信谗言，拘禁其父伍奢，并欲骗杀子胥与其兄伍尚，伍子胥被迫逃亡吴国。其后在吴建功，引吴兵入楚。伍子胥复仇的事迹及其评价，先秦典籍多有记载，楚辞中也有多处提到，或称伍子，或称子胥，且屈原多次赞颂伍子胥。在后世学者研究中，却对此提出了种种看法，现依据出土文献，做粗浅讨论。

一、伍子胥为"国贼"说辨疑

《楚辞·涉江》："伍子逢殃兮，比干菹醢。"其中的"伍子"，王逸释为伍子胥，学者多无争议。但宋代学者李壁及与其同时期的魏了翁（按：下引首段为李壁语，次段按语为魏了翁语）提出了不同意见：

> 子胥固激烈，籍馆鞭王尸，于吴实貔虎，于楚乃枭鸱。大夫视国贼，剚刃理则宜。讵忍形咏叹？黼藻严彰施。陋儒暗伦纪，解释纷乖离。奢、尚置弗称，翻以胥为词。舍顺而取逆，无宁汩民彝？高贤动作则，于此渠不思？……

按：子胥挟吴败楚，几墟其国，三闾同姓之卿，义笃君亲，决不称胥以自况也！《离骚》泛论太康五子，孟坚未见《尚书》全文，指为伍胥，士固哂之。[①]《九章·涉江》言："贤不必用兮，忠不必以；五子逢殃兮，比干菹醢。"此正引奢尚而言。王逸陋儒，顾以为胥，又谬矣！《悲回风》章云："吴信谗而弗味兮，子胥死而后忧。"吴之忧，楚之喜也。置先王之积怨深怒而忧仇敌之忧，原岂为此哉！又言"遂自忍而沉流"，遂，已然之词。原安得先沉流而后为文？此足明后人哀原而吊之之作无疑也。且世传原沉流，殆与称太白捉月无异，盖平《怀沙》既作之后文词尚多，岂真绝笔于此哉？所言"吾将从彭咸之所居"，《渔父》章句所载"吾宁葬江鱼之腹中"，此亦乘桴浮海之意，孔子岂遂入海不返，太白亦何尝有捉月事乎？[②]

通过以上引述不难知道，李壁、魏了翁认为伍子胥是被楚国通缉之人，后来他又率吴入楚、掘平王墓、鞭王尸，实乃楚国国贼。屈原作为楚贵族、三闾大夫，绝不会以伍子胥自况并称引他。而以此判断，《九章·涉江》言"伍子逢殃"，是持同情的态度，其中的"伍子"不可能是伍子胥，应是子胥之父兄伍奢、伍尚；《悲回风》（引者按：当为《惜往日》）所谓"子胥死而后忧"，此句为表颂伍子胥，说明该篇并非屈原所作，应是"后人哀原而吊

---

① "《离骚》泛论太康五子，孟坚未见《尚书》全文，指为伍胥，士固哂之"一句，即《离骚》"不顾难以图后兮，五子用失乎家巷"。王逸已指出，此与《尚书·五子之歌》有关。魏了翁指斥班固（班孟坚）释"五子"为伍子胥，乃是对班固的误解。魏氏的看法来自班固《离骚序》，现以夹注形式接录于王逸《楚辞章句叙》之末，其语云，班孟坚序云："昔在孝武，博览古文，淮南王安叙《离骚传》，以《国风》好色而不淫，《小雅》怨诽而不乱，若《离骚》者，可谓兼之。蝉蜕浊秽之中，浮游尘埃之外，然泥而不滓。推此志，虽与日月争光也。斯论似过其真。又说五子以失家巷，谓五子胥也。及至羿、浇、少康、贰姚、有佚女，皆各以所识，有所增损，然犹未得其正也。……"上引班固序，是班固对刘安《离骚传》的评议，此处"五子以失家巷，谓五子胥也"，实即刘安的看法，而非班固的观点。相反，班固认为这种看法"未得其正"。因此，魏了翁称"孟坚未见《尚书》全文"，显系理解错误。

② 魏了翁：《鹤山渠阳经外杂抄》，商务印书馆，1937年，第30—31页。上引文献梳理，又参见熊良智：《〈楚辞·九章〉真伪疑案的一段文献清理》，《文献》1999年第2期。

之之作"。

　　他们的看法，后世多有讨论，同意者有之，反驳者亦有之。现代学者中，刘永济、赵逵夫等也赞同此说，主张《惜往日》（"子胥死而后忧"）、《悲回风》（"从子胥而自适"）二篇并非屈作。①

　　对于这种看法，近年来已有多位学者进行反驳，如朱碧莲《论屈原与伍子胥》、力之《〈涉江〉的"伍子"为"伍子胥"无误辨》等②，尤其是郭店楚简的《六德》篇有"为父绝君，不为君绝父"的记载，学者以为是指"父之亲"先于"君之尊"，黄灵庚、姚小鸥等学者以为，这即屈原为何没有视伍子胥为所谓"国贼"的原因。③如黄灵庚指出：

　　　　《六德》篇说："为父绝君，不为君绝父。"在父亲与君王之间时，必须做出选择时，只能选择孝，孝行是第一位的。又说："君义臣忠。"可见在当年的楚国宫廷教科书里，在东宫太子及贵族宗子必修课目里，明明白白地告诉着：子对父孝，是绝对的，无条件的；而臣对君忠，是相对的，有条件制约的。君有道，有信义，臣才可以忠行事。反之，君无道无义，臣未必要承担其忠君的义务。

　　诸位先生以当时流行的思想道德标准来讨论，可做参考。笔者以为，从子胥"挟吴败楚"的当事者，即伍子胥与楚昭王的角度来分析这一事件，可能更

　　①　刘永济：《屈赋通笺》（附笺屈余义），人民文学出版社，1961年，第169页；赵逵夫：《〈楚辞〉中提到的几个人物与班固、刘勰对屈原的批评》，《西北师大学报》（社会科学版）1983年第2期。最近赵逵夫又申论此点，并以上引李壁等人的观点为据，参其《再论〈惜往日〉〈悲回风〉的作者问题》，《文献》2009年第3期。
　　②　朱碧莲：《论屈原与伍子胥》，《江淮论坛》1992年第2期；力之：《〈涉江〉的"伍子"为"伍子胥"无误辨》，《云梦学刊》2002年第4期。
　　③　黄灵庚：《屈原咏叹伍子胥的文化内涵》，《国学研究》（第9卷），北京大学出版社，2002年，第150页；又见《简帛文献与〈楚辞〉研究》，《文史》2006年第2期，以及饶宗颐主编《华学》（第九、十辑），第198—223页。姚小鸥：《〈涉江〉中"伍子"为子胥考》，《文史哲》2009年第5期。

具有说服力。

先看伍子胥复仇。《国语·楚语上》就记载了许多与伍子胥复仇相类似的例子。当年，伍子胥的祖父伍举被迫外逃，途中遇到蔡声子，蔡声子答应帮助他回国。蔡声子为了说服楚国令尹子木，就举了"楚材晋用"的事例，即王孙启、析公、雍子、申公巫臣等人逃离楚国后复仇的事迹：一是王孙启被谮，奔晋，晋人用之，城濮之战，他为先轸出谋划策，"大败楚师"；二是析公被谮，析公奔晋，晋人用之，"实谗败楚，使不规东夏"；三是雍子之父兄谮雍子于恭王，雍子奔晋，晋人用之，鄢之战，"大败楚师，王亲面伤"；四是楚庄王赐妻于申公巫臣，又反悔，巫臣"遂奔晋。晋人用之，实通吴、晋。使其子狐庸为行人于吴，而教之射御，导之伐楚。至于今为患"。不难看出，以上事迹都与伍子胥事有一定的相似性，即由于种种原因受迫害后逃离楚国，逃入与楚敌对的晋或吴，然后借助他国力量复仇，最后大败楚国。以此而言，伍子胥逃离，亦是循其先祖之例。把这些事例联系起来，我们可以看到，在当时的楚国，伍子胥的这种行为，是大多数人的选择，而非孤例。伍子胥实乃众多楚材晋用、吴用案例之一，与上举众人一样，在楚人眼中，似乎没有被称作国贼。[①]

再看楚昭王的思想和行为。证据之一：

> 吴人入楚，昭王奔郧，郧公之弟怀将弑王，郧公辛止之。怀曰："平王杀吾父，在国则君，在外则雠也。见雠弗杀，非人也。"郧公曰："夫事君者，不为外内行，不为丰约举，苟君之，尊卑一也。且夫自敌以下则有雠，非是不雠。下虐上为弑，上虐下为讨，而况君乎！君而讨臣，何雠之

---

① 按：国贼在先秦的含义与现在有所不同，如《荀子·臣道》："有大忠者，有次忠者，有下忠者，有国贼者：以德复君而化之，大忠也；以德调君而辅之，次忠也；以是谏非而怒之，下忠也；不恤君之荣辱，不恤国之臧否，偷合苟容，以之持禄养交而已耳，国贼也。若周公之于成王也，可谓大忠矣；若管仲之于桓公，可谓次忠矣；若子胥之于夫差，可谓下忠矣；若曹触龙之于纣者，可谓国贼矣。"可知国贼为贪图富贵的佞臣。关于伍子胥复仇模式，舒大清《伍子胥和楚国的复仇模式》（《中国文化研究》2004年第2期）一文也有讨论，可参看。

为？若皆雠君，则何上下之有乎？吾先人以善事君，成名于诸侯，自斗伯比以来，未之失也。今尔以是殃之，不可。"怀弗听，曰："吾思父，不能顾矣。"郧公以王奔随。王归而赏及郧、怀，子西谏曰："君有二臣，或可赏也，或可戮也。君王均之，群臣惧矣。"王曰："夫子期之二子耶？吾知之。或礼于君，或礼于父，均之，不亦可乎！"（《国语·楚语下》）

郧公与其弟怀可谓"礼君"与"礼父"思想的代表，他们的行为说明在当时这两种观点都很盛行。礼君的例子，还见于上博简《容成氏》：

纣不述其先王之道……不听其邦之政。于是乎九邦叛之，丰、镐、舟、□、于、鹿、耆、崇、密须氏。文王闻之，曰："虽君无道，臣敢勿事乎？虽父无道，子敢勿事乎？孰天子而可反？"纣闻之，乃出文王于夏台之下而问焉，曰："九邦者其可来乎？"文王曰："可。"文王于是乎素端□裳以行九邦，七邦来服，丰、镐不服。

周文王所述是否为实录暂不讨论，但战国时人是高度赞赏文王面对杀父仇敌时说出"礼君事君"这样的话的。可见，上博简《容成氏》所述与上举诸学者引用的郭店楚简《六德》（学者指出，两批楚简的下葬年代相近，下葬地点也很近）中所体现的"礼君"与"礼父"的思想在楚简的年代仍是并行的。如果单以"为父绝君，不为君绝父"[①]的观念来判断伍子胥是否被称为"国贼"，似乎还有一定的薄弱性，如楚平王庶子、昭王之兄子西就认为应杀掉斗怀，"君王均之，群臣惧矣"。这说明在当时主张"礼君"的势力是很大的。但是从楚昭王的行动看，他认为"礼君"与"礼父"各有道理，即所谓"或礼于君，

---

①　郭店楚简《六德》"为父绝君，不为君绝父"，其义是否为上述学者所述，学界尚有不同意见，姚小鸥在引述此句时已经指出："亦有论者以为此段仅就服丧制度而言，本文不取。"按：刘乐贤、彭林等即认为此与丧服制度相关，以尚有争议的论断作为解决其他问题的证据，说服力难免会大打折扣。

或礼于父，均之"。"礼君"与"礼父"思想虽然冲突，都受到了昭王的尊重。以此类推，伍子胥也不会受到昭王仇视。

证据之二：吴人入郢后，楚王曾召伍子胥还国。该记载见于睡虎地西汉墓葬竹简：

> 胥，胥勇且智，君必纳之。昭公乃令人告伍子胥曰：昔者吾……有智，今子率众而报我，亦甚矣，然而寡……丘虚宗庙社稷乎？吾请与子中分国矣……贵为名名成则昌必入之矣伍子胥报于使者……之矣杀其父而臣子非是君之臣也父死焉子食焉非……行次也。（J130-129-128-127-109-110）①

简文虽有残缺，但不难窥见其义，即有大臣认为伍子胥"勇且智，君必纳之"，楚昭王遂派人请伍子胥回国；昭王如实说明伍子胥报仇是有过分之处，但他又拿出了自己的诚意：愿"与子中分国"。结合《国语·楚语》所记史实看，这不是不可能的。虽然伍子胥拒绝回楚，但这也说明楚国没有把伍子胥看作国贼。

从以上记载看，楚昭王的意见在当时是具有决定意义的。他尊重"礼父"而不"礼君"者，赏赐了郧公之弟斗怀。同时，伍子胥也是"礼父"者，昭王不以伍子胥为国贼，其群臣上下自然要遵从。在这种主导意识影响下，后世楚人对伍子胥的仇恨必然不会像李壁、魏了翁所说的那样。

昭王是楚王中比较开明的一位，其不祭黄河（事见《左传》哀公六年），孔子就评价他说："楚昭王知大道矣。其不失国，宜哉！"他复国后面临的是百废待兴的局面，必须拉拢人心，少树外敌，缓和各种矛盾。上博简4记载了有关楚昭王的两件事，其中《昭王与龚之脽》就记载了这样一个事例：

---

① 熊北生：《云梦睡虎地77号西汉墓出土简牍的清理与编联》，《出土文献研究》（第九辑），中华书局，2010年，第37—41页。

　　昭王跑逃琞，龚之脽驭王。将取车，大尹遇之，被祸衣。大尹入告王："仆遇脽将取车，被祸衣。脽介趣（骎）君王，不获瞑（？）颈之罪君王，至于定（正）冬而被祸衣！"王韵（召）而余（舍）之袨袾（领袍）。龚之脽被之，其衿视罻逃琞，王命龚之脽毋见。大尹闻之，自讼于王："老臣为君王兽（守）视之臣，罪其容于死。或昏（昧）死言：仆见脽之寒也，以告君王。今君王或命脽毋见，此则仆之罪也。"王曰："大尹之言脽，何訧（？）有焉？天加祸于楚邦，息君吴王身至于郢。楚邦之良臣所管（暴）骨，吾未有以忧。其子脽既与吾同车，或［舍之］衣，囟（思）邦人皆见之。"三日，焉命龚之脽见。①

天气寒冷，昭王把自己的衣袍赐给驾车者龚之脽，又故意几天不见他，"使邦人皆见之"；他这样做，是为了向国人展现自己仁爱和谦和的一面，从而使国人对其治国产生信心。昭王对待伍子胥等人的态度，或即出于此！

　　清华简《系年》记载"五（伍）员为吴太宰，是教吴人反楚邦之诸侯，以败楚师于柏举"②，是说伍子胥在击败楚师的行动中起到了重要作用；但从楚人作品《昭王与龚之脽》篇可以看到，楚国上下对于"吴人入郢"事件，表达的多是对吴人的不满与憎恨，即简文"天加祸于楚邦，息君吴王身至于郢"。所谓"息君"应从孟蓬生释，为霸君③，侯乃峰认为此处霸君为贬义，可从。文献记载多与此同：

---

　　①　陈剑：《上博竹书〈昭王与龚之脽〉与〈柬大王泊旱〉读后记》，简帛研究网，2005年2月15日。此处息字，陈剑读为"快"。

　　②　李学勤主编：《清华大学藏战国竹简》（贰），中西书局，2011年，第170页。需要说明的是，上博简《昭王与龚之脽》篇为楚人作品，多无异议；对于清华简《系年》，李学勤指出："《系年》一篇字体是楚文字，但不能由此直接推论这是楚国人的著作……应该说，作者即使确是楚人，他的眼光则是全国的，没有受到狭隘的局限。"参见李学勤：《清华简〈系年〉及有关古史问题》，《文物》2011年第3期。

　　③　孟蓬生：《上博竹书（四）闲诂》，简帛研究网，2005年2月15日。

《国语·吴语》："楚师败绩，王去其国，遂至于郢。"

《战国策·燕策》："吴王远迹至于郢。"

《说苑·指武》："吴王阖庐与荆人战于柏举大胜之，至于郢郊。"

《史记·伍子胥列传》："庚辰，吴王入郢。"

《左传·定公四年》："天诱其衷，致罚于楚。"

《吴越春秋》卷四："谓天报其祸，加罚于楚。"[①]

从历史的角度看，伍子胥在吴人入郢的行动中确非主导，楚人对这次事件或称为天灾，或归罪于吴人，即可看出其中端倪。前贤指出，伍子胥复仇楚国的某些情节已经富有故事色彩，只是后人夸大了伍子胥的作用而已。[②]而如前文所论，在春秋战国，诸子多把伍子胥视作忠臣，甚至有以之为圣人者。在这种氛围下，屈原也持类似观点，就不足为怪了。

无论从出土文献还是传世文献来看，人们对伍子胥的评价都是比较高的。[③]当然，从出土文献看，也有以伍子胥为贼的评价，我们略做分析：一是吴人，参郭店楚简《穷达以时》，其中第14简中"圣之贼之"，即说时人有以之为贼者，此点我们已经有论述，不赘；一是楚人，可参上引云梦睡虎地汉墓竹简，曹方向根据《越绝书》等文献将原竹简调整并拟补如下[④]：

……行到河上，谓船人曰："渡我。吾先人有良剑，其隄之……（船

① 侯乃峰：《〈昭王与龚之脽〉第九简补说》，简帛研究网，2005年3月20日。

② 顾永新：《伍子胥故事丛考》，《国学研究》（第10卷），北京大学出版社，2002年，第254—257页。

③ 如记录汉代箴言的铜镜，崇源国际2008年春季艺术品拍卖会在澳门举行，其图录《中国古董》第6号标名"四龙纹镜"，定时代为西汉，其铭文李学勤隶释为："芋、参，服之聪；葱、楂与蒜，食之臭；子胥佞，吴人得之强。"李学勤认为，"'佞'是高才，古时不一定是贬义"，并举《尚书·金縢》"予佞若巧"为证，可从。作为一种通俗的箴言评价伍子胥，可见对伍子胥评价是较高的。见李学勤：《试释一面草叶纹镜的特异铭文》，《通向文明之路》，第159—162页。

④ 曹方向：《云梦睡虎地汉简"伍子胥故事残简"简序问题小议》，简帛网，2010年2月1日。

人曰：'纵。'）楚之贼者，我也。出而不能报楚者，子也……"船人对曰："楚平王令曰，有能得伍子胥，予之田百万亩与千金田……"□乎子食而疾行促者及伍子胥有复问船人。

可以看出，船人就以伍子胥为楚之贼。学者认为，"结合字体看，这些书籍当是西汉初年抄写"[①]，而就其成书年代来说，无疑会早于此，因此可以说伍子胥为贼的说法先秦已有。从楚国受王命通缉伍子胥的事实看，以之为贼也是合理的。但此处语境与前引文献截然不同，称伍子胥为贼是在楚平王时代子胥逃离楚国时，而非因为子胥复仇，这是需要注意的。

通过对伍子胥复仇事迹当事人的分析，可见伍子胥的行为贴合当时的时代，并无不妥。昭王也没有把伍子胥视作"国贼"，他的思想和行为恰为伍子胥是否为"国贼"做了最圆满的解释。

解决了这一问题，我们再看所谓"国贼说"的产生。笔者以为，宋人提出这一看法是有思想根源的，乃是其思想与先秦价值观不能吻合的结果。李零在讨论"为父绝君，不为君绝父"时指出：

> 简文强调"亲亲"重于"尊尊"，"亲"胜于"义"，或"仁"胜于"义"，这点很重要。因为这是儒家本来的说法。……但父重于君，这种说法，大家却不熟悉。相反，宋以来的道德，提倡的是"忠君"重于"孝亲"，即在忠孝不能两全的情况下，宁肯牺牲亲情。[②]

李零所述本为讨论"为父绝君，不为君绝父"的思想史意义，我们以为恰可以解释伍子胥"国贼说"的产生。宋人提倡"忠君"重于"孝亲"，这无疑与

---

① 复旦大学出土文献与古文字研究中心研究生读书会：《睡虎地 77 号墓西汉简牍书籍简校读》（程少轩执笔），《出土文献与古文字研究》（第三辑），复旦大学出版社，2010 年，第 392—393 页。

② 李零：《郭店楚简校读记》（增补本），第 179 页。

伍子胥的行为格格不入。基于此，宋人以自己的道德理念来评价伍子胥，才提出了伍子胥为"国贼"的说法，以此比附于屈原，无疑是没有道理的。

二、伍子胥"鸱夷而死"说由来已久

伍子胥率吴入楚，立下了很大功劳，但最终身灭于吴。《九章·惜往日》载"吴信谗而弗味兮，子胥死而后忧"，可知伍子胥死于佞臣谗言。汉代楚辞作品中也有不少关于伍子胥之死的记载：

> 成功骤而不卒兮，子胥死而不葬。（《楚辞·七谏·沈江》）
> 子胥谏而靡躯兮，比干忠而剖心。（《楚辞·七谏·怨思》）
> 伍胥兮浮江，屈子兮沉湘。（《楚辞·九怀·尊嘉》）
> 吴申胥之抉眼兮，王子比干之横废。（《楚辞·九叹·惜贤》）

顾永新对历代文献中的伍子胥故事进行了详细的梳理，其中关于伍子胥之死的部分，他说："《左传》止曰赐剑以死；《国语》并未提及赐剑之事，而是说子胥自杀，吴王取其尸盛以鸱夷而投之于江。此后诸家多综合二说而成，并且又有了张尸、抉目东门等细节。"[1]上引汉楚辞作品，都有对伍子胥之死细节的附会，但有意思的是，却没有伍子胥鸱夷而死的说法。日本学者西山尚志也遍举包括楚辞在内的先秦两汉文献，认为：

> 如上所举，伍子胥临死的例子有：漂浮江上、沉入水中、自杀、被杀等。将尸体装到"鸱夷"里的故事可见于《战国策·燕策二》《新书·耳痹》《国语·吴语》《史记·伍子胥列传》《史记·乐毅列传》《史记·鲁仲连邹阳列传》《史记·太史公自序》。由上可知，如《史记·伍子胥列传》

---

[1] 顾永新：《伍子胥故事丛考》，《国学研究》（第10卷），第254—257页。

将伍子胥的尸体装到"鸱夷"里的故事，最早的例子也不可追溯到秦代。笔者推测，将伍子胥的尸体放在"鸱夷"的故事，为了强调有能、忠臣的伍子胥与无能、残忍的夫差之对照，后世附加的。

西山尚志所举的例子包括了《国语·吴语》，《吴语》载伍子胥"遂自杀。将死，曰：'以悬吾目于东门，以见越之入，吴国之亡也。'王愠曰：'孤不使大夫得有见也。'乃使取申胥之尸，盛以鸱夷，而投之于江"。此处明确记载伍子胥鸱夷而死，但他是以《国语》为晚出的，这与上引顾永新先生认为是后人综合《左传》《国语》而附加的观点并不相同。

上博简《鬼神之明》中伍子胥的事迹，我们在前文讨论梅伯事迹时已经引述论证，该篇也说伍子胥鸱夷而死，西山尚志却认为："从此处提及伍子胥鸱夷的角度而言，《鬼神之明》的成书年代应当不到秦代。"[1] 楚简的年代自然早于秦代，他的看法实在让人迷惑。事实上，不唯此书，战国楚简中也有伍子胥鸱夷而死的记载，见于慈利楚简：

135—36　者鸱夷而投者江吴王

按：此当句读为"者，鸱夷而投者（诸）江，吴王……"整理者张春龙已经指出该篇为《国语·吴语》[2]，简的年代为战国无疑，那么《国语·吴语》的形成年代要早于竹简书写年代，而伍子胥鸱夷而死的事件也必然流行更早，绝非西山尚志所说"最早的例子也不可追溯到秦代"。伍子胥"鸱夷而死"是否为后世附加暂且不论，但就时代判定看，西山尚志的看法是不能成立的。

---

[1]　西山尚志：《上博楚简〈鬼神之明〉中的"伍子胥"》，《"面向世界的东方思想"中日韩三国学术研讨会论文集》，山东大学，2007 年 9 月 15—18 日。西山尚志为日本学人，笔者颇怀疑此段语法和表达问题，但通过对其前后文的分析看，他的意见仍是明确的，即认为《鬼神之明》成书较晚。

[2]　张春龙：《慈利楚简概述》，艾兰、邢文编《新出简帛研究》，第 4—11 页。

　　通过以上的梳理，可以看出，在屈原的时代，楚人尚未以国家仇敌看待伍子胥。有意思的是，除《左传》《国语》等记载吴、楚关系的文献外，先秦诸子皆很少提及伍子胥复仇的事情。相反，他们多是对伍子胥"忠"的称颂。"忠不必用兮，贤不必以"，忠臣之不被理解和任用，与屈原的处境也极为相似，故伍子胥成为咏叹的对象。后世学者以楚之"国贼"看待伍子胥，认为屈原不会称颂他，并由此否定屈原的著作权，实在是误解。

第三章

考古发现与楚辞神话、神祇研究

根据考古发现与清华简《楚居》可知，楚部族是一个因时代发展而不断迁徙的部族，在多次的徙居过程中，不但吸收了中原夏、商、周等部族的文化，同时也浸染了南方诸土著部族的文化，从而形成了自己的文化"特色"，那就是保存了鲜明而丰富的神话和巫术文化因子。因此，在楚文化基础上形成的楚辞，与《山海经》一同被看作上古神话的典型代表。利用考古发现和出土文献等资料，揭示楚辞中部分神话的历史内涵以及《九歌》中诸神祇的真实面貌，是神话研究和楚辞研究中的重要课题。

第一节　高台及与之相关的感生神话

建筑高台是中国上古历史文化中的一个重要现象。那"台"的意蕴是什么？楚辞中就有多处与高台有关的记载，结合考古资料进行分析，或能揭示其内涵。

一、高台与通天

台（臺），《说文》曰"观四方而高者也"，此义太过抽象。《国语·楚语上》："先王之为台榭也，榭不过讲军实，台不过望氛祥。故榭度于大卒之居，台度于临观之高。"韦昭注："积土为台。"① 韦昭所言甚是，台的最初形态即积土。在古人眼中，台的文化内涵代表什么呢？笔者以为，《楚辞·天问》中有不少关于"台"的记载，反映了台的文化内涵和作用，而不为学者注意，故略论之。

先说《天问》"简狄在台，喾何宜？"该句叙述的是商族始祖简狄吞鸟卵感生的神话，《吕氏春秋·音初》记载这一神话最详：

---

① 徐元诰：《国语集解》（修订本），第 496 页。

> 有娀氏有二佚女，为之九成之台，饮食必以鼓。帝令燕往视之，鸣若谥隘。二女爱而争搏之，覆以玉筐。少选，发而视之，燕遗二卵，北飞，遂不反。二女作歌，一终日"燕燕往飞"，实始作为北音。[①]

有娀氏之女为何要居于"九成之台"？顾颉刚曾指出《北史·高车传》有一则极相类的材料，有助于理解这个问题：

> 高车，盖古赤狄之余种也。初号为狄历，北方以为高车、丁零。其语略与匈奴同而时有小异。……俗云：匈奴单于生二女，姿容甚美，国人皆以为神。单于曰："吾有此女，安可配人？将以与天。"乃于国北无人之地筑高台，置二女其上曰："请天自迎之。"[②]

同是二女，皆在高台，欲为帝、天所宠幸，不难看出，两个故事如出一辙。而简狄出自有娀氏，为狄人部落，其与匈奴之间习俗的相似性，恐怕不是偶然的。从"筑高台，置二女其上曰：'请天自迎之。'"可知，古人相信建筑高台可以与天相通。又"九成之台"，高诱注"成"，犹"重"，九层，象征其高。那么，简狄居此，也是为了与天帝沟通。古人认为天有九重，故多建造九层之台以象天，如山东高青陈庄遗址中的夯土台基颇引人注意，王恩田指出："根据对台基解剖的剖面观察，台基上下共由9层夯土堆积筑成。这对于了解台基的功能颇为重要。说明台基的功能应与祭天有关。"王恩田接着举《楚辞·天问》"圜则九重，孰营度之？惟兹何功，孰初作之"为例，进行论证。[③]其说可从。

再看《天问》"璜台十层，谁所极焉"一句，王逸《楚辞章句》认为璜台是商纣所建"宫室"，是"言纣作象箸，而箕子叹，预知象箸必有玉杯，

---

① 陈奇猷：《吕氏春秋新校释》，第 338 页。
② 顾颉刚：《史林杂识初编》，中华书局，1963 年，第 199 页。
③ 王恩田：《高青陈庄西周遗址与齐都营丘》，《管子学刊》2010 年第 3 期。

玉杯必盛熊蹯豹胎。如此，必崇广宫室，纣果作玉台十重，糟丘酒池，以至于亡也"。此说乃是援引《韩非子·喻老》中"纣为象箸"事而改作，柳宗元、洪兴祖等学者从之。明代学者黄文焕提出了另一种观点，认为"璜台，即《骚经》所云乃望瑶台见有娀之佚女"，林云铭、曹耀湘等人附会之，此说影响不大且明显不合文义。闻一多提出了不同看法，认为"璜台十层"是女娲所居，孙作云等从之。[①] 闻一多的观点是正确的，但论证不详，我们试论述之。

首先从《天问》结构来看，如闻一多说："《天问》文例，泰半合四句为一句，或增至八句，或十二句，要皆以四进，其二句各问一事者，必二事同类，亦以四句为一单元也。"[②] 此处上言"厥萌在初，何所亿焉"，孙诒让解释说："案萌与氓通。厥萌在初，犹《诗》言厥初生民也。"下言"登立为帝，孰道尚之？女娲有体，孰制匠之"，显然这四句为一单元，是在追溯女娲神话。

再从下文"登立为帝，孰道尚之"的意义来看。裘锡圭在《"登立为帝，孰道尚之"解》一文中说："《天问》'登立为帝'的'登'，应该跟《大宗师》和《地形》篇的'登'一样，是指登高、登天而言的，不能按照后世登位、登基的意思来理解。'孰道尚之'也决不会像王逸所说的那样是'谁开导而尊尚之'的意思。'道''导'古本一字，但在这里不应该当'开导'讲，而应该是指具体的引导，即引路而言的。'尚''上'古通。'道（到）尚（上）之'就是引导之使之上天的意思。"[③] 甚确。如前所述，古人以九为极数，简狄在"九成之台"以待帝喾，女娲所居"璜台十层"，已经超越了人类所及，无疑已是天上，能居住于此的，只有古神帝女娲。这完全符合女娲既是人类祖先，又是天神的身份。因此女娲之"台"是具有通天意义的。

《山海经》中也有古帝居台的记载，如"帝尧台、帝喾台、帝丹朱台、帝

①　以上观点参见崔富章主编：《楚辞集校集释》，第 1159—1160 页。
②　闻一多：《天问释天》，《闻一多全集》（楚辞编），第 498 页。
③　裘锡圭：《古代文史研究新探》，江苏古籍出版社，1992 年，第 147—148 页。

舜台，各二台，台四方，在昆仑东北"。由此看来，女娲有台，不足为怪。《天问》："启棘宾商，九辩九歌。"夏启也是在高台得到"天乐"《九辩》《九歌》的，如《归藏·启筮》（《太平御览》卷八十二引）载：

> 昔夏后启享神于大陵而上钧台，枚占皋陶，曰不吉！
>
> 昔者夏后享神于晋之墟，作为璿台。

这里的"璿台"即钧台，《左传》昭公四年说："夏启有钧台之享。"据于省吾考证，启"宾商"乃"宾帝"之讹[1]，钧台就是夏启交接天地、沟通人神的高台。

大量考古资料可以印证古代高台的真实存在，如王明钦先生在对夏启钧台进行分析的基础上，认为近年来相继发掘出的一批祭祀遗址，"为研究古人台与祭坛的问题提供了极其宝贵的资料。这些祭祀遗址，几乎遍及全国，东北红山文化、东南良渚文化、中原龙山文化、西北齐家文化等新时期晚期遗址，及至公元 7 世纪左右西藏拉萨的吐蕃王国，都有大型祭坛的发现。……绝大多数祭坛都是在台上经过精心布局"。"台和祭坛在古代都具有神圣而庄严的地位，是历代帝王和方国首脑举行重大国事活动的地方。……台除了祭祀百神、祈福禳灾之外，还有燕飨诸侯，举行盟誓的作用。……台和祭坛在地势的选择上是十分慎重的，只有上可通天帝，下可致鬼神的风水宝地，才有资格筑台建坛。"[2]

由此可以看出，所谓"璿台""瑶台"，是与交通天地紧密联系的。女娲是古神帝，才有资格居住于十层璿台之上。"台"所具有的通天意义正是其原始内涵的重要体现，而后，经过颛顼"绝地天通"，交通天地的权力被神巫和古帝王所垄断。夏启就是巫兼帝王，才可能在钧台上"宾帝"登天，求得天乐。

---

① 于省吾：《泽螺居诗经新证、泽螺居楚辞新证》，第 172—174 页。

② 王明钦：《〈归藏〉与夏启的传说》，饶宗颐主编《华学》（第三辑），紫禁城出版社，1998 年，第 212—226 页。

进一步说，他们都是有巫术色彩的"特权阶级"，只有他们才能临台登天、祭祀。基于此，高台成为王权的象征，如文王建造灵台，见于《诗经·大雅·灵台》。学者已经论证，灵台是专职通天巫觋仰测天意、交通天人的神圣坛场，有着重大的象征意义，文王建筑灵台的"目的在于打破商天子对通天手段的垄断，进而染指按理只有商天子独占的政治权威"[①]。"文王陟降，在帝左右"，灵台即周王通天的重要工具。《毛诗正义·灵台》注云"非天子不得作灵台"，正揭示了高台的巫术、政治意义。

二、高台与感生神话

古人认为神是居住在天上的，而越高的地方，最接近天和神。根据学者研究，中国上古神巫交通天地的工具有神山、神树、龟策、动物等[②]，因此高台建筑与高山一样，是通天地的工具和祭祀天、神的祭坛。明白了高台的这种内涵，则可以进一步讨论楚辞中与高台有关的感生神话。

与《楚辞》"简狄在台"相类似的例子，见于上海博物馆藏战国楚简《子羔》篇，该篇记载了夏商周三王的出生神话：

> 子羔问于孔子曰：三王者之作也，皆人子也，而其父贱不足称也与？抑亦成天子也与？孔子曰：善，而问之也。久矣，其莫……〔禹之母……之女〕也，观于伊而得之，娠三年而画于背而生，生而能言，是禹也。契之母，有娀氏之女也，游于央台之上，有燕衔卵而措诸其前，取而吞之，娠三年而画于膺。生乃呼曰："钦！"是契也。……三王者之作也如是。子羔曰：然则三王者孰为☒。[③]

---

① 江晓原：《天学真原》，辽宁教育出版社，1991 年，第 108—112 页。

② 张光直：《商代的巫与巫术》，《中国青铜时代（二集）》，生活·读书·新知三联书店，1990 年，第 39—66 页。

③ 陈剑：《上博简〈子羔〉〈从政〉篇的竹简拼合与编连问题小议》，《文物》2003 年第 5 期。

这段记载，可与传世文献相互印证，也有不同之处，如有娀氏女游于"央台"，"央台"与"瑶台"音近，当为一物。但传世文献中又有简狄受孕于玄丘和桑野的说法，学者指出：

> 就时间上来讲，在战国时期人们的思想观念中，简狄之"瑶台（或称九成之台）受孕"的传说恐怕要比其他两种传说（引者按：指简狄受孕于玄丘和桑野）要更符合当时的实际一些，尤其是这一传说在《楚辞》当中出现两次，而本简则亦是战国楚简，可见，这一传说在当时的楚地当中是广泛流行的。[①]

由此说可知，在楚地广泛流传的简狄感生神话中，"台"是一个不可或缺的因素。而若该篇子羔问孔子的话为实录，那么"简狄在台"的神话渊源更早。关于"瑶台"的起源和功用，罗新慧认为：

> 瑶台是契之母与男子相会合之处，是简狄因孕生契之地。进一步而言，是有娀氏部族与他部族之男女相会合之所。上古时期，水边、林边的高地往往是男女自由结合之处，学者曾经指出，古代宋国桑林、楚国云梦及高唐、齐国的社、燕国的祖等，都是男女聚会之所。从楚竹书及文献提供的情况看，瑶台应为同一性质之地，是男女交游、交合之处，是古代的婚姻和生育开始的地方，这是"瑶台"起源时的真正功用，也是契之母游瑶台的真正原因。换句话说，契母游瑶台的记载，正是上古男女自由结合之婚俗的反映。[②]

笔者不同意把瑶台"起源时的真正功用"看作男女交游、交合之处的说

---

① 白于蓝：《释"玄咎"》，简帛研究网，2003 年 1 月 19 日。
② 罗新慧：《释"瑶台"——从上博简〈子羔〉谈上古婚俗》，《民俗研究》2004 年第 2 期。

法。《墨子·明鬼》说："燕之有祖，当齐之有社，宋之有桑林，楚之有云梦也。此男女之所属而观也。"这些诸侯国的祭祀场所最晚在春秋时代也变成了男女恋爱、交往、野合之地，但却不能认定燕之祖、齐之社始源于男女交合之地。因为感生神话从某种程度上来说是一种政治神话，目的即在于统治者维系自己的政治权威，为其统治创造合理性。在简狄神话中，简狄是商族始祖，玄鸟是帝所委派的使者，也是商人的图腾，其意蕴在于表明简狄感生的神圣性。若"瑶台"为通淫场所，恐怕不能达到其目的，因此"台"不会是普通场所，更不会是战国人所认为的通淫之地，而应具有特殊意义。① 如前所论，高台在更早的时代，被看作可以接天的地方，考古资料所见台上的诸多祭祀物也可以证明。"瑶台"，即应是商族人交接天神、祭祀他们所信仰的上帝的场所。有了这种思维，商人才"创造"了"简狄在台，喾何宜"的祖先神话。

我们认为，简狄在高台之上感帝之灵而生，体现了瑶台具有生育方面的神圣性，反映的是商人为了祈求人丁兴旺而祭祀上天，质言之这是一种交感巫术。② 根据全球的考古发现，早期人类所信仰和祭祀的神祇除天、地外，就是生育之神了。③ 这说明对生育神的祭祀是人们宗教生活中的重要组成部分，如闻一多分析高唐神女传说，所得结论是："这些事实可以证明高禖这祀典，确乎是十足代表着那以生殖机能为宗教的原始时代的一种礼俗。"④ 这一礼俗即有关生育神的祭祀，可见高台、祖、社是作为祭祀圣地而演变为男女交往、

---

① 钱耀鹏即认为："综合来看，五帝时代的感生神化人物，可能就是这类核心家族的核心人物。而所谓感生人物，最初可能就是核心人物为了巩固核心族群及其核心家族的利益，并有效维护联盟体政权的存续与发展，故而借助感生故事极力渲染和神化核心家族的父系血统，通过'天人合一、王权神授'的宗教外衣确立王权的合法地位。一旦实现了王权的家族化，王权及王族的世袭制得以确立，便不再需要创造新的感生故事与感生人物。"钱耀鹏：《感生故事与早期政权的更迭》，《中原文物》2006年第3期。

② 弗雷泽：《金枝》，新世界出版社，2006年，第15页。

③ 俞伟超：《图腾制与人类历史的起点》，《古史的考古学探索》，第20页。

④ 闻一多：《高唐神女传说之分析》，《闻一多全集》（神话编），湖北人民出版社，1993年，第3—34页。

野合之地。[①] 高台作为古人祭祀、交接天神的不二场所，自然成为感生神话依附的对象。

以上是结合楚辞对高台原始文化内涵的探讨。在其他文献中，"台"也往往不为学者注意，如屡为学者引用的《高唐赋》：

> 昔者楚襄王与宋玉游于云梦之野。……玉对曰：昔先王游于高唐……梦见一妇人，自云：我帝之季女，名曰瑶姬，未行而亡，封于巫山之台。闻王来游，愿荐枕席。

《文选》所载《高唐赋》云：

> 昔者楚襄王与宋玉游于云梦之台，望高唐之观。……[②]

学者举论，多关注楚王与高唐神女的"野合"。事实上，帝之季女，本即为神，又封于巫山之台，可知"台"的神话巫术内涵；而楚国云梦，又是楚人祭祀场所，可见《高唐赋》中保存了"台"的原始意义，惜未受到学者重视。

《天问》还记载了大禹与涂山氏之女的传说："焉得彼涂山女，而通之于台桑？""台桑"，桑台也，为叶韵而倒置，是指桑林中的高台。屈原以此为禹与涂山女野合之地。闻一多曾论证高唐神女故事与涂山女故事的相似之处[③]，甚确。可见"台桑"也是与高唐神女所居处之地密切相关的，具有一定的神话巫术意义。

---

① 祭祀场所，本为神圣之地，古人虔诚以待、举族而祀。祭祀地又是聚会场所，青年男女在此相识相知，从这个角度看，故而祭祀之地又变为恋爱、野合处所，这是高台、祖等的"流"；感生神话的产生，导源于祭祀场所的神圣性，如闻一多等所论高禖之祭典，即指此，与高台等地恋爱野合之"功用"无关。

②③ 闻一多：《高唐神女传说之分析》，《闻一多全集》（神话编），第3—34页。

综上可知，高台在最初被看作可以交通天地的媒介，也是古人祭祀天的场所，与燕之祖、齐之社等相同。古人祈祷生子，认为高台为古神帝所居，于是产生了高台感生的神话；其后，高台才逐渐成为男女自由交往、恋爱、野合的地方。

第二节　秦简《归藏》与楚辞神话

1993 年，在湖北江陵王家台 15 号秦墓出土了一批占卜资料，经学者研究认为是《归藏》。参加整理工作的王明钦指出：

> 《归藏》所记载的传说及历史事件很多，但由于以前对其书真伪莫辨，对传本《归藏》佚文未引起足够的重视。秦简《归藏》的出土，证实了传本佚文的可靠性，因此，他们也就成了我们研究古史传说时代及夏商周三代历史的重要资料，可与其他古籍所记载的史实互为校证和补充。[①]

此说甚是，我们在前文已经引秦简《归藏》探讨周昭王事迹。除此之外，《归藏》中尚有许多神话资料，可以与楚辞"互为校证和补充"，如《九歌》中的神祇"东君"与"云中君"，唐人司马贞《史记索隐》云："东君、云中，见《归藏易》。"宋代学者洪兴祖已经开始用《归藏》的资料解释楚辞，如注《离骚》时引《归藏》曰"丰隆筮云气而告之"，注《天问》引《归藏易》云"羿

---

① 　王明钦：《〈归藏〉与夏启的传说》，饶宗颐主编《华学》（第三辑），第 212—226 页。

弹十日"。

秦简本《归藏》的出土，并结合与之相关的传世文献，对理解楚辞仍有重要价值，试说如下。

一、嫦娥奔月神话

《天问》中的许多神话，由于背景的缺失而难以考索，这就出现了虽有不少学者讨论仍不得其解的情况。出土文献往往为解决此类问题提供了重要背景，下面即一例：

> 夜光何德，死则又育？
> 厥利惟何，而顾菟在腹？

此句王逸注曰："夜光，月也。育，生也。言月何德于天，死而复生也。一云：言月何德居于天地，死而复生。言月中有菟，何所贪利，居月之腹而顾望乎。菟一作兔。"王逸以原文为限，不敢加一字，对正确把握此句的背景意义不大。姜亮夫提出新说，认为"利""黎"本一字，"黎，黑也。月中有黑影，相传为兔捣药"[①]。虽然可通，但《天问》中有两句"厥利惟何"，第二句为"厥利惟何，逢彼白雉？"不可能读"利"为"黎"，因而此说也有缺陷。

按："死则又育"，是以生死象征月相的盈亏，由于古人天文学知识的缺乏，遂对此现象产生了疑惑，于是便借助想象力，把自然力人化，相关的神话也就应运而生。其中，"顾菟在腹"即有关月亮神话的一种，笔者以为，这其实与嫦娥事有关。

《淮南子·览冥训》云：

---

① 姜亮夫：《重订屈原赋校注》，《姜亮夫全集·楚辞学论文集》，第225—226页。

> 譬若羿请不死之药于西王母，恒娥窃以奔月，怅然有丧，无以续之。何则？不知不死之药所由生也。

高诱注曰："恒娥，羿妻；羿请不死药于西王母，未及服食之，恒娥盗食之，得仙，奔入月中为月精也。"嫦娥奔月为月精，成为《天问》之"顾菟"，《初学记》卷一引《淮南子》"羿请不死之药于西王母，羿妻姮娥窃之奔月，托身于月，是为蟾蜍，而为月精"[①]，即指此事。

戴霖、蔡运章将嫦娥奔月与月之变化联系起来，通过考证，认为：

> 蟾蜍这种"不死之药"，不但能使嫦娥"升为天神"，而且还能使月亮"死而复生"。嫦娥窃取西王母掌管的这种"不死之药服之以奔月"后即变为蟾蜍，目的就是要使月亮不断地"死而复生"。这样，蟾蜍就成为月亮延续生命的保障，也成为月亮的灵魂和象征，后世常把月亮称为"蟾宫"。由此可见，美丽的嫦娥为了能使月亮"死而复生"，不惜把自己变为丑陋的蟾蜍而给世人带来光明，这就是她"奔月"的真正原因。[②]

从其所论可知，月亮能"死而复生"，是嫦娥窃服不死之药奔月带来的结果，其说有理。《天问》"夜光何德，死则又育？厥利惟何，而顾菟在腹"一节，即问嫦娥奔月事。

《天问》"顾菟在腹"的神话，学者多有考证。有人认为"顾菟"是兔子，有人认为是蟾蜍，汤炳正考证为虎。实际上，不论何种说法正确，"厥利惟何，而顾菟在腹"一句是很难解释的，如汤炳正说："要是月中仅有个小小的白兔

---

① 以上资料并见张双棣：《淮南子校释》（增订本），第 721—727 页。按："恒"又作"姮"，此处采纳张氏观点。

② 戴霖、蔡运章：《秦简〈归妹〉卦辞与"嫦娥奔月"神话》，《史学月刊》2005 年第 9 期。

或蟾蜍，则有何利与害之可言？"①事实上，无论"顾菟"为何，都是嫦娥所化，在秦简《归藏》中，我们可以找到嫦娥奔月神话的痕迹，并可印证传世本。传世文献记载说：

> 羿请不死之药于西王母，姮娥窃之以奔月，将往，枚筮之于有黄，有黄占之曰："吉。翩翩归妹，独将西行，逢天晦芒，毋惊毋恐，后且大昌。"②

有了这样一个背景资料，不难知道，姮（恒）娥窃药，曾"枚筮"有黄，因有黄被认为是"吉"，她才奔月。原来，窃不死之药，"不但能使嫦娥升为天神，而且还能使月亮死而复生"，嫦娥奔月而为"顾菟"，其原因自然不仅在月夜之光。《归藏》记载所占为吉兆，吉在何处呢？这里的吉，即屈原所问，以此来解释此句，才可圆通。

袁珂指出："嫦娥奔月神话的确并不是从汉代初年的《淮南子》才开始有，其实早在战国初年就已经有了。除了有黄占卦的部分为《淮南子》略去而外，《淮南子》所记的这段神话，几乎完全是承袭了《归藏》的旧文。"③正是由于有黄占卦的事迹被《淮南子》略去，所以我们才不能确切地知道屈原所问。

如前所述，《天问》中"厥利惟何"出现两次，我们曾讨论过与之相关的一句：

> 昭后成游，南土爰底。
>
> 厥利惟何，逢彼白雉？
>
> 穆王巧梅，夫何周流？
>
> 环理天下，夫何索求？

---

① 汤炳正：《屈赋新探》，第261—270页。
② 严可均辑：《全上古三代秦汉三国六朝文》（第一册），中华书局，1958年，第104页。
③ 袁珂：《嫦娥奔月神话初探》，《神话论文集》，上海古籍出版社，1982年，第155页。

在前文，我们已经指出，"逢彼白雉"恰是指秦简《归藏》中周王卜复白雉，是周昭王意欲继承先人之业绩而南征，故以"白雉"为借口。屈原所问"厥利惟何"，是针对昭王卜复白雉的结果为吉兆而诘问的。这样看来，屈原提出的两个"厥利惟何"，很可能是针对《归藏》所提及的相关记载占卜的结果发问的，如果那样的话，屈原当十分熟悉《归藏》记载。

二、神话人物校释

其一，关于巫咸。

《离骚》言"巫咸将夕降兮"，王逸注曰："巫咸，古神巫也。当殷中宗之时。"作为人物的巫咸在商代确实存在，甲骨文中即有记载，如：

> 丁未卜，扶，侑咸戊、学戊不？
> 丁未扶：侑咸戊牛不？（《合集》20098）
> 甲辰卜，贞：下乙宾于咸？
> 贞下乙不宾于咸？（《合集》1402）

但在古人眼中，巫咸往往是作为"古神巫"出现的，因此，其时代又不可确指。顾炎武《日知录》"巫咸"条则对巫咸的事迹进行了详细研究：

> 古之圣人，或上而为君，或下而为相，其知周乎万物而道济天下，固非后人之所能测也，而传者猥以一节概之。……若巫咸者，可异焉。《书·甋》篇："在大戊，时则有若伊陟臣扈，格于上帝。巫咸乂王家。在祖乙，时则有若巫贤。"……孔安国《传》曰："巫咸，臣名。"马融曰："巫，男巫也，名咸，殷之巫也。"……《楚辞·离骚》所云："巫咸将夕降兮，怀椒糈而要之。"《史记·封禅书》所云："巫咸之兴自此始。"许氏

《说文》所云："巫咸初作巫。"又其死而为神，则秦《诅楚文》所云"不显大神巫咸"者也。而又或以巫咸为黄帝时人，《归藏》言"黄神将战，筮于巫咸"是也。以为帝尧时人，郭璞《巫咸山赋》序言"巫咸以鸿术为帝尧医"是也。以为春秋时人，《庄子》言"郑有神巫曰季咸"，《列子》言"神巫季咸，自齐来处于郑"是也。[①]

顾炎武以传世文献证之，所言甚是。在秦简《归藏》中，巫咸就以神巫的身份出现：

> 同人曰：昔者黄帝与炎帝战 /（182）/ 巫咸，巫咸占之曰：果哉而有吝。□ /（189）
> 渐曰：昔者殷王贞卜亓邦尚毋有咎而枚占巫咸，巫咸占之曰：不吉。不渐于 /（335）[②]

这里的巫咸，既为黄帝占卜，又为殷王占卜，可见并不能以"人"的身份看待。在《离骚》中屈原邀巫咸："巫咸将夕降兮，怀椒糈而要之。"接着悲愤地诉以衷情。我们以为，这可能是基于楚民族与巫咸的特殊关系。如清华简《楚居》载：

> 穴酓遟（迟）逿（徙）于京宗，爰昙（得）妣畷（列），逆流哉（载）水，氒（厥）瓶（状）聖（聂）耳，乃妻之，生侸叴（叔）、丽季。丽不从行，渭（溃）自髇（胁）出，妣畷（列）宾于天，巭（巫）戕（咸）赅（该）亓（其）髇（胁）以楚，氏（抵）今曰楚人。

① 　陈垣：《日知录校注》（下册），安徽大学出版社，2007 年，第 1394—1396 页。
② 　本书所用秦简本《归藏》资料引自王明钦：《王家台秦墓竹简概述》，艾兰、邢文编《新出简帛研究》，第 26—49 页；王辉：《王家台秦简〈归藏〉校释（28 则）》，《江汉考古》2003 年第 1 期。下同，不再出注。

　　"<u>晉巫</u>"，复旦大学出土文献与古文字研究中心的学者释之为"巫咸"[1]，可从；"简文大概是说姒戜肋骨被丽季出生时弄断，是以巫咸用楚（荆）条为之结扎起来"[2]。从简文看，楚人之所以称为"楚"，即来源于此。由此可见，巫咸可谓楚民族的保护神，也是"楚"族名号的"创造者"。如此我们则可理解为何屈原会在《离骚》中向巫咸控诉了。

　　以往多认为，"巫咸夕降"是屈原的想象之词。现在看来，巫咸很有可能被纳入楚国祀典，并有专门的祭祀礼仪。"怀椒糈而要之"，这是屈原为巫咸准备的祭品。巫咸"夕降"，时间在晚上，《楚居》正记载了楚人夜祭习俗的来源。《离骚》又云："百神翳其备降兮，九嶷纷其并迎。"王逸注"言巫咸得己椒糈，则将百神蔽日来下"，甚是。在楚辞中，除"巫咸"外，还有"彭咸"一词，《山海经·大荒西经》有"巫咸、巫即、巫盼、巫彭、巫姑、巫真、巫礼、巫抵、巫谢、巫罗十巫从此升降"的说法，可见"彭咸"是巫彭和巫咸两神巫的连言。"彭咸"在楚辞中出现过七次，其中《离骚》二次，《悲回风》三次，《抽思》一次，《思美人》一次。如《离骚》云"謇吾法夫前修兮，非世俗之所服；虽不周于今之人兮，愿依彭咸之遗则"，此处屈原是以民族保护神为法则，治理楚国的；文章结尾处又言"国无人莫我知兮，又何怀乎故都？既莫足与为美政兮，吾将从彭咸之所居"，是屈原无奈之时欲追随巫咸、巫彭而去，充分说明巫咸在楚人心目中地位之高。

　　其二，关于"丰隆"。

　　楚辞中多次提及丰隆，如《离骚》"吾令丰隆乘云兮，求宓妃之所在"，王逸注曰："丰隆，云师。"汉代学者对"丰隆"的神格已经不明，如高诱注《淮南子》时认为"丰隆，雷也"。后世学者对此争论甚多，但都没找到有力的证据。秦简《归藏》即有关于丰隆的记载：

　　① 以上文字隶定参复旦大学出土文献与古文字研究中心研究生读书会：《清华简〈楚居〉研读札记》（蒋文执笔），复旦大学出土文献与古文字研究中心网站，2011年1月5日。
　　② 宋华强：《清华简"比隹"小议》，简帛网，2011年1月20日。

大□［壮］曰：昔者☒408☒丰隆卜将云而枚卜困京。京占之曰：吉。

大山之云倚☒196

壮曰：昔者丰隆☒320

张正明根据《归藏·大壮》卦和《周易·大壮》卦的对比，指出：

> 江陵王家台 15 号墓出土的秦简《归藏》，记有"壮"卦为上震下乾，
> 文为"曰昔者丰隆……"按：《周易》的"大壮"卦正是上震下乾，"象曰
> '雷在天上。大壮'"。这是一个极有说服力的证据，表明战国末期人们确
> 信丰隆是雷神。[①]

据此可以看出，"丰隆"为雷神的可能性较大。

三、《归藏》与楚辞的比较

近年来出土的楚简中有大量祭祷占卜简，通过对其内容的分析，可以知道
楚人事无巨细，有疑必卜，内容包含战争祭祀、生老疾病等，甚至包含事君之
吉凶。楚简中还有《周易》版本的流传，可见屈原时代占卜之兴盛，其作品形
成，自然借助了有关资料。汤炳正经过研究即认为《离骚》与占卜程序有密切
关系，包山楚简所见"当是楚国贵族卜筮祭祷之制……与同时代产生的屈赋
《离骚》中，有关卜筮的艺术构思等，多相契合"[②]。关于秦简本《归藏》的成书
和流传，李家浩指出：

> 其实简本《归藏》与传本《归藏》的卦名、卦辞有不同之处，是由

---

① 张正明：《云中君为雷神说》，《华中师范大学学报》（人文社会科学版）2007 年第
5 期。

② 汤炳正：《从包山楚简看〈离骚〉的艺术构思与意象表现》，《文学遗产》1994 年第 2 期。

于它们不是同一个系统的本子的结果。荆州地区博物馆的同志根据王家台15 号墓出土的器物保留有楚国的某些特点，指出该墓的相对年代上限不早于公元前 278 年白起拔郢，下限不晚于秦代。一般来说，随葬的书籍，其年代要比墓葬的年代早。因此，秦简《归藏》有可能是战国晚期秦人的抄本。……如果从简本与传本流传的地域来说，它们是南、北两个不同地域流传的本子。王家台 15 号秦墓位于楚国故都纪南城东南约五公里。该墓出土的简本《归藏》，显然是南方故楚国地区流传的本子。①

由此可以看出，楚辞与《归藏》在神话、古史传说等方面的相合不是偶然的，它们可能有共同的来源，屈原博闻强识，极有可能读过《归藏》。

楚辞与《归藏》中所述神话、古史传说人物多有相合，我们可以列表说明：

《楚辞》	《归藏》	备　注
启棘宾商，九辩九歌。康回冯怒，地何以东南倾？	昔者夏后启是以登天，帝弗良而投之渊，寅共工以□江□/（501）	王逸：康回，共工名也。《淮南子》言共工与颛顼争为帝，不得，怒而触不周之山，天维绝，地柱折，故东南倾。朱熹《楚辞集注》曰："窃疑棘当作梦，商当作天，以篆文相似而误也。"
穆王巧挴，夫何周流？环理天下，夫何索求？	师曰：昔者穆天子卜出师而枚占□□□/（439）/龙降于天而□/远飞而中天苍/	传本《归藏》："昔者穆天子卜出师而枚占于禹强，禹强占之曰：不吉。龙降于天而道里修远，飞而冲天，苍苍其羽。"
羿焉彃日？乌焉解羽？	履曰：昔者羿射徒比庄石上，羿果射之，履曰□□（461）	洪兴祖《楚辞补注》：《归藏易》云："羿彃十日。"

① 李家浩：《王家台秦简"易占"为〈归藏〉考》，《传统文化与现代化》1997 年第 1 期。按，着重号为引者所加。

（续表）

《楚辞》	《归藏》	备　注
巫咸将夕降兮，怀椒糈而要之。	同人曰：昔者黄帝与炎帝战/（182）/巫咸，巫咸占之曰：果哉而有咎。□/（189） 渐曰：昔者殷王贞卜亓邦尚毋有咎而枚占巫咸，巫咸占之曰：不吉。渐/（335）	王逸：巫咸，古神巫也。当殷中宗之时，降，下也。
昭后成游，南土爰底。厥利惟何，逢彼白雉？	复曰：昔者陼王卜复白雉□/	
武发杀殷，何所悒？载尸集战，何所急？	节曰：昔者武王卜伐殷而枚占老耆，老耆占曰：吉。□（194）	王逸：言武王发欲诛殷纣，何以悒悒而不能久忍也。
夜光何德，死则又育？厥利惟何，而顾菟在腹？	恒我曰：昔者女过卜作为缄而/（476）归妹曰：昔者恒我窃毋死之［药］/（307）/□□奔月而枚占□□□/（201）	
吾令丰隆乘云兮，求宓妃之所在。	大［壮］曰：昔者/（408）/［丰］隆卜将云而枚占困京，京占之曰：吉。大山之云倏/（196） /壮曰：昔者丰隆/（320）	王逸：丰隆，云师。高诱注《淮南子》曰："丰隆，雷也。"

第三节　湘君、湘夫人研究

与《九歌》其他篇章相比，湘君、湘夫人的神格归属是学者聚讼相对较少的篇章。其中，最早关于湘君神格的记载见于《史记·秦始皇本纪》：

> （秦始皇）乃西南渡淮水，之衡山、南郡。浮江，至湘山祠。逢大风，几不得渡。上问博士曰："湘君何神？"博士对曰："闻之，尧女，舜之妻，而葬此。"于是始皇大怒，使刑徒三千人皆伐湘山树，赭其山。上自南郡由武关归。[1]

有意思的是，秦始皇遇湘君而"逢大风，几不得渡"与《山海经》相关记载很巧合，《山海经·中次十二经》云：

> 洞庭之山……帝之二女居之，是常游于江渊。澧沅之风，交潇湘之渊，是在九江之间，出入必以飘风暴雨。[2]

---

[1]　司马迁：《史记》，第 248 页。
[2]　袁珂：《山海经校注》，巴蜀书社，1996 年，第 216 页。

这段记载似乎印证了湘君为舜二妃的说法。汉代刘向《列女传·有虞二妃》也说："舜涉方死于苍梧，号曰重华。二妃死于江湘之间，俗谓之湘君。"[①]

后来为楚辞作注的王逸认为湘夫人才是二妃，他说：

> 君，谓湘君也。……言湘君謇然难行，谁留待于水中之洲乎？以为尧用二女妻舜，有苗不服，舜往征之，二女从而不反，道死于沉、湘之中，因为湘夫人也。所留，盖谓此尧之二女也。

唐人司马贞据此推断既然二妃是湘夫人，那么舜是湘君无疑。种种说法，直至今日，学者尚有争论。但《湘君》云"九疑纷其并迎"，《湘夫人》云"帝子降兮北渚"，其中"九疑""帝子"即指舜和二妃。因此，说二湘与舜及其二妃有关，应该没有问题。

近年来出土的战国楚简中有大量祭祷"二天子"的记载，最早见于包山楚简：

> 赛祷太備（佩）玉一环，侯（后）土、司命、司祸各一少环，大水備（佩）玉一环，二天子各一少环，峗山一。（简213、214）
> 太、侯（后）土、司命、司祸、大水、二天子、峗山既皆成。（简215）
> 赛祷行一白犬，归冠带于二天子。（简219）
> 举祷太一，侯（后）土、司命各一牂，举祷大水一膚，二天子各一牂，峗山一。（简237、243）

此后，新蔡葛陵楚简、天星观楚简和望山楚简等多批楚墓竹简相继发现"二天子"的记载：

---

① 刘向：《列女传》，辽宁教育出版社，1998年，第1页。

荐祷一鹿，归备（佩）玉于二天子，各二璧；归。（简甲一 4）

一鹿，归备（佩）玉于二天子，各二。（简甲三 81.182-1）

举祷于二天子各两牂，璎之以赴玉。（简甲三 162.166）

先之一璧，举祷于二天子各牂。（简乙二 38、39、40、46）

三楚先、地主、二天子、嵟山、北［方］。（简乙四 26）

二天子、屯。（简零 335） （以上为新蔡葛陵楚简）

解于二天子与云君以佩珥。（天星观简）

举祷于二天子各两牂、两殊。（天星观简）

吉。祓一牂，后土、司命各一羯，大水一环，举祷二天［子］。（望山简 55）

包山楚简公布后，刘信芳就撰文指出"'二天子'即楚人辞赋所描绘的'湘君''湘夫人'"，并进行了具体论证。陈伟先生同意刘说，他还认为帝之二女当指洞庭之山，即湘山，而不是郭璞注《山海经》时所认定的江神。晏昌贵先生认为，"二天子"是人神的天神化，又是山川神灵，身兼三种神格。[①]根据《湘夫人》"帝子"句可以知道，学者的研究大体无误，"二天子"与"二湘"关系密切。

诸位先生的研究成果成为我们讨论的基础。事实上，春秋时期的洹子孟姜壶铭文也有祭祀"二天子"的记载，其文曰：

齐侯女雷聿丧其断，齐侯命大子乘驺来句（敏）宗伯，听命于天子。曰："期则尔期。余不其事，女（汝）受册，遄传口御，尔其济受御。"齐侯拜嘉命。于二天子用璧、玉备（佩）一司（笥）；于大无（巫）司折（慎）、于大司命用璧、两壶八鼎，于南宫子用璧二、备（佩）玉二司

---

① 晏昌贵：《楚卜筮简所见地祇通考》，《简帛数术与历史地理论集》，第 215 页。按：上引楚简资料多参考此文。

（筲）、鼓钟一肆。齐侯既济洹子孟姜丧，其人民都邑堇（谨）要："无用从（纵）尔大乐。"用铸尔羞铜，用御天子之事。洹子孟姜用乞嘉命，用祈眉寿，万年无疆，御尔事。[①]

铭文中的"二天子"，因"二"与"上"字形相近，曾被误认为是"上天子"，李学勤等已经指出。

洹子孟姜壶及铭文拓片

"二天子"为何会在齐国受祭？齐、楚都有祭祀"二天子"的记载，是否说明"二天子"受到时人普遍祭祀？如若不是，又如何解释？笔者以为，齐、楚共祭"二天子"，并不能说明其祭祀的普遍性。从陈与楚、齐的关系入手讨论，可以对这一现象进行解释。

首先是陈与齐的关系。齐国历史，以公元前 479 年为界，可分为两段，前一阶段是姜齐时代，即姜太公所封之齐；后一阶段则是田齐时期，从田氏代齐直至齐亡国。据《史记·田敬仲完世家》记载，公元前 672 年，陈国公子完奔齐，受到齐国君重用，公子完不欲称本国之号，故改陈为田，后陈氏（田氏）五世其昌，并于正卿，四为齐相，族系庞大，封邑众多，以致"超过（齐）平

---

① 释文主要参考李学勤：《齐侯壶的年代与史事》，《中华文史论丛》2006 年第 2 期，部分内容有所不同。

公"之所食。洹子孟姜壶铭文记述，正可以此为背景。学者认为洹子即陈桓子，是陈公子完四世孙陈桓子之父陈文子丧①，可从。李学勤指出，"齐侯之女家的丧事，齐侯本应绝不成服，而自愿期服，这是超愈礼制的行为，因此齐侯特命太子赶赴王都，通过管理礼制的大宗伯向周天子请示"。为何齐侯要成服？这首先要从陈桓子（田无宇）的地位说起。陈桓子时齐景公立，庆丰代崔氏专权，广结仇怨，庆氏家臣王何等作乱，欲杀庆丰为齐庄王报仇，正值陈桓子与庆丰田猎，其父陈须无（陈文子）察觉将生事变，派人将陈桓子召回。陈桓子知道后，在回来的路上破坏了渡船和桥梁，使得庆氏的势力很快被清除。昭公六年，陈桓子和鲍氏、国氏联合向齐惠公子孙栾氏、高氏发起进攻，打击了旧贵族的势力，并领封邑高唐，此时田氏势力进一步壮大。故《左传》庄公二十二年说："陈之初亡也，陈桓子始大于齐。"杜预注："昭八年，楚灭陈。"陈文子与陈桓子父子有助齐侯剪除内患的功绩，成为齐侯的宠臣，陈文子丧，齐侯因而越礼制为之成服，对齐景公来说，此非孤例，文献就有他欲为宠臣违礼厚葬的记载，如《晏子春秋》载梁丘据死后，景公宣称："据忠且爱我，我欲丰厚其葬，高大其垄。"

　　但令人产生疑问的是，在礼崩乐坏的春秋、战国之交，齐侯为陈氏成服而大老远去请示周天子，似乎显得有点多余。我们以为，其中更合理的解释可能是，齐侯派太子去请示周天子，是有更加出格的行动，即逾越本国礼制，循陈礼而为陈氏服丧。这才是问题的关键。

　　陈氏以故国之礼丧葬，可以找到两条考古资料印证：一是近年来在山东海阳发掘的嘴子前墓群，作为陈氏家族远在东方的族墓和封邑，该墓群出土的两件青铜器盂和甗，均来自陈国。以陈国之重器陪葬，可见田氏对故国的怀念和依恋，同时也可见他们仍固守着本国特殊的文化习俗。二是山东省文物考古研究所20世纪80—90年代在临淄地区为配合基本建设而发掘的19座大型战国墓葬中有11座墓室内有殉人。发掘者认为，齐国在西周至春秋中期以前未见

---

① 杨树达：《积微居金文说》（增订本），中华书局，1997年，第35页。

殉人现象，可见姜齐推行和维护的是周人的丧葬制度和传统习俗；春秋晚期以后，田氏异姓实柄齐政，战国早中期齐国殉人之风盛行，无疑与田齐所推崇密切相关。其中临淄春秋晚期的三座齐国殉人墓葬，所葬地域属于后来取代姜齐的田氏，其殉人方式与《礼记》中陈乾昔要用婢女夹棺而葬的记载很相似，墓主应为秉政的田氏贵族。①《礼记·檀弓下》除有"陈乾昔寝疾，属其兄弟而命其子尊己曰'如我死，则必大为我棺，使吾二婢子夹我'"的记载外，还记述了陈人"陈子车死于卫。其妻与其家大夫谋以殉葬"的事情。二者虽然都没有践行，但却表现了陈氏贵族喜好殉葬的特殊嗜好。

以上资料表明，在齐国的陈氏在丧葬等习俗上仍然保存了本国的传统。《左传》昭公八年载："舜重之以明德，置德于遂，遂世守之。及胡公不淫，故周赐之姓，使祀虞帝。臣闻盛德必百世祀，虞之世数未也。继守将在齐，其兆既存矣。"齐国陈氏作为虞舜之后，无疑也要祭祀其先祖妣。齐侯以陈礼服丧，自然要依俗祭祀"二天子"。

再来看陈与楚的关系。首先，从政治上看，春秋以来，雄踞南方的楚国势力不断发展，开始"问鼎中原"。陈国作为楚与中原的缓冲地带，夹在楚与中原诸国之间，经常受到凌辱。据《左传》载，楚国曾三度灭陈。第一次是在宣公十一年（公元前 598 年），"冬，楚子为陈夏氏乱故，伐陈。谓陈人无动，将讨于少西氏。遂入陈，杀夏征舒，轘诸栗门，因县陈"。"县陈"即以陈为楚国之县。后来楚庄王复封陈，立陈灵公之子午为成公。第二次是在昭公八年（公元前 534 年），"九月，楚公子弃疾帅师奉孙吴围陈，宋戴恶会之。冬十一月壬午，灭陈"。其后，楚平王即位，为收拢人心，再次封陈。第三次是《左传》哀公十七年（公元前 478 年），"秋七月己卯，楚公子朝帅师灭陈"。此次灭陈后，陈地直接并入楚之版图，并成为楚国北方的军事重镇和经济中心。

从渊源上看，陈与楚有着共同的远祖——颛顼。陈祖为颛顼，见于《左

---

① 山东省文物考古研究所编：《临淄齐墓》（第一集），文物出版社，2007 年，第 439 页。

传》昭公八年，晋国史赵在回答晋侯时所述："陈，颛顼之族也。"由他国史乘的回答可知，陈为颛顼之后的说法由来已久。楚人也认为自己是颛顼之后，如屈原《离骚》"帝高阳之苗裔兮"，王逸注："高阳，颛顼有天下之号也。"《帝系》曰："颛顼娶于滕隍氏女而生老僮，是为楚先。"[①] 新蔡楚简也明确地说："昔我先出自颛顼。"[②]

由于政治和地缘等关系，陈与楚在文化上也产生了不少共通之处，如好巫鬼，重淫祀，《汉书·地理志》云："陈国……妇人尊贵，好祭祀，用史巫，故其俗巫鬼。楚地……今之南郡、江夏、零陵、桂阳、武陵、长沙及汉中、汝南郡，尽楚分也。……顷襄王东徙于陈。……信巫鬼，重淫祀。"祭祀虞舜也成为陈、楚祭祀文化中的相同点。《国语·吴语》记载伍子胥劝谏吴王夫差时说："昔楚灵王不君，其臣箴谏以不入。乃筑台于章华之上，阙为石郭，陂汉，以象帝舜。"韦昭注曰："阙，穿也。陂，壅也。舜葬九疑，其山体水旋其丘，故壅汉水，使旋石郭以象之也。"可知春秋时期已经有祭祀帝舜的建筑。《史记·五帝本纪》也说舜"践帝位三十九年，南巡狩，崩于苍梧之野。葬于江南九疑，是为零陵"。"苍梧"属楚，因而祭舜成为楚文化中十分重要且有特色的一部分。秦始皇就曾望祀九疑山而祭舜。有意思的是，1972 年在湖南长沙马王堆三号汉墓出土的帛制古地图上就绘有"九疑山"，山侧有建筑物，前面画了九条柱状物，中间画有五个"∧"形屋脊，旁注"帝舜"二字，谭其骧即认为："这座建筑物即舜庙，九条柱状物当系舜庙前的九块石碑。"[③] 李学勤也指出：

我仔细观察了正在发掘的部分遗址以及出土的陶瓷、砖瓦等等器物，获知遗址上部年代是北宋，与史籍记载宋初敕修九疑山舜庙相合。从已开掘的部分看，当时舜庙规模相当宏大。更引人注意的是，在北宋遗存之

---

① 洪兴祖：《楚辞补注》，第 3 页。
② 董珊：《新蔡楚简所见的"颛顼"和"雎漳"》。
③ 谭其骧：《二千一百多年前的一幅古地图》，《文物》1975 年第 2 期。

下，还有更早的建筑地层。特别是如发掘者指出的，"在发掘区下部堆积中发现了汉代祭祀坑和不晚于东汉早期的大型建筑遗迹。"（国家文物局主编：《2004 中国重要考古发现》，第 161 页）这就和马王堆帛书古地图的舜庙有可能联系上了。①

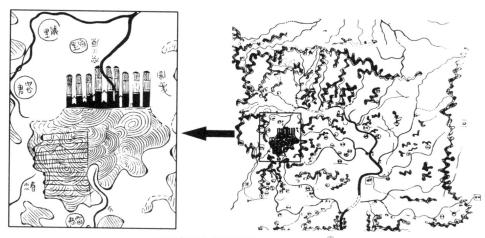

马王堆汉墓《地形图》之"九疑山"②

楚人对舜的祭祀与尊崇，已有学者专门进行讨论③，此不赘述。秦始皇时代已经广泛流传湘君为舜妃的传说，可见，楚人祭祀舜及二妃由来已久。

陈之立国为"祀虞帝"，陈对舜的祭祀自不待言。而楚人三次灭陈，将其划入楚国版图，这种政治上的斗争，必然激起陈、楚文化的碰撞和融合，而两国文化的相近性，无疑会加速这一进程。基于以上种种特殊关系，使得楚人祭祀"二天子"成为可能。事实上，除"二天子"外，楚人还祭祀陈之先祖，据新蔡楚简记载：

---

① 李学勤：《舜庙遗址和尧舜传说》，《光明日报》2005 年 8 月 26 日。
② 此图为复原图，左为局部放大图，采自姜生：《论马王堆出土〈地形图〉之九嶷山图及其技术传承》，《中国历史地理论丛》2009 年第 3 期。
③ 蔡丹君：《舜在屈原辞中特殊地位考论》，首都师范大学文学院编《文学前沿》（第 12 辑），学苑出版社，2007 年，第 3—15 页。

夏夕之月，己丑［之日］，以君不怿之故，就祷陈宗一猎，壬辰之日祷
之。（乙一：4.10、乙二：12）

宋华强指出：

> 陈宗，神灵名号。《左传》哀公十四年"子我盟诸陈于陈宗"，又"所
> 不杀子者，有如陈宗"，《正义》云："陈宗，陈氏宗主，谓陈成子也。"又
> 云："陈宗，谓陈之先人。"……简文"陈宗"可能也是指陈之先祖。[①]

宋先生所言甚是。楚人祭祀陈国先祖，无疑是因为楚人占据了陈地，我们以
为，"二天子"纳入楚人祀典与"陈宗"就有相通之处[②]，都是陈、楚文化不断
融合的结果。

晏昌贵认为："简文称'天'之'二子'，《山海经》称'帝之二女'，其实
都是人神的天神化，又降处江、湘之间，居于洞庭山，为山川神灵，是一身而
兼有三种神格。"[③]此说甚确。由于"二天子"渊源为陈氏之先，是人神而兼天
神，在祭祀系统中地位较高，故在齐侯壶中居于司命之前；对楚人来说，"二
天子"只是普通的地祇，当然位列诸天神之后。明乎此，就不难理解洹子孟姜
壶铭文与楚简的相关祭祀问题了。

台湾学者陈丽桂在讨论黄老学在齐与楚两地发展流传的问题时指出：

> 老子是田齐故乡陈国人。根据司马迁的考证之一，老子是"楚苦县厉
> 乡曲里人"，苦县在今河南鹿邑县，本为陈国领邑，春秋时曾为楚邑，公
> 元前 497 年（引者按：当为 479 年）灭于楚。田齐推崇转化老子学说以为

[①] 宋华强：《新蔡葛陵楚简初探》，武汉大学出版社，2010 年，第 374 页。

[②] 上博简《柬大王泊旱》中就有楚国贵族就是否祭祀新近被楚征服的莒地神祇的争论，
可知楚国贵族确有祭祀新征服地神祇的意见。楚人三次亡陈，陈人所祀部分神祇逐渐纳入楚人
祭祀体系，从《柬大王泊旱》记载看，从初次亡陈起就已经有这种融合趋向。

[③] 晏昌贵：《楚卜筮简所见地祇通考》，《简帛数术与历史地理论集》，第 215 页。

外王统御之术，除了老学内容本身主客观的优越与必然条件外，或亦不无原乡之微旨。①

　　陈丽桂的说法颇具启发意义。由于统治齐国的田氏所有的"原乡情怀"，因而在齐地推广黄老学说，这促成了黄老学在齐与楚国共同盛行的现象。上文讨论"二天子"祭祀的问题，与此有相同之处，陈丽桂的讨论，恰可以作为我们的佐证。

---

　　① 　陈丽桂：《黄老与老子》，简帛网，2010 年 9 月 3 日。

第四节　子弹库帛书《天象》篇与少司命

司命之神的产生并不很早。根据现有的资料来看，商人认为祖先控制着自己的生命，这在甲骨文中有诸多印证；到了周人灭商，他们笃信的天帝"获得"生命的操纵权，可以使人获得"眉寿"；而"春秋以后，天帝关怀的层面渐广、层次渐深，涉及事务必定倍加烦冗，不能再像西周时期只管周王室的国祚。天帝既无法事必躬亲，代他主司人世生命的臣工遂应运而生……后来掌管人间生命之神比较普遍的却是司命"[①]。由此可知，司命是随着国家官僚系统的增加而在天神系统中衍生的神祇。《楚辞·九歌》中记载了对大司命和少司命的祭祀和赞颂，反映了时人的生命理念。但大司命和少司命的执掌如何区分，学者众说纷纭，春秋时期的洹子孟姜壶铭文中关于大司命的记载是我们所知的最早记录，前文已经进行讨论，现试结合出土资料对少司命的神格问题进行研究。

---

① 杜正胜：《从眉寿到长生——中国古代生命观念的转变》，《历史语言研究所集刊》第66期第2分册。

一、前说回顾

《少司命》是《楚辞·九歌》中的重要篇目，但关于其神格归属问题，学者历来都有争议。一般认为，有关该篇主题的是最后一节：

> 孔盖兮翠旍，
> 登九天兮抚彗星；
> 竦长剑兮拥幼艾，
> 荪独宜兮为民正。

此节说少司命登上九重天来"抚彗星"，又手握长剑以"拥幼艾"，这就牵涉了少司命的职责等问题，因而成为判断该篇主题的重要依据。有意思的是，前辈学者多同意"抚彗星"是指扫除污秽，对"彗星"的看法却大相径庭。如汉代学者王逸据《左传》"天之有彗，以除秽也"的记载，认为彗星是吉星，可以扫除污秽，后代学者洪兴祖、汪瑗、胡文英等都认同这一观点；但朱熹、蒋骥等人认为彗星是妖星，"抚"字为扫除、按止义，"抚彗星"才是扫除污秽，他们的说法同样得到了不少学者的附和。

"幼艾"一词也是众说纷纭，清代以前的学者或以"幼艾"指老少，或指美人，争论不休。直至清初，王夫之提出"幼艾，婴儿也。竦剑以护婴儿，使人宜子"的看法，才逐渐得到后世学者的认同。[①]

近年来的出土资料中，已经发现不少有关司命神的记载，如春秋时期的洹子孟姜壶铭文就记述了齐侯为死者服丧而祭祀大司命等神祇的事迹，新蔡、包山、天星观等战国楚地竹简中祭祀司命的资料更多：

---

① 崔富章主编：《楚辞集校集释》，第899—902页。

公北、地主各一青牺；司命、司祸各一鹿，举祷荐之。或……（新蔡乙—15）

……司折、公北、司命、司祸……（新蔡零266）

赛祷太佩玉一环，后土、司命、司祸各一小环，……太、后土、司命、司祸、大水、二天子、危山皆既成。（包山简213—215）

司命、司祸、地主各一吉环。（天星观简）……

无论在洹子孟姜壶铭文中还是在楚简中，司命都是作为司宰人生命的神祇受到时人祭祀的。遗憾的是，与屈原时代、地域相近的楚简虽有大量"司命"神的记载，却没有"大司命"与"少司命"之分，尤其少司命一神，始终未见于出土资料。这引起了学者对其称谓的讨论，如一些古文字学者推测楚简中的"司命"是楚辞之大司命，时常跟在"司命"（大司命）之后的"司祸"才是"少司命"。[①]后来，许富宏做了较为详尽的论证，他说：

"登九天兮抚彗星，竦长剑兮拥幼艾"，其所祭之神的职责为抚彗星。战国时期，在人们的观念中，彗星是妖星。彗星出现，则预示着不祥之兆。……人们对彗星心存恐惧，幻想有一位天神来管束他。抚，本意为以手按物，使之勿动。《说文》："抚，安也。"……抚彗星，即"按抚之，使不为灾害"。据此可知：该篇实际所祭之神当为替民扫除灾祸的楚地一保护神。她像一位慈祥的母亲，视万民如子，与天下所有母亲关爱自己的孩子一样，为百姓忧心，保佑他们。她也因此受到人间百姓的尊崇和爱戴，受到崇祀。[②]

---

① 李零：《中国方术考》（修订本），东方出版社，2001年，第287页。刘信芳将楚简"祸"字释为"骨"，但同样认为应是少司命，参其《包山楚简神名与〈九歌〉神祇》，《文学遗产》1993年第5期。

② 许富宏：《略论二司命的祭祀对象及命名来源》，《南通师范学院学报》（哲学社会科学版）1999年第4期。

可以看出，许富宏是从强调少司命"抚彗星"，彗星为灾星、主灾祸的角度出发，论证少司命即楚简中"司祸"的。

与此不同的是，以孙作云先生为代表的学者从强调少司命"拥幼艾"、"幼艾"为婴儿的角度出发，认为少司命为司儿童生命之神。孙先生认为，洹子孟姜壶铭文记载的是齐庄公因田文子死而祷祀大司命，可见大司命是司大人之命，"当然与它相对的是'少司命'"；结合传世文献记载，孙先生详细论证了少司命是司小儿之命的观点，还考证20世纪50年代山东省文物管理处在济宁征集的一件汉代石雕人像为少司命。[①] 丁山等也持相近看法。

二、《天象》与少司命

司祸与司小儿之命，这两种意见都是前辈时贤依据文献资料和考古资料做出的推断，成为当前研究少司命神格的主流观点，各有学者支持。但在没有新的材料支撑的情况下，两派都很难使对方信服，而若这一问题不能及时解决，无疑会有碍对《少司命》篇的进一步研究。笔者研读长沙子弹库战国楚帛书《天象》篇发现，该篇记载对理解《少司命》神格及以上学者的讨论有一定参考价值，遂不揣谫陋，试论说如下。

子弹库帛书出土于楚地，是目前所见最早的古代帛书，内容丰富，反映了楚人的思想和观念，是研究战国楚文字及当时的思想文化的重要资料。[②] 其中，《天象》篇为帛书中间十三行的部分，前辈学者已有很好的研究。为讨论方便计，现据饶宗颐、李学勤、李零、刘信芳等[③]的研究成果将释文具引如下：

---

① 孙作云：《〈九歌〉司命神考》《汉代司命神像的发现》，《孙作云文集·〈楚辞〉研究》（下），第 460—473 页。

② 由于时代与屈原生活年代接近，已有不少学者结合帛书对楚辞进行研究，如刘跃进、江林昌认为"长沙子弹库楚帛书里的宇宙观、古史观，与《楚辞·天问》相一致"（《姜亮夫先生及其楚辞研究》，《文学遗产》1998 年第 3 期）。

③ 饶宗颐、曾宪通：《楚地出土文献三种研究》，中华书局，1993 年；李学勤：《楚帛书中的天象》，《简帛佚籍与学术史》；李零：《长沙子弹库战国楚帛书研究》，中华书局，1985 年；刘信芳：《子弹库楚墓出土文献研究》，台湾艺文印书馆，2002 年。

惟十又□，月则赢绌，不得其当，春夏秋冬，□有□常，日月星辰，乱逆其行。赢绌逆乱，卉木亡常，是谓妖。天地作殃，天棓将作伤，降于其〔四〕方，山陵其丧，有渊其溃，是谓孛。孛岁□月，内（入）月七日八日，有电、芒、雨土，不得其参职。天雨□咎是逆月，闰之勿行。一月、二月、三月，是谓逆终亡，奉□□其邦；四月、五月，是谓乱纪亡，□望。元（其）岁：西国有吝，如日月既乱，乃有爽惠；东国有吝，天下乃兵，□于其王。

凡岁惠匿，如□□□，惟邦所□妖之行，卉木民人，以□四践之常，□□上妖，三时是行。惟惠匿之岁，三时□□，继之需降。是月以数，拟为之正。唯十有二月，惟孛惠匿，出自黄渊，土身亡须；出内（入）〔空〕同，作其下凶。日月皆乱，星辰不炯。日月既乱，岁季乃□，时雨进退，亡有常恒。恐民未知，拟为则。毋动群民以□，三恒丧，四兴爽，以乱天常。群神、五正、四兴失祥。建恒怿民，五正乃明，百神是享，是谓惠匿，群神乃惠。帝曰：繇，敬之哉？毋弗或敬。惟天作福，神则格之；惟天作妖，神则惠之。钦敬惟备，天像是则，咸惟天□，下民之戒，敬之毋忒！

民勿用□□百神，山川满谷，不钦敬行。民祀不歆，帝将繇以乱逆之行。民则有觳亡，有相扰，不见陵□。是则爽至，民人弗知，岁则无攸，祭□则□，民少有□，土事勿从，凶。

根据帛书原有的分节符号，可将全篇分为三节。第一节主要讲述了天象灾异"天棓"与"孛"，二者皆是彗星。如《公羊传》昭公十七年记载："冬，有星孛于大辰。孛者何？彗星也。"《开元占经》卷八十八《候彗孛法》："董仲舒曰：孛星者，彗星之属也。芒偏指曰彗，芒气四出曰孛。孛者，孛孛然也。谓之孛者，言其暗昧不明之貌也。一说云孛即彗也。彗星所蔽为孛，《春秋》言星孛者，皆星蔽也。"《尔雅·释天》"彗星为欃枪"，郭璞注："亦谓之孛，言其形孛，孛似埽彗。"[1]司马相如《大人赋》也说："揽欃枪以为旌兮，靡屈虹而

---

① 以上材料转引自李学勤：《楚帛书中的天象》，《简帛佚籍与学术史》，第42—44页。

为绸。"①第二节也谈到了彗星以及另一天象灾异——墨匿。从古人对彗星的描述和分类认识可以看出，他们对彗星已经比较熟悉。帛书《天象》篇前两节以较大篇幅论述彗星出现造成的巨大灾难，既有"山陵其丧，有渊其溃"等自然灾害，也有"天下乃兵"等社会问题，可知楚人对彗星并没有好感，在他们心目中，彗星绝不是扫除污秽者，而是一种灾星。因此王逸等注者认为彗星是吉星的说法有悖于楚人心理，不可信从。

彗星的出现会给人间带来灾祸，这似乎有利于证明少司命为楚简中"司祸"的观点。笔者以为并非如此，少司命有"抚彗星"的行为，但不见得他的职责就是专司彗星，二者之间不能简单地画等号。这一点，只要细绎《天象》篇所提供的信息，就能得到有力的证据，如该篇载"是谓墨匿，群神乃惪"，是说灾异现象出现时，群神可以降福于人。"惟天作福，神则格之；惟天作妖，神则惠之"，"妖"，即彗星等灾异，"神"指前文"百神是享"的百神，也是说在彗星等灾异现象出现时神可以降惠于人。由于百神皆可对"妖"产生作用，从这个角度看，他们的行为都与"抚彗星"相近，我们当然不能把可以"抚彗星"者都认作司祸。而且，根据《天象》篇记载，彗星本身已有神格，如李学勤指出："'惟孛、德匿，出自黄渊'，'黄渊'当即黄泉。篇中还形容它们的形貌是'土身亡须'，出入相伴，反映古人认为这两种异象有相关的关系。"②既然彗星有神，当然无须少司命来司。此外，该篇还认为，彗星的出现，是受帝之所命，也是帝对人们的"惩罚"。这与少司命的行为似乎没有关系。

综上可知，少司命与司宰人间灾难的"司祸"并非一神。既然如此，那少司命的职掌到底是什么呢？问题的答案还在《天象》篇中，其第三节云："民祀不歆，帝将繇以乱逆之行。民则有穀亡，有相扰。"上句从饶宗颐的论证，是说"民如不钦敬百神，祭祀不庄严，则天帝将由此降罚，以乱天之行"③。"乱天之行"，即前文所言彗星和侧匿的出现，天帝通过它们降灾。那所降之灾是

---

① 司马迁：《司马相如列传》，《史记》，第 3056—3057 页。
② 李学勤：《楚帛书中的天象》，《简帛佚籍与学术史》，第 41 页。
③ 饶宗颐：《楚缯书疏证》，《历史语言研究所集刊》第 40 期上册，第 19 页。

什么呢？"民则有毂亡，有相扰……"此句经李学勤疏证，释为："'毂'，《尔雅·释亲》：'子也。''有毂亡'意为小儿夭折。"①甚确。

彗星的出现，会导致小儿的夭折，那么，少司命"登九天兮抚彗星"，是一般意义上的减免灾祸，还是挽救小儿性命？结合下句"竦长剑兮拥幼艾"来看，少司命登九天，抚彗星，其目的应该是"拥幼艾"——保护儿童性命，两句表达的实际上是一个主题。所以，虽然彗星主灾祸，但少司命"抚彗星"的行为仅仅是在其职责范围内保护儿童生命，与楚简"司祸"并不相涉。

以往学者对"孔盖兮翠旌，登九天兮抚彗星"与"竦长剑兮拥幼艾，荪独宜兮为民正"两句多分而论之，或强调少司命"抚彗星"，或强调"拥幼艾"，很少论及二者的密切关系，所得结论自然会有争议；而通过对《天象》篇提供的线索的梳理，将《少司命》最后一节连读，该篇的主题即可自我凸显。

至于为何楚简中多见司命，而无少司命，我们认为，这还有待于进一步研究，因为就目前出土的资料看，所见神名与《九歌》神祇完全相同者也不过只有"大司命"（东皇太一，楚简作"太一"；云中君，楚简作"云君"；国殇，简文有"殇"，都略有不同）。况且，与埋藏于地下尚未发掘的资料相比，出土文献数量仍是"九牛一毛"，如果仅仅据此而断言没有少司命，无疑是不妥当的。

---

① 李学勤：《楚帛书中的天象》，《简帛佚籍与学术史》，第42页。

第五节 河伯祭祀研究

一、《河伯》篇是讨论《九歌》性质的焦点

河伯乃黄河之神。先秦典籍中关于河与河伯祭祀的记载甚多，甲骨文中也有。但黄河为北方水系，楚国居南方，楚人能否祭河，明代学者汪瑗提出了"祭不越望"的说法：

> 祭河者，先王之典也，诸侯惟祭境内山川耳。今九河在《禹贡》属冀州，非处之所得祭；而祭之者，僭也。屈子之作，亦不过借此题目写己之兴趣耳，无暇于他及也。[1]

汪瑗提出此说，意在说明《河伯》篇是屈原"借此题目写己之兴趣"的创作，本无意探讨楚人祭河的问题。但他"祭不越望"的说法掀起了楚辞学者旷日持久的大讨论，直接涉及《九歌》的性质问题。如我们在绪论中所述，《九歌》研究中聚讼最多的是其性质问题，而《河伯》是判定《九歌》性质最具争

---

[1] 参崔富章主编：《楚辞集校集释》，第 929 页。

议的篇章之一。

"民间祭祀"说是王逸最早针对《九歌》提出来的。面对"祭不越望"的问题，主张《九歌》为民间祭歌的学者认为，既然有楚王坚守"祭不越望"原则，可见楚王室不可能祭祀河伯，而只有民间僭越是完全可能的。闻一多则研究认为《九歌》为"国家祭祀"。

孙作云在闻一多研究的基础上指出：

> 《九歌》的祭祀与写作，就是在蓝田大战之前为了在战争中获得胜利，向神祷告求福而作的祭神歌。因为要到北方作战，所以才特别祭祀黄河之神，希望求得黄河之神的保佑，在战争中获得胜利。这样的事例，在古代是很多的。由此可见，在一般的情况下，连楚国国王都不能祭祀黄河，更何况一般的人民！①

孙作云赞同闻一多提出的《九歌》为"国家祭祀"的说法。但也可看出，祭祀河伯是有临时性质的。在此基础上，王青又论证《九歌》是楚人为了与宋人作战，而临时祭奠宋国神祇。②

随着考古资料的增加，学者据以进行了新的讨论，如汤漳平认为：

> 楚人祭河并不奇怪，因为楚人原本就是从黄河流域迁徙到南方的江汉一带的。楚墓竹简中有祭祀"人愚"的记载，研究者认为"人愚"，愚读如禹。据《说文》，禹为虫。人禹可能指大禹，以区别于释作虫之"禹"。（《包山楚墓》附录二三，第 562 页）此说颇有见地。因为楚人和夏民族同源，所以他们祭祀大禹也并不奇怪，同样，楚人祭河也完全是自古而然的，这应当和楚人一向自称是从北方南迁江汉有关。试看屈原在作品中对

---

① 孙作云：《〈九歌〉非民歌说——〈九歌〉与汉〈郊祀歌〉的比较》，《孙作云文集·〈楚辞〉研究》（上），第 292 页。

② 王青：《〈九歌〉新解》，《文学遗产》1991 年第 1 期。

夏代的传说，河神与羿的矛盾冲突感情瓜葛，写得那样清楚（《天问》）。①

黄灵庚则以上博简《容成氏》篇所述夏桀最终逃亡至沅湘流域的苍梧之野，解释《九歌》也同时传入其地，遂有了楚人祀河的篇章。② 曹胜高在此基础上认为：“《河伯》当是夏乐《九歌》或楚庄王祭河之歌的遗留。屈原整理民歌时，将之收入，然楚民间非必有祭河之风俗。”③

汤漳平指出楚人祭祀大禹是正确的，但以楚、夏同源而认定楚人祭河“完全是自古而然的”，并不能成立。如果那样的话，则不会有《左传》所载子玉、楚昭王等以冠冕堂皇的理由拒祀河伯了。黄灵庚的说法，如我们在绪论中所述，历史学者和古文字学者对《容成氏》的解读与之不同。还需要说明的是，考古学提供的证据恰不能印证黄灵庚的说法。因此，此说仍存疑待考。

二、楚人祭河再分析

我们认为，《河伯》篇是屈原创作而成的，它不仅仅是一篇文学作品，更反映了楚人祭河的事实。下面试进行讨论。

其一，对《左传》楚人祭河有关记载的重新解读。

学者常举《左传》中所载与楚人祭河有关的例子，认为楚人并无祭河的风气，我们认为，有必要对此进行再探讨。

例一，《左传》僖公二十八年载：

> 初，楚子玉自为琼弁、玉缨，未之服也。先战，梦河神谓己曰：“畀余！余赐女孟诸之麋。”弗致也。大心与子西使荣黄谏，弗听。荣季曰：

① 汤漳平：《再论楚墓祭祀竹简与〈楚辞・九歌〉》，《文学遗产》2001 年第 4 期。
② 黄灵庚：《简帛文献与〈楚辞〉研究》，饶宗颐主编《华学》（第九、十辑），第 198—223 页。
③ 曹胜高：《〈河伯〉“以女妻河”考》，《古籍整理研究学刊》2010 年第 2 期。

"死而利国，犹或为之，况琼玉乎？是粪土也。而可以济师，将何爱焉？"
弗听。出，告二子曰："非神败令尹，令尹其不勤民，实自败也。"既败，
王使谓之曰："大夫若入，其若申、息之老何？"子西、孙伯曰："得臣将
死，二臣止之，曰：'君其将以为戮。'"及连谷而死。①

这是晋楚大战前，楚令尹子玉梦到河神向其索要琼弁、玉缨，子玉不给，大
心、子西即遣人劝谏他要祭祀河神，荣季还说出了"死而利国，犹或为之，况
琼玉乎"的话进行劝说，可知楚臣完全同意祭祀河神。这里的子玉不祭祀河
神，并非受"祭不越望"的限制，而是因为子玉个人原因，所以他在失败后在
国内遭到了极大的谴责。

例二，《左传》哀公六年载：

初，昭王有疾，卜曰："河为祟。"王弗祭。大夫请祭诸郊。王曰：
"三代命祀，祭不越望。江、汉、睢、漳，楚之望也。祸福之至，不是过
也。不谷虽不德，河非所获罪也。"遂弗祭。

孔子曰："楚昭王知大道矣。其不失国也，宜哉！夏书曰：'惟彼陶
唐，帅彼天常，有此冀方。今失其行，乱其纪纲，乃灭而亡。'又曰：'允
出兹在兹。'由己率常，可矣。"②

从这则材料看，昭王虽然遵从了"祭不越望"的原则，但其"大夫请祭诸郊"，
足见楚贵族是主张祭祀河伯的。游国恩已指出："楚境北至于河。故河亦尝所
望祀，观于昭王之疾，大夫请祭，可知矣。虽昭王一时弗从，而其俗或已甚
盛，故民间亦相与僭祀，而《九歌》遂有《河伯》之篇也。"③孔子虽盛赞楚昭
王，但我们要看到，孔子倡导的是恢复"古礼"，其所赞同与提倡的东西与当

---

① 杨伯峻：《春秋左传注》，第467—468页。
② 杨伯峻：《春秋左传注》，第1636页。
③ 游国恩：《论九歌山川之神》，《游国恩楚辞论著集》（第三卷），中华书局，2008年，第360页。

时社会风气不相合，此点当明。

例三，《左传》宣公十二年记载：

> （楚庄王）祀于河，作先君宫，告成事而还。[1]

这是晋、楚邲之战楚获胜后，庄王祀河。关于此事，周勋初认为："河神实有晋国保护神的性质。邲之战，楚人为了酬答当地山川之神，感谢他不从中捣乱，自当竭诚祭祀一番。因此，这次祀河纯属临时性质。"[2] 此说有理。但我们若将此例与第一例联系起来便可以看出，楚人祭河可能并非偶然：二者都是与晋国的战争，春秋时期晋、楚争霸长达百年，为了谋求争霸的胜利，楚人祀河必定不在少数。而且，两国之间还有人才、经济等方面的密切交往，如学者指出："通过经济上的交流，使晋、楚两国互通有无，从而丰富了晋、楚两国人民的物质生活。此外，晋、楚两国还存在着人员上的流动。楚国的人才在晋为官，并将其谋略带到晋国。同样，适楚的晋人，也将晋国的一些思想文化带到了楚国。如此，便进一步促进了两国在意识形态领域中的交流。"[3] 随着思想文化和意识形态方面的交流，祀河习俗逐渐影响到楚国，也是十分自然的。

所以说，以上三例，充分说明了在楚贵族中，主张祭祀河伯的大有人在，昭王、子玉不祭河，对于笃信神灵的楚人来说，该是"凤毛麟角"了。以上各例都发生在春秋时期，楚人对河伯的祭祀虽有"祭不越望"的操守，但早已不是主流，随着时代的变迁，越来越多的楚人祭河是完全可能的。

其二，从祭祀动机看。

詹鄞鑫指出："祭祀活动从本质上说，就是古人把人与人之间的求索酬报关系，推广到人与神之间而产生的活动。所以祭祀的具体表现就是用礼物向神

---

[1]　杨伯峻：《春秋左传注》，第 747 页。

[2]　周勋初：《九歌新考》，上海古籍出版社，1986 年，第 71 页。

[3]　薛晓庆：《春秋时期晋楚关系略论》，山西师范大学硕士学位论文（指导教师：杨秋梅），2009 年。

灵祈祷（求福曰祈，除灾曰祷）或致敬。祈祷是目的，献礼是代价，致敬是手段。"① 此说甚确。楚人祭河，目的即在于祈福禳灾，质而言之，祈福也是一种禳灾。从上引《左传》记载看，笃信巫术之事的楚贵族有着强烈的祭祀动机，尤其是他们认为河神在对其生命、国家利益等构成威胁的情况下，必将把祀河作为禳除灾害的重要手段。

事实上，不唯楚人，他国人在面临异国神灵"作祟"的时候，大都倾向于选择"越望而祭"。如《左传》襄公十年载：

> 宋公享晋侯于楚丘，请以桑林。荀罃辞。荀偃、士匄曰："诸侯鲁、宋，于是观礼。鲁有禘乐，宾祭用之。宋以桑林享君，不亦可乎？"舞，师题以旌夏。晋侯惧而退入于房。去旌，卒享而还。及著雍，疾。卜，桑林见。荀偃、士匄欲奔请祷焉。②

宋平公在楚丘以"桑林"之舞款待晋悼公，晋侯回国后却因惊吓过度生了疾病，占卜认为是桑林之社神为祟。晋大臣荀偃、士匄都打算返回宋地祭祷社神。桑林社神为宋人所祀，晋人去祭无疑是越望，这与河伯作祟，楚人祀之是相同的情况。

其三，从出土文献所见楚人祭祀观谈祭河伯的可能性。

楚地的巫文化传统，班固在《汉书·地理志》中将其概括为"信巫鬼，重淫祀"。王逸《楚辞章句》也说："昔楚国南郢之邑，沅湘之间，其俗信鬼而好祀。"何为"淫祀"？《礼记·曲礼》载："大夫祭五祀，岁遍。士祭其先。凡祭，有其废之，莫敢举也，有其举之，莫敢废也。非其所祭而祭之，名曰淫祀。"③

依据出土资料，来国龙认为"淫祀"至少包含以下四类情况：第一类是祭其"非族""非类"；第二类是"越望"祭祀；第三类是"越分而祭"，指"祭

---

① 詹鄞鑫：《神灵与祭祀——中国传统宗教综论》，江苏古籍出版社，1992 年，第 172 页。
② 杨伯峻：《春秋左传注》，第 977—978 页。
③ 孙希旦：《礼记集解》，中华书局，1989 年，第 153 页。

祀者在祭祀的对象、规格、祭品等方面僭越了当时社会等级制度所允许的范围";第四类是"数祭",就"祭祀的次数而言"。楚人祭河即属于第二类,来国龙就此类指出,上博简中《柬大王泊旱》中柬大王想要祭祀莒中的'名山名溪',和这里卜者与大夫要楚昭王祭河一样,是'越望'而祭,这正是釐尹所强烈反对的'杀祭'"①。除此之外,楚简中尚有其他资料可以证实楚人确曾越望而祭,如新蔡葛陵楚简记载:

> ……荆牢,酉(酒)食。夏礼戠。(甲三:86)
> 举祷荆礼,荆牢,酉(酒)食;夏礼,戠牛,酉(酒)食。(甲三:243)

晏昌贵认为:"荆礼与夏礼是两个相对的鬼神,分别指荆(楚)人与中原华夏的亡灵。"②其说可从,楚人祭祀夏礼可以算是越望而祭了。

楚简中的资料也可印证来国龙所述的其他各类"淫祀",如贾海生通过对楚简所见楚礼制的分析,认为:

> 就楚礼而论,"非其所祭而祭之"包括两个方面的内容:1.卑统祖尊统之天神、地祇、人鬼。战国时代的楚国,不仅继别与继祢宗子越其卑统祖尊统,非其所当祭之天神、地祇、人鬼皆祭之,前文论之已详,而且民间因"信鬼而好祠",也祭祷君统之天神、地祇、人鬼。……2.非其族而祀之……平夜君祭祷子西君、盛武君、令尹之子懿等族外人。③

以上材料和分析,充分说明班固、王逸对楚地"淫祀"的评价是非常恰当的。可见楚人祭河,不过是他们"淫祀"风气的一种体现罢了。

---

①　来国龙:《〈柬大王泊旱〉的叙事结构与宗教背景——兼释"杀祭"》,台湾大学中文系等主办"中国简帛学"国际论坛,2007年10月。
②　晏昌贵:《巫鬼与淫祀——楚简所见方术宗教考》,武汉大学出版社,2010年,第168页。
③　贾海生:《楚简所见楚礼考论》,《文史》2008年第4期。

三、"以女妻河"的祭河仪式

《河伯》描述的是河伯与"女"共同出游的场面：

> 与女游兮九河，冲风起兮横波。
>
> 乘水车兮荷盖，驾两龙兮骖螭。
>
> 登昆仑兮四望，心飞扬兮浩荡。
>
> 日将暮兮怅忘归，惟极浦兮寤怀。
>
> 鱼鳞屋兮龙堂，紫贝阙兮朱宫。
>
> 灵何为兮水中，乘白鼋兮逐文鱼。
>
> 与女游兮河之渚，流澌纷兮将来下。
>
> 子交手兮东行，送美人兮南浦。
>
> 波滔滔兮来迎，鱼隣隣兮媵予。

河伯与"女"游九河，"登昆仑""怅忘归"，他们的感情看似笃厚而缠绵，但事实上，祭祀河伯即"以女妻河"。在甲骨文中，也有此事：

> 辛丑卜，于河妾？（《合集》658）
>
> 御方于河妻？（《合集》686）
>
> 丁酉卜，贞：于河女？二告。（《合集》683）
>
> 酒河五十牛？酒河三十牛以我女？（《合集》672）
>
> 其燎于河牢沉妾。（《合集》32161）

罗琨指出："'于河妻''于河妾'应解作以女性祭河……沉妾祭河，显然是河伯娶妇的滥觞，所以卜辞中享祭之河当即河伯。"[①] 由"沉妾祭河"可知，

---

① 罗琨：《卜辞中的"河"及其在祀典中的地位》，《古文字研究》（第22辑），第6—12页。

《河伯》中吟唱的所谓"与女游兮河之渚……交手兮东行"这些诗情画意的优美词句，不过是血淋淋的、以女性为牺牲祭祀河伯仪式上的祭歌。

　　从甲骨记载可以知道，为河伯"娶妻"的习俗由来已久。在战国，这一习俗也是兴盛不衰，《史记》中西门豹治邺即此例。战国时人不仅祭河伯，祭祀其他诸神也用此习，如睡虎地秦简《日书》载"上神下取（娶）妻"。九店楚简中有一篇祭祷文《告武夷》也记载了此类事情：

　　　　□敢告□绘之子武夷：尔居复山之基，不周之野。帝谓尔无事，命尔司兵死者。今日某将欲食，某敢以其妻□妻汝聂币芳粮，以量犊某于武夷之所。君昔受某之聂币芳粮，思某来归食故。

李家浩指出，"某敢以其妻□妻汝"，第一个"妻"字是名词，第二个则是动词，"想通过把'某'的妻子嫁给武夷和用聂币芳粮祭祀武夷的办法，使主管兵死鬼的武夷惩罚兵死鬼，达到解除'某'的殃咎，让他的魂归来，疾病痊愈，饮食如故"。[①]

　　通过以上论述可知，战国时代的楚人，不仅逐渐接纳了祭河的习俗，还采纳了以女子为牺牲的祭河方式，《河伯》篇被收入《九歌》，并不是偶然的。

[①]　李家浩：《九店楚简"告武夷"研究》，《著名中年语言学家自选集·李家浩卷》，安徽教育出版社，2002 年，第 318—338 页。

第四章

屈原的历史观及其创作来源

——以《天问》为中心的考察

《史记·屈原列传》载："屈原者，名平，楚之同姓也。为楚怀王左徒。博闻强志，明于治乱，娴于辞令。入则与王图议国事，以出号令；出则接遇宾客，应对诸侯。王甚任之。"除此之外，屈原还担任掌管王族三姓昭、屈、景宗族事务的三闾大夫。屈原不仅熟悉楚部族的发展历史，还十分熟悉其他上古部族的历史文化；更为重要的是，在屈原所处的时代，楚国已成为与"稷下学宫"并列的文化中心，儒、道、墨等诸子思想已经在楚国广泛流传。这些历史与社会背景，深刻影响了屈原的历史观及其创作。

第一节　屈原的历史观

——与上博简《容成氏》篇古史传说的比较

在《天问》中，屈原一口气问了170多个问题，其中大部分是"历史问题"：从尧舜一直到春秋时代的令尹子文。对历史人物及其事件的评价，体现了他进步的历史观，我们试结合考古资料做粗浅讨论。

一、对治乱兴衰的借鉴

《天问》中夏商周三代史事的叙述，是屈原对社会治乱兴衰的考察与借鉴，现结合上博简《容成氏》篇相关记载[①]，以时代为序分述之。

先看夏代史事。夏之兴在于禹的兢兢业业（在前文讨论禹事迹时我们曾引《容成氏》篇作为佐证，此不赘述），禹、启之后，夏王朝开始走下坡路，东夷部族的羿，乘此机遇，"因夏民以代夏政"，夺取了中原王朝的统治权。《天问》："帝降夷羿，革孽夏民。胡射夫河伯，而妻彼雒嫔？冯珧利决，封豨是射。何献蒸肉之膏，而后帝不若？浞娶纯狐，眩妻爰谋。何羿之射革，而交吞

---

① 陈剑：《上博楚简〈容成氏〉与古史传说》。按：本章所引《容成氏》内容，均出自陈剑释文，下不详注。

撵之？"即指此事。从屈原所述"帝降夷羿"看，后羿得到了上帝的垂青，还得到了夏民的拥护。但是好景不长，羿沉湎于游猎，"后帝不若"，既丧失了天命，也失去了民心，最后被其义子寒浞设计杀害。[①]《左传》襄公四年记载可作为《天问》的注解：

> 昔有夏之方衰也，后羿自鉏迁于穷石，因夏民以代夏政。恃其射也，不修民事，而淫于原兽，弃武罗、伯因、熊髡、龙围，而用寒浞。寒浞，伯明氏之谗子弟也，伯明后寒弃之，夷羿收之，信而使之，以为己相。浞行媚于内，而施赂于外，愚弄其民，而虞羿于田。树之诈慝，以取其国家，外内咸服。羿犹不悛，将归自田，家众杀而亨之，以食其子，其子不忍食诸，死于穷门。靡奔有鬲氏。浞因羿室，生浇及豷；恃其谗慝诈伪，而不德于民，使浇用师，灭斟灌及斟鄩氏。[②]

"何羿之射革，而交吞揆之？"为何羿善射而有神力，却被烹杀而死？这是屈原对后羿代夏却不能保持长久的发问和思考。

夏末代君主桀，是一个荒淫之君。关于他的事迹史书记载不可胜数，屈原呵问夏桀事迹说：

> 桀伐蒙山，何所得焉？
> 妹嬉何肆，汤何殛焉？

夏桀伐蒙山所得，《容成氏》篇提供了答案：

> 桀不述其先王之道，自为［芑为］☒不量其力之不足，起师以伐岷山

---

① 关于此事，我们有详述，参《楚辞所见东夷习俗二事考》，《民族艺术》2007 年第3 期。

② 杨伯峻：《春秋左传注》，第 936—937 页。

氏，取其两女琰、琬，妖（？）北去其邦，□为丹宫，筑为瑶室，饰为瑶台，立为玉门。其骄泰如是状。汤闻之，于是乎慎戒征贤，德惠而不贽，秕三十尼而能之。

蒙与岷，音近可通。夏桀不量其力征伐诸侯，失掉了诸侯的信任，得到的是岷山氏二女琰、琬。夏桀由于宠幸二女，"而弃其元妃于洛，曰末喜氏。末喜氏以与伊尹交，遂以间夏"[①]。被桀抛弃的原配妹嬉与伊尹勾结，"比而亡夏"，屈原"明知故问"，无疑是批评夏桀因荒淫而覆国。

其次问商代史事。夏联盟中的商族首领汤，施行仁政，求取贤才，得到了重要的辅佐之臣伊尹（《天问》"成汤东巡，有莘爰极。何乞彼小臣，而吉妃是得"）。在伊尹等人的帮助下，借助有易氏等部族的力量，汤灭夏而建立商朝。

"汤王天下三十又一世而纣作"（《容成氏》），纣是与夏桀齐名的暴君，《史记·殷本纪》说："帝纣资辨捷疾，闻见甚敏；材力过人，手格猛兽；知足以距谏，言足以饰非；矜人臣以能，高天下以声，以为皆出己之下。"不仅如此，他还好酒淫乐，贪恋女色，任用阿谀奉承的佞臣雷开，听信谗言，诛杀敢于劝谏的忠臣比干、梅伯等。屈原即痛斥他说：

> 彼王纣之躬，孰使乱惑？
> 何恶辅弼，谗谄是服？
> 比干何逆，而抑沉（沈）之？
> 雷开何顺，而赐封之？
> 何圣人之一德，卒其异方？
> 梅伯受醢，箕子佯狂？

再是周代史事。周文王励精图治，任用姜尚等人，积聚力量征讨商纣，最

---

① 方诗铭、王修龄：《古本竹书纪年辑证》，第17页。

后由其子武王继承遗志，灭商建立周王朝。从《天问》"亲就上帝罚，殷之命以不救"看，屈原认为周人灭商得到了上帝之命。

屈原接着谈到了昭王、穆王的事迹。昭王、穆王时期属于周王朝的中衰期，文献所载他们对四方的征讨，不是国势强盛的表现，相反是因为王室衰微，出现了许多方国不听号令的表现。屈原以史家的眼光看待这一问题，对二王的行为提出了质疑：

> 昭后成游，南土爰底。
> 厥利惟何，逢彼白雉？
> 穆王巧梅，夫何周流？
> 环理天下，夫何索求？

周幽王也是有名的昏君，其亡国与他宠爱褒姒有关，屈原即问了有关褒姒的事迹：

> 妖夫曳衔，何号于市？
> 周幽谁诛？焉得夫褒姒？

问完西周事后，屈原对春秋史事也进行了发问。如他谈到作为五霸之首的齐桓公：

> 天命反侧，何罚何佑？
> 齐桓九会，卒然身杀。

此节王逸曰："言齐桓公任管仲，九合诸侯，一匡天下。任竖刁、易牙，子孙相杀，虫流出户。"齐桓公任用管仲，成为诸侯霸主，宠任奸佞竖刁、易牙，却落得悲惨的下场，无怪乎屈原要感叹天命之不可测。

　　屈原感慨于三代史事和传说，对其治乱兴衰进行了分析。他最后的落脚点是在楚国。问完齐桓公事迹，接着他提及了吴王，因为这涉及了吴与楚的关系，即前文所述的"吴人入郢"，对于楚国来说，这终究是一块久难痊愈的伤疤。屈原在这里郑重地指出，其目的自然是希望楚国不能忘记国耻。文章的结尾，他问到了子文和堵敖，很明显，这是屈原借古讽今，有感于楚国现状而作的。关于屈原《天问》的寓意，前人王夫之《楚辞通释》有精辟的总结：

　　　　按篇内事虽杂举，而自天地山川，次及人事，追述往古终之以楚先，未尝无次序存焉。固原自所合缀以成章者，逸谓书壁而问，非其实矣。逸又云不言问天而言天问，天高不可问说，亦未是。原以造化变迁，人事得失，莫非天理之昭著，故举天之不测不爽者，以问憪不畏明之庸主具臣，是为天问，而非问天。篇内言虽旁薄，而要归之旨，则以有道而兴，无道则丧，黩武忌谏，耽乐淫色，疑贤信奸，为废兴存亡之本。原讽谏楚王之心于此而至。欲使其问古以自问，而蹑三王五伯之美武，违桀、纣、幽、厉之覆辙，原本权舆亭毒之枢机，以尽人事纲维之实用，规琪之尽，辞于斯备矣。抑非徒泄愤舒愁已也。[1]

　　励精图治则国兴，荒淫无道则国败。从屈原的呵问中可以看出，他十分重视人才的作用：尧举舜，舜举禹，汤任伊尹，文王用姜太公，齐桓用管仲，任人唯贤，则能成就大业；夏桀宠信二女琰、琬，商纣任用雷开、诛杀忠臣，周幽王宠褒姒，桓公任易牙，最后都国亡身死。举贤授能作为屈原政治思想的重要方面，在其作品中处处有体现。他常常以明君求贤臣的事迹作为例证，希冀得到楚王的任用。屈原"怀才不遇"的境遇，与此思想的形成密切相关。除此之外，屈原十分崇尚德治，而非"武力"，如启以武力得到王位，不能长久，

---

　　① 王夫之：《楚辞通释》，上海人民出版社，1975年，第46页。

后羿以武力代夏，却被烹杀，这些都是屈原思考的重要问题；尧、舜的德治思想，更是他所推崇的。

二、不为传统束缚的独立史观

屈原对古史人物及其事迹的评价，并不是人云亦云，而是有着自己独特的看法和标准，如对鲧、禹、武王等人的评价，与儒家等学派均有不同。也恰恰是他的这种不受传统束缚、"实事求是"的观点和态度，为我们保留了许多不受儒家文化影响的珍贵史料。

其一，对鲧的评价。

儒家学者皆以鲧为十恶不赦之人，治水也"弗成"，而在楚辞中，屈原对鲧是持肯定态度的，首先他肯定鲧在治水中的成就：

> 不任汩鸿，师何以尚之？
>
> 佥曰"何忧"，何不课而行之？
>
> 鸱龟曳衔，鲧何听焉？
>
> 顺欲成功，帝何刑焉？
>
> 永遏在羽山，夫何三年不施？
>
> 伯禹愎鲧，夫何以变化？
>
> 纂就前绪，遂成考功。
>
> 何续初继业，而厥谋不同？
>
> 洪泉极深，何以填之？
>
> 地方九则，何以坟之？
>
> 河海应龙？何尽何历？
>
> 鲧何所营？禹何所成？

屈原认为，禹不过是继承父业，在继承鲧治水经验上取得成功，而鲧已经取得一定成绩——"顺欲成功"。姜亮夫指出，"顺欲二字，疑为川谷二字之形误。下文云'川谷何洿'，亦用川谷二字，'顺欲成功，帝何刑焉'者，言鲧治水，已曾分别为川谷，尧何以尚加之显刑也？"[1] 此说法得到了出土竹简的印证。廖名春指出，郭店楚简"欲"字凡 30 见，皆作谷。[2] 黄灵庚在对该条的训释中指出，"郭店楚墓竹简凡言顺者皆作川，言欲者皆作谷"[3]。

姜亮夫又认为"鲧何听焉"当作"鲧何圣焉"。按：此说甚确，"圣""听"二字在楚简中多通用，是屈原以圣评价鲧。此种说法可以在《离骚》中得到印证，"曰鲧鲠直以亡身兮，终然夭乎羽之野"，认为鲧"鲠直"，可以看出屈原与常人不同的态度。

其二，对禹的评价。

在文献中，禹被称作圣王，但在屈原眼里，禹却非尽善尽美的人，如谈到他的婚姻时，屈原就表示了不满：

> 禹之力献功，降省下土四方。
> 焉得彼涂山女，而通之于台桑？
> 闵妃匹合，厥身是继。
> 胡维嗜不同味，而快朝饱？

屈原以"通"字评价，又用了"朝饱"一词，孙作云指出，"朝饱"乃"朝饥"之误，"古人往往用朝饥比喻性的饥渴"，《诗经》中其例甚多，"古人讲男女之事惯用饮食来比喻，所以屈原讲到禹与涂山氏通的时候，也用饮食来比喻，并且由饮食而引出味字来，这种措词法是极为巧妙的"[4]。可见，屈原对禹的婚姻是持否定态度的。

---

① 姜亮夫：《重订屈原赋校注》，天津古籍出版社，1987 年，第 278 页。
② 廖名春：《楚简老子校释》（九），《简帛研究》，广西师范大学出版社，2001 年，第 88 页。
③ 黄灵庚：《楚辞简帛释证》，《文史》2002 年第 2 辑，中华书局，2002 年，第 34 页。
④ 孙作云：《孙作云文集·〈楚辞〉研究》（下），第 640—643 页。

上博简《容成氏》也谈到了禹德衰的问题："于是乎始爵而行禄，以襄于来（？），有虞迥曰德速襄（衰）☒。"陈剑指出：

> 此处简文难以理解，但"曰德速襄（衰）"可能跟《孟子·万章上》所谓的"万章问曰'人有言：至于禹而德衰"有关。万章所叙是以"不传于贤而传于子"为禹之德衰，《汉书·刑法志》则云："禹承尧舜之后，自以德衰而制肉刑。"又《庄子·天地》："子高曰：昔尧治天下，不赏而民劝，不罚而民畏。今子赏罚而民且不仁，德自此衰，刑自此立，后世之乱自此始矣。"简文前文言尧之前"不赏不罚，不刑不杀"，尧时"不劝而民力，不刑杀而无盗贼……其政治而不赏，官而不爵，无励于民"，而禹"始爵而行禄"，禹之"德衰"或即指此而言，跟《庄子·天地》文相类。[①]

战国时代诸子对禹"德衰"的表现提出不同看法，屈原以禹与涂山女的婚姻为依据，是出自独立思考的。

又如对武王克商的评价，屈原以"载尸集战，何所急"作问，显然也是对武王的不满。不再详述。

---

① 陈剑：《上博楚简〈容成氏〉与古史传说》。

第二节 《天问》创作的来源问题

《天问》创作的根据，王逸最早提出了"壁画说"：

> 屈原放逐，忧心愁悴，彷徨山泽，经历陵陆，嗟号昊旻，仰天叹息。
> 见楚有先王之庙及公卿祠堂，图画天地山川神灵，琦玮僪佹，及古贤圣怪
> 物行事。周流罢倦，休息其下，仰见图画，因书其壁，呵而问之，以泄愤
> 懑，舒泻愁思。(《楚辞章句》)

是否如此，历代学者曾有过热烈的讨论，但众说纷纭，没能提出有力的
证据。随着 20 世纪考古发现的不断增多，出土了大量图像资料，如原始时
代的地画、岩画，夏商周时代的刻画符号、青铜纹饰，春秋战国及以后的大
量壁画以及汉代大量画像石，内容涉及有关宇宙起源及其神灵的探索；有关
山川地理特征及对其神怪的敬畏；有关图腾崇拜与祖先起源的回忆；有关狩
猎、战争、农作、会盟等内容为主题的发展史的叙述等[1]，可以与《天问》内
容相参照。

---

① 江林昌：《中国上古文明考论》，第 411 页。

20 世纪中后期，孙作云广泛搜集图像资料，并指出："《天问》是根据壁画，或基本上根据壁画而作的，壁画上有人像，像旁有像赞，而像赞是四言诗，所以《天问》也采用了四言诗的形式。"[1] 在其《天问研究》中，他广泛征引大量考古资料作为参考，还附列 34 幅图作为例证。陈子展《楚辞直解·天问解题》[2] 也特列"《天问》是否壁题画之作""楚有壁画之证"两节，对郭沫若提出的并非依据壁画说进行了反驳，并从文献和考古发现两方面论证《天问》是依据壁画而作的。其后，萧兵、潘啸龙、江林昌[3] 等都曾据考古资料从不同角度进行了更广泛的讨论。

此说在《天问》研究中有重大影响。但也有学者提出质疑：王逸的时代，恰是画像石兴盛的时代，他是否依据汉代的情况而作推想？我们以为，《天问》史料来源，应该是多元化的。作为他的学术作品，《天问》中许多资料带有战国时代的痕迹，就其古史传说来源看，应当注意其广阔的时代背景。

一、上博简楚辞类作品与屈赋

1994 年入藏上海博物馆的战国楚竹书，经过学者整理，已经发现有多篇楚辞类作品。这一信息最早由李零揭示并简略介绍，如其中有两篇残简，一篇咏兰，可题名为《兰赋》，一篇咏鹏，可题名为《鹏赋》，据此他认为：

> 上博楚简中的赋，就不一定晚于屈原（约前 340—约前 278 年），我很怀疑，屈原之前或同时，可能也有楚辞。更何况，它的源头是当地楚歌，

---

① 孙作云：《孙作云文集·〈楚辞〉研究》（下），第 534 页。

② 陈子展：《楚辞直解·天问解题》，江苏古籍出版社，1988 年，第 519—525 页。

③ 萧兵：《屈原天问和古代壁画》，辽宁大学编《屈原研究》；潘啸龙：《〈天问〉的渊源与艺术》，《中国社会科学》1988 年第 6 期；江林昌《楚辞与上古历史文化研究》及《夏商周文明新探》《中国上古文明考论》相关论述。

人人可以利用。我们只能说，他是楚辞作家中最出名的人。①

随着整理工作的推进，学者们翘首以盼的楚辞类作品如上博简第七册《凡物流形》业已公布。参与楚简整理工作的曹锦炎又全面介绍了包括《凡物流形》在内相关五篇作品：

　　　上海博物馆藏战国楚竹书，经过整理，共发现有五篇楚辞类作品，已先后在《上海博物馆藏战国楚竹书》第七、八册予以全部发表。这五篇作品皆不见于今本楚辞，从体裁和句式看，也比今本各篇显得更具原始性。这对研究楚辞这种诗体之形成，很有帮助。相信这批早于屈原时代的楚辞资料的公布，必将对楚辞研究和中国文学史、先秦学术史、先秦思想史研究，起到积极作用。②

从曹锦炎先生的分析看，所出文献确实对研究楚辞有重要意义，惜除《凡物流形》外的各篇尚未公布。从其介绍可知，屈原的创作借鉴了当时流行（或尚未流行）的文体。其实不仅如此，屈原作品中的思想和用词也都参考了前人作品。③ 如其中的《李颂》一篇，根据曹先生介绍，可列表比较如下：

上博简《李颂》	楚辞《橘颂》	备　注
深利终逗，夸其不贰可（兮）。	深固难徙，更壹志兮。	王逸注："屈原见橘根深坚固，终不可徙，则专己志，守忠信也。"
乱木曾枝。	曾枝剡棘。	王逸注："剡，利也。棘，橘枝，刺若棘也。"

① 李零：《简帛古书与学术源流》，生活・读书・新知三联书店，2004 年，第 330—334 页。
② 曹锦炎：《上海博物馆藏战国竹书〈楚辞〉》，《文物》2010 年第 2 期。按：从对《凡物流形》的介绍看，其余四篇当是整理者的篇题说明。本章所引上博简介绍均出自该篇，下不详注。
③ 按：屈原之后，形成了一股模拟屈原作品的风气。根据与上博简楚辞类作品的比较，我们推测，屈原极有可能也模拟他人作品，不仅用词，在主题思想等方面也有参照。

两篇所表现的思想也是相近的。《李颂》篇"体现了春秋战国时期上层知识分子追求高尚品格的一种君子心态，同时作者借此抒发自己独立忠贞而又被视为异类之情感"。无疑，这与屈原《橘颂》"苏世独立，横而不流兮"的品格是一致的。其中的《有皇将起》篇，曹先生介绍说：

> 本篇从内容看，诗人系楚国上层知识分子，因担任教育贵族子弟的保傅之职，有感而作。作者"惟余教保子"，"能为余拜楮柉"，希望"思游于爱，能与余相惠"。一方面担忧学生"虑余子其速长""又不善心耳""如女子将眯"，一方面又劝诫学生"何哀成夫"，鼓励其"周流天下将莫惶"。拳拳爱护之心，溢于言表。同时作者又对"三夫之谤""胶膶诱"，即小人诋毁其担任教职之动机不良，表达出愤慨心情。颇有屈原作品之遗韵。

屈原所担任的"三闾大夫"，重要职责就是"教胄子"[①]，在《离骚》中他深情地说："余既滋兰之九畹兮，又树蕙之百亩。畦留夷与揭车兮，杂杜衡与芳芷。冀枝叶之峻茂兮，愿俟时乎吾将刈。"此种感情与这位诗人颇能相合。更重要的是，面对别人诋毁，一位作了《有皇将起》，一位作了《离骚》。

"屈原正是从这些早期的楚辞作品中，汲取丰富的营养，以他的优异才华，创作出一系列不朽的楚辞作品。"[②]他所汲取的"营养"，不仅包括作品形式[③]，还应包括流传于世的古史传说等内容。

二、《凡物流形》《子羔》篇与《天问》怀疑思想

《凡物流形》是一篇楚辞类的作品。该篇可分为九章，除第一章开篇省略、

---

① 姜亮夫：《楚辞通故》（第二辑），第 702—704 页。
② 曹锦炎：《上海博物馆藏战国竹书〈楚辞〉》，《文物》2010 年第 2 期。
③ 曹锦炎先生发表《楚辞新知》一文，结合他整理的《凡物流形》《李颂》等篇章论述了楚简与《楚辞》的渊源关系。依据以上诸篇的用字情况，认为楚辞中常用的"兮""只"和"乱"三字提出了新的看法。参曹锦炎：《楚辞新知》，简帛网，2011 年 3 月 14 日。

第四章省写为"问"、第九章省写为"曰"外，每章皆以"问之曰"起首，每章都是问句。而该篇所问的内容，也多是与宇宙、自然相关的问题。《凡物流形》中的这种设问方式和讨论内容，无疑和《天问》有很大的可比性。因此曹锦炎断言："《凡物流形》是一篇有层次、有结构的长诗，体裁、性质与之最为相似，几乎可以称之为姐妹篇的，当属我国古代伟大诗人屈原的不朽之作——《天问》。"

这一说法不无依据，从中可以看出，屈原作《天问》时参照了当时的作品，或者说，他的设问，与当时讨论宇宙、自然问题的风气是密切相关的。《庄子·天运》也有相类似的提问。

这是对宇宙等问题的讨论，我们再看古史传说方面。

《子羔》篇载子羔问孔子三王出生的传说曰：

> 子羔问于孔子曰：三王者之作也，皆人子也，而其父贱不足称也与？殹（抑）亦成（诚）天子也与？孔子曰：善，而问之也。久矣，其莫……〔禹之母……之〕（简9）女也，观于伊而得之，䢷（娠）三（简11上段）念（年）而画（？）于背而生，生而能言，是禹也。契之母，有娀氏之女（简10）也，游于央台之上，有燕衔卵而措诸其前，取而吞之，䢷（娠）（简11下段）三念（年）而画（？）于雁（膺），生乃呼曰：（中文大学藏简3）"钦（？）！"是契也。后稷之母，有邰氏之女也，游于玄咎之内，冬见芺攼而荐之，乃见人武，履以祈祷曰；帝之武，尚使（简12）☒是后稷之母也。三王者之作也如是。子羔曰：然则三王者孰为☒（简13）。①

关于此篇，郭永秉指出：

> 从《子羔》篇叙述子羔对三王降生神话的怀疑，并借子羔之口道出三

---

① 陈剑：《上博简〈子羔〉〈从政〉篇的竹简拼合与编连问题小议》,《文物》2003 年第 5 期。

王或为人子这样性质完全对立的说法来看，我们比较倾向于认为这篇文献的著作年代应在战国以后。这类对神话不合理之处表示怀疑，并用理性的方式加以解释的情况屡见于战国中期以后的古书，而且多托于孔子和弟子（或其他人）的问答中。[1]

他的看法是正确的。屈原在《天问》中对古代的降生的传说也有讨论，如有娀氏简狄生契、伊尹降生的传说，我们分别在第三章、第二章有过详尽论述；再如有关稷的传说：

> 稷维元子，帝何竺之？
> 投之于冰上，鸟何燠之？
> 何冯弓挟矢，殊能将之？
> 既惊帝切激，何逢长之？

屈原对这些问题有所怀疑，因而发问。顾颉刚认为战国时代即盛行一股疑古风气，孟子的学生万章便是一个"很会怀疑"的人。《孟子·万章》中有关万章怀疑古史的记载如：

> 帝之妻舜而不告，何也？
> 人有言，至于禹而德衰，不传于贤而传于子，有诸？
> 人有言，伊尹以割烹要汤，有诸？

以上三例，屈原在《天问》都有过近似的发问，顾颉刚说："看这些问题，可见万章对于战国流行的古史说根本怀疑。"[2]而通过对比可知，屈原对古史传

---

[1]　郭永秉：《帝系新研——楚地出土战国文献中的传说时代古帝王系统研究》，北京大学出版社，2008年，第112—115页。
[2]　顾颉刚：《顾颉刚学术文化随笔》，中国青年出版社，1998年，第257—258页。

说的怀疑，无疑与当时的风气是密切相关的。

屈原时代流行的《容成氏》一篇，从上古帝王容成氏讲起，一直到武王克商，是对上古史事的系统记载。其中内容多可与《天问》相印证，有些问题，正是借助该篇才能使《天问》得到正解。而且《天问》的古史传说中，最为学者称道的王亥、上甲微的史事也见于清华简，故而可以说，目前出土资料所见的古史传说，与《天问》相比，并不逊色。屈原在创作《天问》时，极有可能参考了这些资料。

屈原以独立之人格，对历来的古史传说进行了发问。他注重从三代兴亡史事中吸取经验教训，希冀楚王励精图治；他主张任用伊尹、姜太公这样的贤臣，但他们真正的出身，屈原已经不能明确，只是按照时代附会的种种传说强调他们的低贱出身；他采用了现时流行的作品形式，在战国疑古风气的影响下呵问宇宙神话和古史传说。由于他的独立品格，为我们保留了不为儒家文化所影响的重要史料。

结语

在本书中，我们试以王国维提出的"二重证据法"为指导，结合考古学、民俗学等相关知识，探讨了楚辞所涉及的上古历史文化。从分析中，可以看到，虽然目前出土的屈原作品只有阜阳汉简的寥寥几字，但这并没有影响我们以其他出土资料研究楚辞历史文化。楚辞中的许多历史记载，经过考古资料的印证，证明了其真实可靠性；而其中的传说、附益成分，也因考古资料尤其是出土文献得以分解、辨明；对楚辞神话的探讨过程，也是揭示上古历史文化的重要途径。具体来说，可以归纳如下：

其一，《天问》作为一部史诗，保存了从五帝时代中期至周代大量的历史资料。《天问》全面反映了五帝时代中期至夏初东夷集团、华夏集团的密切关系；两大集团间的交往方式既有武力强迫，又有婚姻往来，而非以往学者所说的单纯的武力斗争，这样才可以对考古资料进行合理的解释。《天问》记录了《史记·殷本纪》语焉不详的商族先公王季、王亥、王恒、上甲微的名号，以及他们之间的亲属关系，反映了商族、河伯氏、有易氏之间的联盟关系，为我们提供了研究此一时期商族的婚姻和继承制度的重要资料；同时还记载了商汤借助有易氏势力灭夏的史事，有易氏的历史得以重新"发现"。《天问》保存有商末周初的一些史料，如商末周初商纣王通过俎醢的方式强迫文王盟誓；武王迁社主为军社,求得佑护而灭商;周公不满武王以纣首献祭,摄政后"制礼作乐",便去除了这一礼俗等,补充了传世文献记载,并可与周原甲骨、青铜铭文等资料相印证。通过考古资料以及学者的考论,还辨清了周昭王伐楚、南巡的重要史事,以及穆王的相关事迹。

其二,楚辞中的古史人物事迹及传说,依靠考古资料尤其是出土文献而得以辨正。如禹是夏王朝的建立者,其治水的事迹,得到了越来越多考古资料的印证;禹建号旗的传说出自《容成氏》,传世文献中仅《大招》有相关记述,并可以据以解决今古文经学长久以来的某些纷争,等等。楚辞提供了伊尹的一份履历表,从其出生、任职到死后受祭祀等都有记载,并可与甲骨文等资料相印证,也纠正了关于"小臣"等的错误认识。《穷达以时》以梅伯为圣人的记载,为解释《天问》有关梅伯事迹提供了基础,纠正了王逸仅以文王为圣人的看法。郭店楚简有关"吕望为藏"的说法,成为解释《天问》"迁藏就岐,何能依?殷有惑妇,何所讥"一节的重要依据,结合《庄子·田子方》相关记载,可以推知该节是对姜太公传说的记述。出土文献所载伍子胥事迹,为研究楚辞学术史问题提供了新资料,纠正了宋人提出屈原不可能称颂伍子胥的看法,并可以揭示宋人提出这一错误看法的根源。

其三,依据考古资料,可以推进楚辞神话的研究,如依据秦简《归藏》,揭示了楚辞中嫦娥奔月的神话,并对其中神话人物事迹做出合理解释。可以据以确定《九歌》部分神祇的归属,如依据长沙子弹库帛书《天象》篇所提供的线索,进一步确定少司命的神格为司宰小儿生命之神,确定楚简"二天子"与湘君、湘夫人的关系。在此基础上,更能进一步发掘楚辞神话、神祇的历史文化根源和背景,如通过高台神话的探讨,发现了楚辞中"台"的文化内涵与宗教意义;通过对二湘神格的研究,结合齐侯壶和楚简记载,勾稽出陈与齐、楚之间的政治关系,以及在此基础上带来的宗教文化影响。通过对河伯祭祀的探讨,可以进一步校证古籍,并勾勒出楚人祭祀的特点。

在得出以上结论的同时,还可以看到,《天问》反映了屈原进步的历史观,他注重对王朝兴衰的借鉴,提倡任用贤能,具有独立的人格和大胆怀疑、不为传统所束缚的精神。在探讨《天问》史实来源（如王逸壁画说）的同时，还要充分注意其时代特征，即流传于屈原时代的种种古史传说。姜亮夫视之为屈原的学术思想[①]，其说甚确！《九歌》中的诸神祇，与新出楚简多有相合，但是他们的关系密切到什么程度，是否可以完全对应，也是我们今后应当注意的问题。

以考古资料研究楚辞，是当前楚辞研究的一个重要课题。由于学识所限，笔者对考古资料以及楚辞的理解，都有不少偏差，因此书中肯定存在着种种不足，我们会尽最大努力去弥补。"路漫漫其修远兮，吾将上下而求索。"

我们愿再以陈子展的话作为结语：

> 不要认为楚辞研究已经二千多年，都被前人研究完了，提不出什么新观点了，不对。楚辞的研究也是没有止境的，不断可以发现新材料来补充，纠正过去的一些错误。……关键是研究要深入下去，就有文章可做。[②]

---

① 姜亮夫：《楚辞今绎讲录》（修订本），北京出版社，1983 年，第 90 页。
② 引自汤漳平：《出土文献与〈楚辞·九歌〉》，第 170 页。

附录一

附录诸篇，皆以考古资料研究楚辞，或因成文较早，或因前辈学者已有讨论，我们只是聊作补充，故而列入附录，特此说明。

一、羿事迹辨析

检诸典籍，不难发现，关于羿的事迹主要有两类：一类是唐尧时的"仁羿"，神话的色彩多一些，主要事迹是射十日、除民害；一类是夏初的"后羿"，历史色彩多一些，主要事迹是"因夏民代夏政"。由于神话、历史色彩的区分和对羿评价的不同，学界出现了"两羿分离说"和"两羿一体说"的争论。[①] 我们赞成"两羿一体说"，因为在古史传说中，一个人物同时具有神话和历史两种色彩而寓褒贬于一身是一个普遍现象。如尧、舜、禹，他们既是古史人物，又是传说中的天神；既是三代圣王，也有"劣迹"可循，如《韩非子》说"舜偪（逼）尧，禹偪舜"，等等。东夷族之羿也是如此。关于羿的评价问题，学者从不同角度进行过分析，其中杨宽和张启成的看法较为合理。杨宽认为羿与周人属于不同的神话系统，羿之荒淫形象当出于周人诋毁[②]（但应该指出的是，杨完全把羿当作神话传说人物是不确切的）。张启成认为后羿是东夷族的英雄，但又是"夏族不共戴天的仇敌，所以从夏族的观点来看，他当然是一

---

① 江林昌：《楚辞与上古历史文化研究》，第36页。
② 杨宽：《中国上古史导论》，《古史辨》（第七册上编），上海古籍出版社，1982年，第365—368页。

个暴君和昏君，资质低劣，死有余辜"①。

学者的推论无疑是正确的，我们在第一章讨论夷夏关系时曾指出，五帝时代中期至夏初，存在着夷、夏的交锋与交流，后羿作为东夷族首领，审时度势，"因夏民以代夏政"，他是被其奸子寒浞设计谋害的。下面我们拟对此再进行粗浅探讨。首先对文献记载进行简要的梳理，大体说来，对羿持反面看法的证据主要见于《左传》、楚辞、《汉书》等，兹将其摘录如下：

> 昔有夏之方衰也，后羿自鉏迁于穷石，因夏民以代夏政。恃其射也，不修民事而淫于原兽。……在帝夷羿，冒于原兽，忘其国恤，而思其麀牡。（《左传》襄公四年）②
>
> 羿淫游以佚田兮，又好射夫封狐（狐，学者多训为"豨"，今从）。（《离骚》）
>
> 帝降夷羿，革孽夏民。胡射夫河伯，而妻彼雒嫔？冯珧利决，封豨是射。何献蒸肉之膏，而后帝不若？（《天问》）

可以看出，与《左传》相比，楚辞记载羿的事迹更为全面，而且楚辞认为"两羿一体"，羿既是上帝所"降"之"神"，也是有"淫游以佚田"劣迹的"人"。《左传》加在后羿头上的罪名，仅仅是"不修民事而淫于原兽"，这与《离骚》所说后羿好射"封豨"乃是一事，都是指责后羿只顾狩猎而忽视农业。这样的评价似乎很合理，但如果稍加分析，我们会发现，《左传》之"兽"当是指楚辞之"封豨"，南楚称猪为豨，封豨即大肥猪。诸典籍对后羿批评的依据是因为他好射杀大猪，但为什么后羿偏偏喜爱射杀大猪呢？《天问》说"何献蒸肉之膏，而后帝不若"，为我们提供了一个重要的线索：后羿"封豨是射"，主要是为了"献蒸肉之膏"于帝，可见有穷部落射杀猪应是供祭祀所用的。如果是

---

① 张启成：《后羿及其神话传说新探》，《中外神话与文明研究》，学苑出版社，2004 年，第 156 页。

② 杨伯峻：《春秋左传注》，第 936—938 页。

这样，我们就不能因此判定后羿荒淫，而且《左传》、楚辞记载后羿被杀，主要是他的养子寒浞的谋害。有感于此，我们试结合"无字地书"——考古资料进行讨论。

学者指出，"'夷羿'族团早期活动的时代大致处在山东地区大汶口文化中晚期迄至龙山及至岳石文化早期这一历史时期"[①]。而这一时期，东夷族存在着射杀大猪祭祀和陪葬的习俗，我们可以从此阶段的考古发现中看到："（大汶口中晚期）墓葬中盛行用整猪、猪头或猪下颌骨殉葬。例如，大汶口墓地的一百三十三座墓葬中，有四十三座墓使用猪头，其中 M13 多达十四个；三里河有十八座墓葬随葬猪下颌骨一百四十四件，其中 M302 多达三十七件。这种现象在花厅、凌阳河、前寨、尚庄等遗址都可以见到。"[②]龙山文化时期也有大量墓葬中随葬猪骨的现象，这种习俗是从大汶口文化时期延续下来的，"如尹家城、三里河、呈子等遗址的龙山文化墓葬中，均有相当数量的猪骨作为随葬品，有些大型墓葬猪骨的数量相当多"[③]。同时期其他地区的考古发现都没有出现像东夷族这样大量使用猪殉葬和祭祀的现象，这成为"大汶口—龙山文化"的重要特色。著名考古学家王仁湘对"大汶口—龙山文化"中的葬猪现象进行分析后指出，猪是作为一种神圣的动物进入原始宗教范畴的，"被人们认为可以通达神明的猪头、猪颌骨，则纯是原始巫术的一种道具"[④]。故而葬猪和后羿"献蒸肉之膏"，都是东夷族"通达神明，祈求上苍"的重要仪式。

众所周知，古代社会的部族首领往往也是宗教领袖。后羿也是如此，如《山海经·海内西经》说"昆仑之虚……帝之下都……非仁羿莫能上冈之岩"。"仁羿"即"夷羿"，可见他既是有穷氏的领袖，同时也是大巫，是丧葬等祭祀

---

① 王守功：《夷羿族团的衍变与考古发现辨证》，《古代文明》（第一卷），文物出版社，2002年，第 155 页。

② 高广仁、栾丰实：《大汶口文化》，文物出版社，2004年，第 89—90 页。

③ 山东省文物考古研究所：《山东 20 世纪的考古发现和研究》，科学出版社，2005年，第 266 页。

④ 王仁湘：《新石器时代葬猪的宗教意义》，《中国史前考古论集》，科学出版社，2003年，第 256 页。

仪式的主持者和组织者，而葬猪和射杀封豨祭祀都是这位大巫的重要"职责"，仅凭文献记载后羿"好射夫封豨"就判定他荒淫是不能成立的。

记载羿杀封豨的文献，除《楚辞》外，还有《左传》和《淮南子》：

> 《左传》昭公二十八年：昔有仍氏生女，黰黑而甚美，光可以鉴，名曰玄妻。乐正后夔取之，生伯封，实有豕心，贪婪无厌，忿类无期，谓之封豕。有穷后羿灭之，夔是以不祀。①
>
> 《淮南子·本经训》：逮至尧之时，十日并出，焦禾稼，杀草木，而民无所食。猰貐、凿齿、九婴、大风、封豨、修蛇，皆为民害。尧乃使羿诛凿齿于畴华之野，杀九婴于凶水之上，缴大风于青邱之泽，上射十日而下杀猰貐，断修蛇于洞庭，禽封豨于桑林，万民皆喜。②

古代学者多将以上文献联系在一起，如洪兴祖《楚辞补注》说"《淮南》云，尧时封豨长蛇，皆为民害，尧使羿断修蛇，禽封豨。此言有穷羿亦封豨是射，而反为民害也。《左传》曰，乐正后夔取之，生伯封，实有豕心，贪婪无厌，忿类无期，谓之封豕。有穷后羿灭之，夔是以不祀。此则穷奇、饕餮之类，以恶得名者"，认为《淮南子》《左传》记载为一事。闻一多引入图腾理论研究楚辞，认为《左传》"封豕"即《天问》《淮南子》之"封豨"，而"封豨"就是河伯（或者说河伯以猪为图腾），也就是有仍氏。③孙作云更进一步指出："凿齿、九婴、大风、封豨、修蛇等等，古人以为这是动物或怪物名，我们认为大部分都是部落名或部落酋长名。"④赵逵夫主张用田野调查、历史文献、考古材料、神话传说四者结合的方法研究古代文献，也提出了《淮南子》之猰貐、凿齿、九婴、大风、封豨、修蛇"全是上古的氏族名称"的看法，并说

---

① 杨伯峻：《春秋左传注》，第1492—1493页。
② 张双棣：《淮南子校释》（增订本），第852页。
③ 闻一多：《闻一多全集》（楚辞编），第574页。
④ 孙作云：《孙作云文集·〈楚辞〉研究》（下），第651页。

"封豨即殷代之豭方，为周代韦氏之祖先，当时居三峡之中"[①]。

而从上述讨论看，"封豨"并不是古氏族，羿射封豨反映的不过是东夷族杀猪祭祀神灵的宗教习俗。那如何看待以上文献的记载呢？我们认为应该从古文献的记载渊源出发具体分析：《左传》为北方儒家作品，《楚辞》和《淮南子》则为南方楚地作品。儒家作品不同程度地反映了儒家"神话历史化"的倾向，这已经成为学界的共识，如学者常引用的"黄帝四面"的故事。"黄帝四面"本源于古人对四方四季的理解和认识，而经神话化以后，黄帝成为拥有四张面孔的形象，以孔子为代表的儒家却做了"历史化"的理解，认为"黄帝取合乎己者四人，使治四方，不计而耦，不约而成，此之谓四面也"(《太平御览》卷七引《尸子》)，则"黄帝四面"成了黄帝手下的"四位贤臣"。羿与封豨的事即如此，由于东夷族对其首领羿的崇拜，羿就成了"仁羿"，羿杀封豨也演变成了《淮南子》中圣王尧的贤臣羿为民除害而擒杀怪兽"封豨"；儒家著作《左传》秉承了孔子"不语怪乱力神"精神，将封豨变成了夔妻所生的恶人"伯封"，因其"实有豕心，贪婪无厌，忿类无期，谓之封豕"。可以说，这些异说的生成，是人为地对历史素地的神话化和历史化造成的。

由上可知，历史的原貌，在南方一系的文献如《山海经》《淮南子》中多以神话面貌出现，近年来学者的研究证明，这类著作往往以原始的面目保存着历史的真实；在北方诸书中，尤其以孔子为代表的儒家学派对原始神话进行了历史化的改造，以致"北方儒书，甚至于最权威的史学名著《史记》都无法完全帮助我们了解上古历史文化的真实面貌"[②]。这并非夸大之词，王国维利用《天问》《山海经》中的记载印证甲骨卜辞中的王恒、王亥等殷先公，胡厚宣取用《山海经》资料探讨甲骨文四方风就是显例。

[①] 赵逵夫：《古代神话与民族史研究》，《西北民族研究》2002 年第 1 期。
[②] 江林昌：《楚辞与上古历史文化研究》，第 5 页。

二、楚辞"五子"说

《楚辞·离骚》："启《九辩》与《九歌》兮，夏康娱以自纵。不顾难以图后兮，五子用失乎家巷。"关于其中的"五子"，黄灵庚指出：

> 王逸将夏启当作圣明之主，完全是依据汉师经义，用儒家道统的说法来解释《楚辞》。儒家文献美化夏启，将其视如夏禹一样的明君。《孟子·万章上》："禹荐益于天，七年，禹崩。三年之丧毕，益避禹之子于箕山之阴。朝觐讼狱者不之益而之启，曰：'吾君之子也。'讴歌者不讴歌益而讴歌启，曰：'吾君之子也。'"又以夏之乱政在夏启之子太康以后，是依据《书·五子之歌》，屈原则不然，其视夏启为无道之君。《天问》："启代益作后，卒然离蠥。何启惟忧，而能拘是达？皆归射鞠，而无害厥躬。何后益作革，而禹播降？启棘宾商，《九辩》《九歌》。何勤子屠母，而死分竟地？"夏启不但以暴力代益，纵放声色，居然凶残到了要"屠母"，使其尸分竟地，真比禽兽不如了。但是，《天问》并没有提到太康。汪瑗《楚辞集解》："康娱，犹言逸豫也。"戴震《屈原赋注》："'康娱'二字连文，篇内凡三见。"其说甚是。出土于西晋初期的《汲冢竹书》曾有"益干启位，启杀之"的记载，对夏启也持否定态度，和屈原作品大致相同。由于《汲冢竹书》年久失传，

兼之儒家道统的习惯势力，对此类残简零句，多不为学者重视。而今又得到了战国楚简文献的证实。《上海博物馆藏战国楚竹书》(二)《容成氏》："禹又(有)子五人，不以亓(其)子为后，见咎繇之贤也，而欲以为后。咎繇乃五壤(让)以天下之贤者，述(遂)称疾不出而死。禹于是虖(乎)让益，启于是虖(乎)攻益自取。"据此，《离骚》"五子用失乎家巷"的"五子"，当指禹之"五子"，而非启之"五子"，即非太康兄弟五人。大概禹死之后，其子启等兄弟五人初始并心合力，战胜了益，而后为了争夺王位内讧不已，互相屠杀，最后是夏启取得成功。①

黄灵庚所论极具参考价值，我们对此也曾有过讨论，特附录如下，忝为补充。

《容成氏》是上博简里有很高学术价值的名篇，该篇蕴含的史料丰富，在学术界引起了广泛的讨论。值得注意的是，《容成氏》33.34简出现了禹有五子的说法，检诸先秦典籍尚未发现这种说法。通过对现有文献的再分析，我们认为《容成氏》禹有五子说是《尚书》"五子"的真实版本。

先将33.34简摘录如下：

> ……禹有子五人，不以其子为后，见皋陶之贤也，而欲以为后。皋陶乃五让以天下之贤者，遂称疾不出而死。禹于是乎让益，启于是乎攻益自取。②

首先我们对《竹书纪年》《逸周书·尝麦解》进行重新分析：

> (启)十一年，放王季子武观于西河。

---

① 黄灵庚文见《简帛文献与〈楚辞〉研究》，《文史》2006年第2期，又见绕宗颐主编《华学》(第九、十辑)，第198—223页。按：拙文成于2007年初，因个人视野狭窄，且所在学校没有订购《文史》，写作时未能参考黄灵庚意见，好在拙文证据与黄灵庚的有不同之处，故附列于此，并保持原文面貌。上引文参考《华学》。

② 马承源主编：《上海博物馆藏战国楚竹书》(二)。

> 十五年，武观以西河叛。彭伯寿帅师征西河，武观来归。

学者多通过这则材料认为武观是启的儿子，我们认为这种说法并不妥当。上文以启在位时间纪年，主语为启，从语法上讲，此处"王"字似不应指启，而应该是大禹。与之相同的还有《竹书纪年》："王（商帝辛）囚箕子，杀王子比干，微子出奔。""王子比干"之"王"，显然不是帝辛，而是帝乙（一说文丁）。因此我们认为武观是大禹之子，启的兄弟（郭沫若《屈原赋今译》也认为武观是夏启的兄弟，但论证过简）。这里所说的武观叛乱，《墨子·非乐上》也有记载："《武观》曰：'启乃淫溢康乐，于野饮食，将将铭管磬以力，湛浊于酒，渝食于野，万舞翼翼，章闻于天，天用弗式。'"不难看出，《武观》篇是武观征伐夏启的誓词，是说启即位之后，开始荒淫，并流放其弟武观于西河，因而武观首先发难，开始叛乱。

《逸周书·尝麦解》说："其在殷之五子，忘伯禹之命，假国无正，用胥兴作乱，遂亡厥国，皇天哀禹，赐彭寿思正夏略。""殷"，朱右曾认为是"启"，是根据传统说法的臆改，夏、殷相互对应，同为三代，殷当为"夏"之误。李学勤推定该篇可能是周穆王初年作品[1]，内容应该比较真实。该文言五子忘伯禹之命，是赞叹大禹业绩，后又言皇天哀禹，却只字未提夏启，原因则是夏启为五子之一，皆为大禹之子。

其次，我们认为传统观点的"启有五子"说也很难成立。夏启时代的这场内乱，又见于《楚辞·离骚》："启《九辩》与《九歌》兮，夏康娱以自纵。不顾难以图后兮，五子用失乎家巷。"夏启沉湎于酒乐而放纵自己，造成了"五子用失乎家巷"的后果。这里的五子，显然不是武观，而是包括武观在内的兄弟五人。"五子用失乎家巷"是指什么呢？王逸认为是指"太康失国"，即《尚书序》"太康失国，昆弟五人，须于洛汭，作《五子之歌》"。我们认为此说不确，当从清代学者王引之之说："五子用失乎家巷，'失'字因王（逸）注而衍。……巷读《孟

---

① 李学勤：《〈尝麦〉篇研究》，《古文献论丛》，上海远东出版社，1996年，第87—95页。

子》郑与鲁阋之阋，刘熙曰，阋，构也，构以斗也。五子作乱，故云家阋。……五子家巷，即当启之世。"汤炳正先生也说："五子句：本作'五子用夫家巷'。王念孙校'巷'乃'阋'之同音借字。至于今本'失'乃'夫'字之误，'乎'乃'夫'误为'失'字后由浅人所加。……家巷（阋）：犹内讧，家族内部争斗。"[1] 显然，《离骚》的"五子家巷"就是《逸周书》"胥兴作乱"，就时间来看，启平定了内乱，内乱发生在夏启之世、太康失国之前，因而并非王逸所说太康失国之事。"遂亡厥国"应当是指以武观为首的启的四个兄弟失去了封国，况且夏启死后，他的儿子太康、仲康都曾即位为王，却没有他们进行内争的任何史料，故五子为启子之说很难成立。五子应是《容成氏》所说的"禹有五子"。

先秦典籍没有"禹有五子"或"启有五子"的明确说法，所以"五子"的归属问题一直都没有得到很好地解决。为什么会出现这种情况呢？我们认为是由于儒家文献对历史的歪曲或误读所致。对于夏启时代的这场"五子"内乱，儒家典籍只记载武观叛乱，如《国语·楚语上》说启有武观，武观为奸子，而启有元德。在儒家眼里，启的王位不是争来的（《孟子》），作为贤王的夏启没有劣迹，也是不可能有劣迹的，因此他不可能荒淫，也不可能发生权力斗争，因而"五子家巷"的事迹没有出现在儒家典籍里。然而，启的荒淫和"五子"在楚辞、《墨子》中却有记载，一个主要的原因是他们与儒家的立场不同，"屈、宋之作详于夏殷而略于两周"[2]，墨家法夏，最重者为大禹，因此"禹有五子"之说会见于属于墨家作品的《容成氏》。[3]

而一个有意思的现象是，《墨子》对禹、启的记载与诸书有不同之处，如

---

① 汤炳正：《楚辞今注》，上海古籍出版社，1996年，第17—20页。
② 姜亮夫：《三楚所传古史与齐鲁三晋异同辨》，《楚辞学论文集》，第20页。
③ 关于该篇的性质，学者有不同看法，我们同意赵平安说，是墨家学派的作品，他说："《容成氏》虽然反映了墨家思想，但是他和《墨子》各篇的风格还是有所不同。《墨子》各篇有比较集中的主题，论述色彩很浓，举例简明扼要。《容成氏》则以顺序叙述古代帝王的传说来阐明自己的理念，形式更为朴拙，素材更为详备。从这一点来说，我们认为它如果不是早期墨家的作品，就应该是墨家讲学时讲义一类的东西。"赵平安：《楚竹书〈容成氏〉的篇名及其性质》，饶宗颐主编《华学》（第六辑），紫禁城出版社，2003年。

《尚书·甘誓》，金景芳等指出："《尚书·甘誓》记伐有扈氏事。谁伐有扈氏，经文未明言。《史记·夏本纪》说'有扈氏不服，启伐之'。《淮南子·齐俗训》高诱注说，'有扈，夏启之庶兄也。以尧舜举贤，禹独与子，故伐启，启亡之'。以为伐有扈氏者是夏启。《墨子·明鬼下》引用《甘誓》全文，而篇名作《禹誓》，以为伐有扈氏于甘者是禹。"① 又如铸造九鼎的传说，《史记·封禅书》云："禹收九牧之金，铸九鼎。"而《墨子·耕柱》说九鼎为夏启所造：

> 子墨子曰："鬼神之明智于圣人，犹聪耳明目之与聋瞽也。昔者夏后开使蜚廉折金于山川，而陶铸之于昆吾，是使翁难雉乙卜于白若之龟，曰：'鼎成三足而方，不炊而自烹，不举而自臧，不迁而自行，以祭于昆吾之虚，上乡！'乙又言兆之由曰：'飨矣！逢逢白云，一南一北，一西一东，九鼎既成，迁于三国。'夏后氏失之，殷人受之；殷人失之，周人受之。夏后殷周之相受也，数百岁矣。……"②

从《墨子》中可以知道，墨子最尊崇夏道，饶宗颐从夒公盨铭文中考证出禹之《总德》的篇章，他认为《墨子》保存其义："可见墨子总德的取义，可惜禹之《总德》一文已沦佚，幸得墨子保存篇名，可与本铭次互相印证。"③

由此我们认为，《容成氏》的"禹有五子"可能是"五子说"的真实版本。

---

① 金景芳、吕绍纲：《〈尚书·虞夏书〉新解》，辽宁古籍出版社，1996年，第441页。
② 孙诒让：《墨子间诂》，第422—426页。
③ 饶宗颐：《夒公盨与夏书〈禹之总德〉》，《饶宗颐新出土文献论证》，上海古籍出版社，2005年，第49—51页。

三、水神"大波"考

湖北天星观 1 号楚墓竹简有这样一条记载：

溺于大波一牂。

"大波"，晏昌贵认为"当指波涛之神"[1]，于成龙认为"是楚人祀典中一重要地祇"[2]。杨华《楚地水神研究》一文列"大波"为水神，指出：

扬雄《反离骚》："横江、湘以南往兮，云走乎彼苍吾。驰江潭之泛溢兮……陵阳侯之素波兮，岂吾累之独见许？"应劭注："阳侯，古之诸侯也，有罪自投江，其神为大波。陵，乘也。"扬雄神游江湘，以"素波"为虞，可知在汉人心目中，南方确有水波之神。至于此种水波之神的来历和人格化，为汉人所附会，当是后来之事。[3]

---

① 晏昌贵：《天星观卜筮祭祷简释文辑校》，丁四新主编《楚地简帛思想研究》（二），湖北教育出版社，2005 年，第 287—288 页。

② 于成龙：《释禜——战国楚卜筮祭祷简中的沉祭》，《东南文化》2008 年第 2 期。

③ 杨华：《楚地水神研究》，《江汉论坛》2007 年第 8 期。

诸位学者做了很好的解释。其实，这一记载也可得到文献的印证，如《楚辞·悲回风》言"凌大波而流风兮，托彭咸之所居"，学者多释"大波"为"大的波涛"，笔者以为即指天星观祭祷简中的神祇。

在对该句解释前，我们有必要对《九章·哀郢》"凌阳侯之泛滥兮，忽翱翔之焉薄"一句进行探讨。王逸《楚辞章句》说："凌，乘也。阳侯，大波之神。薄，止也。言己遂复乘大波而游，忽然无所止薄。"王注基本正确，唯未释"泛滥"与"翱翔"。"泛滥"，大水貌，以"泛滥""翱翔"之词意在说明"顺风而行，若鸟之飞"（陈本礼《屈辞精义》）。此句说乘大波之神肆意遨游，却无所归止，恰可与《九章·悲回风》"凌大波而流风兮，托彭咸之所居"连读。流风，追风也。"彭咸之所居"，正是屈原所向往的去处。"凌大波"与"凌阳侯"，只是屈原称呼表达的变换，其语义相同，这种表达在屈赋中常见。既然"阳侯"为波涛之神，那么，《悲回风》中的"大波"，也应为神祇。

杨华以《反离骚》为例，说"扬雄神游江湘，以'素波'为虞……"。实际上，扬雄此节不过是拟《哀郢》《悲回风》而作，如楚辞学家汤炳正指出："《反离骚》'往往撅《离骚》文而反之'，其实亦往往撅《九章》文而反之。其中……陵阳侯之素波兮，岂吾累之独见许。……显然是依傍《哀郢》中'凌阳侯之泛滥兮，忽翱翔之焉薄'和《悲回风》中'凌大波而流风兮，托彭咸之所居'的词句反其意而用之。"[①]可见，真正神游的，正是屈原：他驱神为仆，翱翔九州，周游天地，上下求索，极具浪漫色彩。《离骚》"吾令丰隆乘云兮，求宓妃之所在"，《远游》"召丰隆使先导兮，问太微之所居"，等等，皆是此类。所以，释"大波"为水神，更符合屈原的浪漫主义手法。

天星观竹简所见"大波"是楚人祭祀的重要神祇，作为三闾大夫的屈原当然知晓。秦汉以降，以"大波"为神祇的说法湮没不闻，而以楚简诠释《悲回风》，更感顺畅生动。

---

① 汤炳正：《汤炳正论楚辞》，第156页。

四、屈氏的来源问题

　　屈原是楚国贵族，他在《离骚》首句即言"帝高阳之苗裔兮，朕皇考曰伯庸"，以此表示自己出身的高贵。《史记·屈原列传》说屈原是"楚之同姓"，东汉学者王逸认为屈氏来源于楚武王：

> 周幽王时，生若敖，奄征南海，北至江、汉。其孙武王求尊爵于周，周不与，遂僭号称王。始都于郢，是时生子瑕，受屈为客卿，因以为氏。[1]

这一看法历来多无异议。直到 20 世纪 50 年代，段熙仲对王逸注提出了怀疑，认为屈氏先祖应为熊渠的长子熊伯庸。[2] 后来赵逵夫也提出了类似见解。[3] 由于证据稍显薄弱，两位先生的观点并未得到楚辞学者的普遍认可。因之，关于屈氏的来源问题仍存疑问。近年来，楚文化资料日益丰富，李零曾依据出土资料对屈氏在东周时期的发展进行考索和梳理，对研究屈原先世和楚辞有关问题具

---

① 洪兴祖：《楚辞补注》，第 3 页。
② 段熙仲：《楚辞札记》，《文史哲》1956 年第 12 期。
③ 赵逵夫：《屈原先世与句亶王熊伯庸》，《文史》1985 年第 3 期。

有重要价值。①

在清华简《楚居》篇中，出现了"屈約"这一人物：

> 至熊绎与屈約，使郢嗌卜，徙于夷屯，为楩室。室既成，无以纳之，
> 乃窃郢人之犝以祭。惧其主，夜而纳尸，至今曰栾，栾必夜。

"屈約"与楚先王熊绎同时出现，竹简整理者认为"此人与楚武王后裔屈氏无关"；李学勤谨慎地指出，"屈約从简文看，是和熊绎并列的楚人领袖，于史无考。楚国后来的屈氏，据《楚辞·离骚》王逸注，源于楚武王子屈瑕，食采于屈，因以为氏，时代要晚得多"②，似乎也将二者区分开来。

但也有许多学者提出不同意见，如网友子居认为整理者的说法"当有存疑之处"，从《楚居》篇来看，楚国屈氏出自屈約似更为可能。③田成方梳理了屈氏的渊源与发展，认为屈約与屈氏之间"可能存在着亲属关系"，与此同时，他还提出了一个"证据"，即春秋时代的楚屈叔佗戈（《集成》11393），胡部有铭文"屈□之孙，楚屈叔佗"，从拓片来看，所缺字字形与《楚居》屈約之𤔔相似，因此认定"屈約是屈氏之祖的可能性较大"④。

田成方的看法不无道理，但细检楚屈叔佗戈铭文所缺释字形，较为模糊，能否与屈約相合还有待确定。我们认为，《楚居》将"熊绎"与"屈約"两人并列，则屈約为楚人无疑，而且能与楚先王并称说明他在楚民族中拥有较高的地位，确定屈約是楚人，那就涉及了屈氏的来源问题，不过文献阙如，屈原是否为屈約之后还难以坐实，但这一资料将楚国屈氏的出现提到了西周之初。《淮南子·道应训》载"屈商乃拘文王于羑里"，高诱注："屈商，纣臣

---

① 李零：《"三闾大夫"考——兼论楚国公族的兴衰》，《文史》2001 年第 1 期。
② 李学勤：《论清华简〈楚居〉中的古史传说》，《中国史研究》2011 年第 1 期。
③ 子居：《清华简〈楚居〉解析》，http://www.confucius2000.com/admin/list.asp?id=4835，2011 年 3 月 31 日。
④ 田成方：《东周时期楚国宗族研究》，科学出版社，2011 年。

也。"按：屈商，学者言之不详，作为纣臣，时代是商末，和屈約所处时代十分接近。根据文献记载，楚人确实事商，并与商人保持了长时间的友好关系。如若屈商为楚人，则可知楚人在商末曾经服侍于商纣，此点并不为奇，姜太公就有这样的经历：

> 太公博闻，尝事纣。纣无道，去之。游说诸侯，无所遇，而卒西归周西伯。或曰，吕尚处士，隐海滨。周西伯拘羑里，散宜生、闳夭素知而招吕尚。吕尚亦曰"吾闻西伯贤，又善养老，盍往焉"。三人者为西伯求美女奇物，献之于纣，以赎西伯。西伯得以出，反国。言吕尚所以事周虽异，然要之为文武师。[①]

楚人可能因为及时归顺周王朝而得到封赏，如周原甲骨就有"楚子来告"的记载。但"纣为无道"，屈商的行为是"拘文王"，这毕竟是一段并不光彩的历史。《楚居》中楚人虽然有意拉近与商人的关系，但对商纣还是避之不及，所以略而不谈曾事商纣的问题，使得屈約在该篇中的出现略显突兀。

---

① 司马迁：《史记》，第 1487 页。

五、楚人的来源和楚文化的形成

楚人的来源是考古、历史学界探究已久且极具争议的课题。如王光镐指出："就大的来源而言，有谓楚族出自北方中原的，有谓源自东方淮夷的，有谓来自西方族类的，有谓原本就是南方蛮民的，可谓东、南、西、北方，一应俱全。……不同主张纷然杂陈，已使楚族的族源成了楚国历史上最复杂莫辩的问题之一。"① 研究楚辞，也必须要弄清楚人的来源，才能更好地了解其中的文化背景。由于此事争议纷纭，楚辞学者在研究时往往直接采纳对论证有利的说法。周建忠主张楚辞学者应参与到相关考古学文化的讨论中来，他对楚民族来源的各种说法进行了总结：

> 相比较而言，"西来说"最不可取，既无文献依据，又无考古证明，所以大多数学者不予采纳。"东来说"有较早的文献依据，但与考古发现相悖。……而"土著说"与北来说，均有文献依据与考古发掘支撑，具有一定的理由与根据。②

---

① 王光镐：《楚文化源流新证》，武汉大学出版社，1988 年，第 3 页。
② 周建忠：《出土文献・传统文献・学术史——论楚辞研究与楚文化的关系与出土》，《文学评论》2006 年第 5 期。

《楚居》一篇，涉及楚人的来源问题，学者也提出了不同看法，清华简整理者李守奎主张楚人先祖自西而来：

> 首先，《楚居》中季连的事迹和《山海经》记载楚人其他先祖事迹一样，都来自神话传说，《楚居》是对神话传说的加工。第二，《大荒西经》中所记可能是楚人对其先祖曾在西北活动的遥远的记忆。楚人先祖可能自西而来，逐渐南移，至晚在西周初年，就迁徙到了丹水和汉水流域。随着楚人的迁徙，这些山水地名也被他们带到了新的居住之地。《山海经》中《中山经》大都详实可考，有些应当是战国楚人的实录。①

楚人西来的说法，是姜亮夫根据对楚辞的研究而提出的，他认为："西方则是追念祖先、寄托情感的地方，因为楚国的发祥地在西方……高阳氏来自西方，即今之新疆、青海、甘肃一带，也就是从昆仑山来的。"② 从楚辞来看，确如姜亮夫所说，屈原在很多地方都提及了西方，西方是他的"归宿"，这是我们绎读楚辞时能够深刻体会到的。李守奎据《楚居》提出的观点，恰与姜亮夫所言一致。最近，江林昌又从神话与考古学的结合讨论中，论证了楚人西来的路线等问题。③ 虽然学者尚有不同意见，但可以看出，《楚居》为我们提供的楚人的来源资料，还是有一定倾向性的。

《楚居》还记载了季连与盘庚后裔的婚姻关系，这是楚民族与商民族产生的联系。据此，黄灵庚指出：

> 楚人的先祖是东方的帝颛顼高阳氏，所以楚文化和商文化比较接近，楚人先祖季连……是殷商王家盘庚的赘婿，以故楚文化与商文化多所相

---

① 李守奎：《论〈楚居〉中季连与鬻熊事迹的传说特征》，《清华大学学报》（哲学社会科学版）2011 年第 4 期。

② 姜亮夫：《楚辞今绎讲录》，云南人民出版社，1999 年，第 48 页。

③ 江林昌、孙进：《〈楚居〉"胁生""宾天"的神话学与考古学研究》，《文史知识》2013 年第 3 期。

同，若兄死弟及而不传嫡子，若楚王如同殷王屡屡迁都、都无定所，若楚俗尚赤、尚左、尚东、尚凤贱龙等等，皆楚因承殷商礼制也。[①]

黄灵庚认为楚人先祖在东方，即同意楚人"东来"说；他又从《楚居》所载殷商与楚人的姻亲关系讨论楚文化的来源，意在说明楚文化中具有的商文化因素，见解新颖。

《楚居》记载的这段婚姻关系是否真实存在？李学勤认为根据《诗·商颂·殷武》，武丁"奋伐荆楚，深入其阻"，殷墟卜辞中也有不少南征的记录，"这一时期商朝的势力影响及于南方这一带地区，应该就是盘庚之子和妣隹传说的背景"[②]。李守奎认为："《楚居》中有关季连的事迹人神参半，真伪参半，本是传说，就不必处处落实，所谓的季连见盘庚之子也就未必是实有其事。"[③]

就《楚居》而言，我们赞同两位李先生的观点，这是楚人故意拉近与商人的关系。退一步讲，即使楚民族与商民族存在着婚姻关系，也不能求之过深。楚民族在发展的过程中，与中原诸王朝都发生过密切的联系，不能把一次婚姻看得太重，上引黄灵庚认为楚人兄终弟及、屡迁、尚左、尚赤等"皆楚因承殷商礼制"，甚至认为"以故楚文化与商文化多所相同"，笔者认为有可商之处：商民族和楚民族在早期发展中都是以游牧为主要方式的，而依据《史记·匈奴列传》《后汉书·西羌传》等文献所载古代游牧民族的情况，他们随着生态环境的变化"逐水草而居"，故而屡屡迁徙；为了保证族群的战斗力与凝聚力，实行兄终弟及的继承制度；而尚左亦是少数民族的一种崇尚，如"披发左衽"，等等，将游牧民族的某些共性归之于商文化对楚文化的影响，实不能成立。黄灵庚此说是对出土资料的过度"引申"。

《楚居》使我们看到了一个因时代发展而不断迁徙的楚民族。楚民族的文

---

① 黄灵庚：《楚辞与简帛文献》，人民出版社，2011 年，第 176 页。
② 李学勤：《论清华简〈楚居〉中的古史传说》，《中国史研究》2011 年第 1 期。
③ 李守奎：《论〈楚居〉中季连与鬻熊事迹的传说特征》，《清华大学学报》（哲学社会科学版）2011 年第 4 期。

化的特点，正是在这样一个不断迁徙的过程中形成的，即由西部始源地迁至中原地区，再由中原地区南下，在多次的徙居过程中，吸收了中原夏、商、周民族的文化，同时也浸染了南方诸土著民族的文化，形成了自己的"特色"。今天，我们从众多的战国楚简中仍能体味楚文化的这一特点：既有对中原文化尤其儒家文化的保留，还有笃信神灵等巫文化的痕迹。

还需要说明的是，出土文献以无可比拟的优越性为学术研究提供了丰富的资料，但是，就单篇或某个问题来看，它的史料价值并不见得比传世文献更大。在当前的研究中，存在着以出土文献为"最高权威"的现象，不少学者比附甚至肆意修改传世文献，这种做法并不妥当。出土资料与传世资料构成"二重证据"，切不能仅以出土资料为限，并"过度分析"。有关《楚居》与楚辞的结合研究也应如此。

六、"鼎臑盈望"新解

《大招》云"鼎臑盈望，和致芳只"，王逸注释说："臑，熟也。致，致咸酸也。芳，谓椒姜也。言乃以鼎镬臑熟羹臛，调和咸酸，致其芬芳，望之满案，有行列也。"学者多以王注为是，但他释臑为熟，使"鼎臑"不词。为了弥缝自己说法，他又把臑说成"臑熟羹臛"，这引起了许多学者的质疑。[1] 近来，袁国华提出了新的解释，他说：

> 包山楚简遣册简265载有"一牛鑐；一豕鑐"，其中鑐是鼎的一种，臑、鑐皆从需得声，古音有通假条件，故疑"鼎臑"之臑就是鑐。……据此，"鼎臑"一词似可有两种解释：一、"鼎臑"即"鼎鑐"犹言"鼎与大鼎"，就是指"大小不一，各式各样的鼎"；二、"鼎臑"乃"鑐鼎"倒文，专指大鼎。[2]

袁国华从出土遣册和实物分析鼎臑，看似可通，其实不然。他所做的两种推测都有商讨余地。其一，释"鼎臑盈望"为"各种各样的鼎满目皆是"，虽然可通，

---

[1] 崔富章主编：《楚辞集校集释》，第 2276—2277 页。

[2] 袁国华：《楚简与〈楚辞〉训读》（初稿），《第四届国际中国古文字学研讨会论文集》，香港中文大学中国语言及文学系，2003 年 10 月，第 429—442 页。

但与下句"和致芳只"（调和佐料使之气味芬芳）不能连贯，二者间缺少主语，因而不妥。其二，若"鼎臑"为"镬鼎"倒文，专指大鼎，则与出土文物所见楚礼严重不合。如包山楚墓发掘者指出："镬鼎，为煮牲的大鼎。春秋时期，镬鼎与盛牲之鼎配置数目大体相同。战国时期，镬鼎的配置则发生了较大变化，即有几个镬鼎往往就配有几套正鼎，如寿县楚幽王墓三套鼎即有三件镬鼎；随县曾侯乙墓有两套鼎亦有二件镬鼎。"[1] 作为诸侯的楚幽王墓使用三套鼎才配置三件镬鼎，曾侯乙墓则仅有二件镬鼎，可见镬鼎用量极少。释"鼎臑盈望"为镬鼎满目，显然不合实际。

问题的关键在"臑"字，朱熹《楚辞集注》曰：臑，一作胹，一作臛。臛当从肉（月）旁，作腝。胹、腝相通，如《集韵》说："胹，《说文》'烂也'，《方言》'秦晋之郊曰胹谓熟曰胹'。或作腝。"又，"臛""需"二字古通，从"臛""需"的字也多相通。[2] 据《说文》"胹，烂也"及《方言》卷七"胹，饪，亨、烂、糦、酋、酷，熟也。自关而西秦晋之郊曰胹"的记载可知，王逸所谓"臑，熟也"实际是对"胹"（或腝）的解释。由于王逸的解释不能使该句贯通，笔者认为，"臑"当读如本字。《说文》："臑，臂羊矢也。"段玉裁认为原文应为："臑，臂。羊豕曰臑。"论述甚详，可参。臑指动物的前肢，如《仪礼·特牲馈食礼》："尸俎：右肩、臂、臑、肫、胳。"胡培翚《仪礼正义》引《礼经释例·释牲》："肩下谓之臂，臂下谓之臑。"《史记·龟策列传》也记载"取前足臑骨穿佩之"。由《仪礼·有司》等篇可知，臑是祭祀、燕飨常用的牲体部分，用量很大。《大招》"鼎臑"应指"鼎中之臑"，该句言鼎中所盛牲体琳琅满目，调和使之气味芬芳。如此作解，则文通句顺，毫无扞格。而且，也可与上句"五谷六仞，设菰粱只"（五谷其穗六仞长，还有苽粱味芳香）相照应。

宋人黄伯思说："屈宋诸骚皆书楚语、作楚声、纪楚地、名楚物，故可谓之楚辞。"此说良是，楚辞研究之称难往往即源于此。今得楚地出土资料对楚辞加以校释，何幸如之！

---

① 王红星、胡雅丽：《由包山二号楚墓看楚系高级贵族墓的用鼎制度》，《包山楚墓》，文物出版社，1991年，第479页。

② 高亨：《古字通假会典》，齐鲁书社，1997年，第212页。

七、再谈汉儒对屈原的批评问题

以屈原作品为代表的楚辞的出现，开创了中国古代文学史上的新纪元。历代学者所尊崇的不仅是楚辞这一诗歌体裁，还在于屈原强烈的人格魅力。但在楚辞学史上，值得一提的是汉儒对屈原持批评态度。我们试从出土文献和传世文献的角度分析之。

（一）《穷达以时》所反映的思想与屈赋对比谈

《穷达以时》是郭店楚墓竹书中的一篇，在前文中我们已经介绍，为讨论方便，先将原文 ① 具引于下：

> 有天有人，天人有分。察天人之分，而知所行矣。有其人，无其【1】世，虽贤弗行矣。苟有其世，何难之有哉？舜耕于历山，陶埏【2】于河浒，立而为天子，遇尧也。邵繇衣枲盖，冒绖蒙□，【3】释板筑而佐天

---

① 该篇释文主要参考了李零：《郭店楚简校读记》（增订本），第111—112页。简序主要依据陈剑等意见。

子，遇武丁也。吕望为臧棘津，战监门【4】来地，行年七十而屠牛于朝歌，举而为天子师，遇周文也。【5】管夷吾拘囚束缚，释械柙而为诸侯相，遇齐桓也。【6】百里转鬻五羊，为伯牧牛，释板柽而为朝卿，遇秦穆。【7】孙叔三射恒思少司马，出而为令尹，遇楚庄也，【8】善负己也。穷达以时，德行一也。誉毁在旁，圣之贼之。梅伯【14】①初溢醢，后名扬，非其德加。子胥前多功，后戮死，非其智【9】衰也。骥厄张山，骐塞于邵来，非无礼状也，穷四海，致千【10】里，遇造故也。遇不遇，天也。动非为达也，故穷而不【11】（怨。隐非）为名也，故莫之知而不吝。（芝兰生于幽谷），【12】（非以无人）嗅而不芳。无茖堇，逾宝山，石不为（开，非以其）【13】不厘，穷达以时。幽明不再，故君子敦于反己。【15】

该篇开头点题，道出"天"与"人"的关系，再以例证说明，认为人生穷达由"时"决定，"遇不遇，天也"。提倡穷而不能怨，"穷则独善其身，达则兼济天下"，是反映儒家天人观的重要篇章。更有学者认为此篇是孔子思想的反映。

需要指出的是，汉儒对屈原的批评之语，与该篇有相似之处。如扬雄说：

> 又怪屈原文过相如，至不容，作《离骚》，自投江而死，悲其文，读之未尝不流涕也。以为君子得时则大行，不得时则龙蛇，遇不遇，命也，何必湛身哉！（《汉书·扬雄传》）②

班彪指出：

> 夫华植之有零茂，故阴阳之度也；圣哲之有穷达，亦命之故也。惟达人进止得时，行以遂伸；否则诎而坼蠖，体龙蛇以幽潜。（《悼离骚》，《艺

---

① 简 14 释读参考了陈剑和裘锡圭意见，皆参陈剑：《郭店简〈穷达以时〉〈语丛四〉的几处简序调整》，艾兰、邢文编《新出简帛研究》，第 316—322 页。

② 班固：《汉书》，第 3515 页。

文类聚》卷五十六）①

班固说：

> 君子道穷，命矣。故潜龙不见是而无闷。(《离骚序》)

　　李诚认为，以上"对屈原的评价，更直接依据《易传》《论语·泰伯》《诗·大雅·烝民》等儒家经典所倡导的明哲保身的为人处世之道。这种为人处世之道正是儒家学说塑造人格、个性起码、基本的要求，无疑也是班固们人格、个性修养的准则"②，甚确。汉儒把"时"与"遇"看作天命所出，这与《穷达以时》主题是一致的，在"穷"之时，对自己躬省的要求也是相同的。

　　而细读屈作，不难发现其中所反映的思想与当时流行的儒家观点是可以连读的。屈原在最初流放之时，所持观点与儒家相合。首先，屈原有过《穷达以时》所倡导的"敦于反己"：

> 进不入以离尤兮，退将复修吾初服。
> 制芰荷以为衣兮，集芙蓉以为裳。(《离骚》)

王逸注："言己诚欲遂进，竭其忠诚，君不肯纳，恐重遇祸，故将复去，修吾初始清洁之服也。……己进不见纳，犹复裁制芰荷，集合芙蓉，以为衣裳，被服愈洁，修善益明。""退而复修"，是屈原的思考和躬省，此点与儒家主张相合。

　　他也有过"明哲保身"的想法，如在《惜诵》中说：

---

　　① 班彪：《悼离骚》，严可均辑《全上古三代秦汉三国六朝文》（第二册），河北教育出版社，1997年，第232页。

　　② 李诚：《楚辞论稿》（增订本），华龄出版社，2006年，第509—510页。

> 恐情质之不信兮，故重著以自明。
>
> 矫兹媚以私处兮，愿曾思而远身。

此节王逸曰："言我修善不懈，恐君不深照己之情，故复重深陈，饮食清洁，以自著明也。……己举此众善，可以事君，则愿私居远处，唯重思而察之。"游国恩指出："可见他此时正是进退两难的情形，他想迟疑不去，又怕为小人所害；想高飞远举，又怕怀王责他悆然寡情，但最后还是想远身避害。"①

《穷达以时》以乐观进取的精神激励自我，屈原也曾以《穷达以时》篇所述贤臣遇明君的故事勉励自己。如《悲回风》一篇，萧兵评价说："它与《惜往日》的决绝，《哀郢》之沉痛，都不大一样。在失望里仍存希望，于隐遁中依然追求；尽管决死而不偷生之志依然分明。"②屈原的这种自我激励，同时也是一种渴求，即希望得到明君的赏识。屈赋中处处体现着这种渴望之情，他所举明君求贤臣的事例，远远多于《穷达以时》。

经历了一系列打击后，屈原对他所信从的"天"产生了疑问，《史记》相关记载对此做了交代：

> 夫天者，人之始也；父母者，人之本也。人穷则反本，故劳苦倦极，未尝不呼天也；疾痛惨怛，未尝不呼父母也。屈平正道直行，竭忠尽智以事其君，谗人间之，可谓穷矣。信而见疑，忠而被谤，能无怨乎？③

屈原"以为像我这样热心为国，反被谗人离间，所谓'正道直行，竭忠尽智'的人，竟然没有好结果，可见天道真是无凭了。但他又转念一想：天道真是无

---

① 游国恩：《屈原》，《游国恩楚辞论著集》（第三卷），第102页。
② 萧兵：《楚辞全译》，江苏古籍出版社，1998年，第144页。
③ 引文出自《史记·屈原贾生列传》，不过据汤炳正认为，此段是刘安《离骚传》内容，为今本《史记》所引用，后人窜入。此说可从，参汤炳正：《〈屈原列传〉理惑》，《汤炳正论楚辞》，第9—32页。

凭的吗？所以终于忍不住要问"①。为此，屈原作了《天问》一文，对天命与天道提出了疑问。

从"报国无门"，到再被放逐，加上郢都失陷，屈原痛心疾首，直至彻底绝望。《九章》的后几篇揭示了他此时的精神状态，《怀沙》说：

> 怀质抱情，独无匹兮。
> 伯乐既没，骥焉程兮？
> 万民之生，各有所错兮。
> 定心广志，余何畏惧兮？
> 曾伤爰哀，永叹喟兮。
> 世溷浊莫吾知，人心不可谓兮。
> 知死不可让，愿勿爱兮。
> 明告君子，吾将以为类兮。

从以上文句中足见屈原已经绝望，"伯乐既没，骥焉程兮？"接下来他可以做什么呢？他没有像孔子及战国术士那样，游说诸侯，他认为自己是楚国贵胄，不能离开自己热爱的国家，最终选择了自杀殉国。

高正认为《穷达以时》篇对屈原《九歌》《离骚》《九章》的创作有一定影响，他指出：

> 《穷达以时》中的"时"，指"时机"，是一种自然（天）的机遇。屈原《九歌》中的《湘君》云"岂（时）不可兮再得"，《湘夫人》云"时不可兮骤得"，其中的"时"，均应指"时机"。《离骚》曰："忳郁邑余侘傺兮，吾独穷困乎此时也！"这就与"穷达以时"的思想非常吻合了。《九章》中的《思美人》云"迁逡次而勿驱兮，聊假日以须岂（时）"，"须时"

---

① 游国恩：《屈原》，《游国恩楚辞论著集》（第三卷），第79页。

即等待时机。《涉江》云"阴阳易位，时不当兮"，则言时机不适当，阴阳错了位。这些都与《穷达以时》中的观点有关。[1]

按：此说有理。屈原博闻强识，极有可能看到了《穷达以时》。退一步说，即使没有看到此篇，儒家的主张，必然为屈原熟知。如李零指出，《穷达以时》所反映的儒家天道观，"强调'天道'对'人事'的绝对支配。所以，我们也可以说，儒家的天道观是一种简单而直白的表述，它和当时一般的社会心理并没有太大区别"[2]。因此，可以说，屈原在作品中，表白心迹，某种程度上是对儒家思想的回应。

从屈原作品的年代看，随着人生历程的不断变化，屈原的心理也随之产生了改变。春秋战国的形势，为士人提供了多方的选择，"合则留，不合则去"，即使是孔子，也是这样认为的。当遇到困难和挫折时，他们并不灰心，因为他们坚信自己能够找到实现抱负的地方，不像屈原最终彻底绝望。这就注定了儒家（也包含其他各家）在人生的归宿选择上和屈原有大不同。

（二）从屈原对令尹子文的批评蠡测

在汉儒对屈原的批评中，值得一提的是班彪、班固父子，尤其是班固"独树一帜"的态度。这反映在他所作《离骚序》[3]中：

> 今若屈原，露才扬己，竞乎危国群小之间，以离谗贼，然责数怀王，怨恶椒兰，愁神苦思，强非其人，忿怼不容，沉江而死，亦贬洁狂狷景行之士。

---

① 高正：《屈原与郭店楚墓竹书》，赵敦华主编《哲学门》（第18辑），北京大学出版社，2009年，第45页。按：高正认为郭店楚墓墓主为屈原，不可信从，此说在网络上发表较早，已经有不少学者予以反驳。我们认为，其中的一些思考还是值得重视的，郭店楚简所载文献，对屈原应产生了一定的影响。

② 李零：《郭店楚简校读记》（增订本），第116—117页。

③ 洪兴祖：《楚辞补注》，第49页。

对班固的批评态度，东汉王逸以来就不断有学者提出质疑。这一问题当今学者也有不同的论述，但他们的看法主要是从班固个人际遇以及他所处的经学社会背景来分析的。我们认为班固之所以对屈原持批评态度，其中还有重要的个人因素在于屈原对其祖先令尹子文的强烈批判。

这不妨从班固自撰的《汉书·叙传》说起。班固自述其祖先曰："班氏之先，与楚同姓，令尹子文之后也。子文初生，弃于瞢中，而虎乳之。楚人谓乳'穀'，谓虎'於菟'，故名穀於菟，字子文。楚人谓虎'班'，其子以为号。"①其实子文身世并不好，他是斗伯比与其表姐（妹）通奸而生的私生子，还曾被遗弃。这在《左传》宣公四年中有详细记载："初，若敖娶于䢵，生斗伯比。若敖卒，从其母畜于䢵，淫于䢵子之女，生子文焉。䢵夫人使弃诸梦中，虎乳之。䢵子田，见之，惧而归，夫人以告，遂使收之。楚人谓乳谷，谓虎於菟，故命之曰斗谷於菟。以其女妻伯比，实为令尹子文。"②这一点班固当然知道，但他在《叙传》里却只字未提，反在拟《骚》而作的《幽通之赋》中才表白身世，"系高顼之玄胄兮，氏中叶之炳灵"，应劭曰："系，连也。胄，绪也。言己高阳颛顼之连绪也。颛顼北方水位，故称玄。中叶，谓令尹子文也。虎乳，故曰炳灵。"③可见班固十分推崇先祖子文并以自己的"家世"为荣。

然而屈原在《天问》中却把子文的身世揭露出来：

何环间穿社，以及丘陵，是淫是荡？爰出子文？

"间"指里门，古人以家族为单位聚族而居，居处有里门，是众人通过的地方，"恋爱者为了避人眼目，自然要绕过此里门"④。"社"是祭祀的地方，也是年轻男女恋爱之所。屈原此说意指子文的父母为了"淫欲"，跑到丘陵无人处"野

---

① 班固：《汉书》，第4197页。
② 杨伯峻：《春秋左传注》，第682—683页。
③ 班固：《汉书》，第4213页。
④ 孙作云：《孙作云文集·〈楚辞〉研究》（下），第714页。

合"，在"环闾穿社，以及丘陵"的环境下"偷情"而生子文，这是一种更具有讽刺意味的说法，屈原又加上"是淫是荡？爰出子文？"可以说是对子文无情的嘲讽。有意思的是，屈原的这种嘲讽口气，后世注者却予以了删改，把该句改为今传本的"何环穿自闾社丘陵，爰出子文？"闻一多说："今本云云，必后人恶其猥亵而改之如此。"① 后世注者尚且如此，况子文后裔——儒家正统思想熏陶下的班固。

不仅如此，屈原还认定子文是一个篡夺君权的"逆臣贼子"，这点已经为诸多楚辞学家所揭示，如楚史专家张正明所分析："斗谷於菟（即子文）在（楚）文王时已经建功立业，对成王的即位起过特殊重要的作用。《天问》在'爰出子文'一句之后接着写道：'吾告堵敖以不长，何试（弑）上自予，忠名弥彰？'细味文意，杀死堵敖和拥立成王的主谋就是斗谷於菟。"② 据著名楚辞学家汤炳正考证，班固熟读《楚辞》，还著有《离骚经章句》和《离骚赞》二书（皆已亡佚，现仅存《离骚序》和《离骚赞序》二序）③，因而他肯定清楚屈原所指，自然不能接受这一点，尤其屈原还把素来称为"贤臣"的子文与卖国求荣的子兰看成一类人。

班固为世之良史，但"为尊者讳、为亲者讳、为贤者讳"也是史家的"传统"，"班固在《汉书》中，对统治阶级中的人物，有时虽然也有讥刺之辞，但总的说来，是褒多于贬，为尊贵者讳，甚至有意造作粉饰之辞"④，这是班固在"为尊者讳"。《叙传》中，他不讲子文的身世，是在"为亲者讳"。屈原因嘲讽、批判了子文，在父子尚且相隐的儒家社会，班固对屈原有批评，也是"合情合理"的。

还需要指出的是，班固虽然不平，但也很难公开地为子文辩护，毕竟屈原所说是符合史实的；他虽喜爱骚体，但对屈原批判子文的做法是相当不满的。

---

① 闻一多：《闻一多全集》（楚辞编），第 174 页。
② 张正明：《楚史》，湖北教育出版社，1995 年，第 96 页。
③ 汤炳正：《渊研楼屈学存稿》，第 134—138 页。
④ 安作璋：《班固》，《中国史学家评传》（上），中州古籍出版社，1985 年，第 90 页。

因此，虽然在仅存不足千字的班固评骚作品《离骚序》和《离骚赞序》二序中，我们仍可以看到他为此事而批评屈原的影子。如上引《离骚序》所述，班固认为屈原"露才扬己"，重要的表现就是"责数怀王，怨恶椒兰"。班固当然知道怀王的昏庸和子兰的无耻，但在他看来，若屈原仅责怀王、子兰也就罢了，屈原又"愁神苦思，强非其人"（这才是班固批评屈原的中心，"强非其人"似有颠倒黑白之意），不仅数次以比喻形式讽刺怀王，如《离骚》"荃不察余之中情兮，反信谗而齌怒"，"初既与余成言兮，后悔遁而有他"；他还借古讽今，使用了"不恰当"的比喻——"强非其人"——在《天问》末点题处猛烈地抨击了班固先祖子文，这正是班固所不能容忍的。

附录二

一、浅论孙作云先生的楚辞研究

　　孙作云是著名的历史学家、考古学家、文献学家，在文史学界享有很高的声望，尤其在《诗经》、楚辞、神话等领域的研究中卓有成就。孙先生在 20 世纪 30 年代师从闻一多，继承了闻一多的学术理论和方法，被闻一多看作"继承他的衣钵的人"①。楚辞学是孙作云用力最勤、成果最多的领域，是他学术研究的重要阵地，贯穿其学术生涯的终始：1936 年，孙作云在闻一多指导下发表了第一篇论文《〈九歌〉山鬼考》；1978 年，孙作云辞世，生前一直在研究楚辞，并制定了一系列的相关研究规划。②

　　笔者绎读孙作云著作，收获颇多。今逢孙作云百年诞辰，敬作此文，试对孙作云楚辞研究的理论方法和学术特点做一浅析。孙先生学识宏博，笔者之力难以尽述，不当之处，恳请师长批评指正。

---

　　① 1938 年 12 月闻一多写给孙作云的信中说："在学生中没有比你更了解我的，做学问如此，其他一切莫不皆然。"闻一多被刺杀后，孙作云在《忆一多师》一文说："他认为我是一个可以继承他的衣钵的人。"

　　② 孙作云先生致史树青先生的信，见史树青为《孙作云文集》所作的序。

（一）从史料学的角度研究楚辞

1917 年，王国维发表《殷卜辞中所见先公先王考》一文，将楚辞与甲骨文等材料结合，印证了《史记》语焉不详的殷先公王季、王恒、王亥、上甲微，直接证明了楚辞重大的史料价值，开创了楚辞研究的新方法，为楚辞研究指明了方向。自此以后，学者方始注意楚辞的史料价值。

20 世纪的老一辈楚辞学者，如姜亮夫、林庚等都注重研究楚辞所见的古代史事，但他们的研究相对零散，相较而言，孙作云对楚辞所见古史的研究较为系统，并将楚辞提升到了史料学的高度。如孙作云在《〈楚辞〉与上古史研究》一文中指出："作为史料来用，可以说所有这些作品（引者注：指《汉书·艺文志》载屈原赋 25 篇）没有一篇没有用处，尤其是《天问》和《大招》。"① 这里我们即以《天问》和《大招》为例予以分析。

孙作云完全以史料学的眼光研究《天问》，先后写出《〈天问〉对于上古史研究的贡献》《从〈天问〉看夏初建国史》等文章，特举十个例子说明，"作为史料的源泉，《天问》对于我们研究上古史，特别是氏族社会末期史及氏族发展到国家的历史，是有很大贡献的"。除上述资料外，孙作云又介绍了《天问》对研究夏代史、商代史、西周史、春秋史的价值，他说："《天问》的问题，是从天地开辟问到春秋末年，屈原的其他作品则是战国中期的直接史料；如此说来，整个的屈原作品，包括宋玉的两篇作品在内，是从远古一直到战国时代的史料，其时间不可谓不久，其内容不可谓不丰富。"②

但是，千百年来《天问》素以难读著称，如清代学者贺贻孙就评价《天问》"无首无尾，无伦无次，无断无案，倏而问此，倏而问彼，倏而问可解，倏而问不可解"，这代表了相当一部分学者的认识。为何会出现这种情况？清代学者屈复的《楚辞新注》、夏大霖的《屈骚心印》等提出了《天问》存在

---

①② 孙作云：《〈楚辞〉与上古史研究》，《孙作云文集·〈楚辞〉研究》（上），第 142—152 页。

"错简"的说法。

孙作云同意这一说法，他不仅从出土竹简形制、编联等方面分析了错简存在的可能性，更从历史发展的角度出发对这些错简进行重新的整理。他认为："今本《天问》章次错了全文的三分之一，不把这些错简更正过来，想读懂《天问》是不可能的。"[①]这一提法，得到不少学者的赞同。当然也有学者对《天问》是否存在错简持不同意见，认为所谓"文义不次"并非错简造成的；也有的学者认为用错简理论整理《天问》是最简单，也是最粗暴的。笔者以为，用错简的理论来整理研究《天问》乃至楚辞，不失为了解楚辞文本的重要方法，孙作云对错简的整理，是基于他对《天问》内容的深刻认识基础之上的，凝聚了他多年的研究心得，而从实际效果看，其梳理确实使我们更好地理解《天问》，也更让我们充分认识其史料价值。

孙作云的这些观点，收入其所著《天问研究》，这是第一部以历史为主线，利用考古资料进行系统研究的学术著作，也是20世纪《天问》研究中最具代表性的一部作品，同时，这还是一部学风严谨的"先秦史"著作。先秦史学家朱凤瀚、徐勇在总结20世纪先秦史研究概况时曾这样说："从史学角度对《天问》研究最为系统、深入的近人著作，是孙作云的《天问研究》，应作为读《天问》时的必读参考书籍。"[②]

再看《大招》。一般认为，《招魂》的作者是屈原，而《大招》不是。孙作云并不赞同此点，他从思想内容、写作年代，以及与《招魂》的比较等方面考证《大招》是屈原所作，反映了屈原的政治思想。笔者以为，这一论证层层深入，十分精当，更重要的是得到了考古资料的印证。在这里先看《大招》有关记载：

名声若日，照四海只。德誉配天，万民理只。北至幽陵，南交趾只。

① 孙作云：《〈天问〉的错简问题》，《孙作云文集·〈楚辞〉研究》（下），第542—547页。
② 朱凤瀚、徐勇：《先秦史研究概要》，第62—64页。

西薄羊肠，东穷海只。魂乎归来！尚贤士只。发政献行，禁苛暴只。举杰压陛，诛讥罢只。直赢在位，近禹麾只。豪杰执政，流泽施只。魂乎归来，国家为只。

学者之所以会认为《大招》非屈原所作，是因为对上文中"北至幽陵，南交趾只。西薄羊肠，东穷海只"有异议，云："其国之四至，实乃秦汉之世，四海为一、天下一统的盛世版舆，并非楚国之实况。故疑《大招》乃秦汉之际人事拟《招魂》的吊屈之作……"[1] 其实，从上博简《容成氏》来看，这完全是战国时代的思想，《容成氏》说：

禹乃因山陵平隰之可封邑者而繁实之。乃因迩以知远，去苛而行简。因民之欲，会天地之利。夫是以近者悦，而远者自至。四海之内及四海之外皆请贡。禹然后始为之号旗，以辨其左右，思民毋惑。东方之旗以日，西方之旗以月，南方之旗以蛇，中正之旗以熊，北方之旗以鸟。禹然后始行以俭，衣不褒美，食不重味，朝不车逆，春不毇米，齰不折骨。

细心推敲，可以看出这与《大招》记载多有相合：《容成氏》言禹得到四海臣服，亦即《尚书·禹贡》"东渐于海，西被于流沙，朔南暨声教讫于四海"，与《大招》"名声若日，照四海只。德誉配天，万民理只。北至幽陵，南交趾只。西薄羊肠，东穷海只"相同；《容成氏》载禹"去苛而行简""始行以俭"，而《大招》言"发政献行，禁苛暴只"；《容成氏》说禹"五让天下之贤者"，"见皋陶之贤也，而欲以为后"，而《大招》云"举杰压陛，诛讥罢只"。《容成氏》所记大禹的业绩，竟与《大招》中讽谏楚王的辞句相合，岂不异哉！仔细分析《大招》一文，便可涣然冰释，正如孙作云所论，《大招》是屈原的作品，而屈原是借当时流传的圣王大禹的故事来激励楚王的，"直赢

---

① 崔富章主编：《楚辞集校集释》，第 2260 页。

在位，近禹麾只"，"直赢"而"在位"者，即楚王，"近禹麾只"，是希望楚王能像大禹能建立号旗那样取得功绩。"魂兮归来，国家为只"，"为"，可为之义。《大招》最后说"尚三王只"，王逸注"三王，禹、汤、文王也"，更点明了这一主题。更主要的是，如孙作云论证《大招》的这些思想，与屈原其他作品所反映的思想内涵完全一致，即说明《大招》当是屈原的作品，而通过与《容成氏》的对读，我们更能体会到屈原忧国忧民的苦心，因而学者的怀疑不能成立。[①]

从对《天问》《大招》的研究中，可以看到孙作云十分注重楚辞的史料价值，利用各种方法对其内容进行剖析考证，让我们深刻了解了屈原时代的社会风貌和《天问》所反映的上古史事，对上古历史文化的研究具有重要价值。

（二）对考古资料的娴熟运用

二重证据法是王国维利用文献资料和甲骨记载相结合的基础上提出的。20世纪颇有几位学者利用考古资料研究楚辞，如于省吾利用古文字等资料训释楚辞词语等，姜亮夫、汤炳正结合考古资料研究楚辞名物等。同样，孙作云利用考古资料研究楚辞也是极具特色的。

孙作云既是一位历史学家，还是一位考古学家，具有深厚的考古学基础。1949 年之前，即担任沈阳博物馆研究员，1949 年后又在北京历史博物馆（中国历史博物馆前身）工作，承担中国通史展览的设计。调入河南工作后，多次参与汉代壁画墓、画像石墓葬资料的讨论，发表了一系列作品；经常参加考古发掘现场会，如 1977 年与著名考古学家夏鼐、安金槐、商志䃏等在登封告成遗址发掘现场讨论有关夏文化的问题。除此之外，孙作云还常为考古工作者讲解文献，尤其注意楚辞对于考古的关系，如刊发在河南洛阳专门文物保管所编印的《业务学习资料》上的《楚辞——考古工作者如何利用这部书》，就是他

---

① 代生：《考古发现与楚辞释词四则》，《南京师范大学文学院学报》2009 年第 4 期。

所做的演讲辞。他认为了解楚辞文本对于促进考古工作具有重要意义，他将自己结合考古资料研究楚辞的所得分为三个方面，一是认识名物，二是司命神像，三是《天问》的研究。他对楚辞名物的论述最为详细，孙作云说："二招中的许多妖怪，在劝说灵魂早回家时，又盛称宫室、园囿之美，侍从、嫔妃之众，音乐、舞蹈之乐，饮食、男女之欢，游戏、田猎之娱，以及种种物质陈设，是研究战国时代物质文化和精神文化的绝好材料，考古工作者应该充分利用它。"可以互相参证的有河南辉县出土错金嵌玉带钩与二招之犀比、鲜卑；《招魂》中"翡翠珠被"与马王堆一号汉墓出土羽毛绢，"粔籹"又见马王堆遣册；《东皇太一》"玉瑱（镇）"与长沙楚墓压席四角的"镇子"，等等。①

孙作云的《天问》研究，更是注重利用考古资料。前面我们谈到，孙作云从历史学的角度研究楚辞，他认为屈原创作《天问》的资料来源即春秋末期楚宗庙壁画。这些壁画现在虽然湮没不存，但可以利用汉画像石等有关资料作为印证。在《天问研究》一书中，他利用搜集到的34幅图像资料（主要是各地的画像石资料）作为说明。孙作云又谨慎地指出："《天问》虽然是根据壁画发问的，但不能因此说，凡是《天问》中所问的，都一一见于壁画。我认为，《天问》中所问的重要事项，一定见于壁画，但屈原根据这些壁画发问时，往往上钩下连，牵涉许多史事，而不会皆见于壁画。"②孙作云对《天问》错简的整理，也是基于这个原因。

在注释《天问》时，他曾指出了自己的原则："新注力求用屈原原文注《天问》，对于新出土的竹简、帛书，在注释通假字时尽量利用之。""新注内尽量利用考古资料（壁画、画像石、画像砖、帛画、漆画、铜器花纹等），不仅用来恢复屈原所参观的楚先王庙壁画，而且有时可以作为错简证明（如问天部分内三章错简及春秋部分错简），也可以与注释对参，成为注释的一部分，其

---

① 孙作云：《楚辞——考古工作者如何利用这部书》，《孙作云文集·〈楚辞〉研究》（上），第157—161页。

② 孙作云：《从〈天问〉中所见的春秋末年楚宗庙壁画》，《孙作云文集·〈楚辞〉研究》（下），第548页。

意不在供观赏。"由此可见，孙作云的楚辞研究，既充分重视竹简、帛书等出土文字资料，又大量利用壁画、画像石、铜器花纹等"无字"考古资料，这是对"二重证据法"的重要突破。关于此点，著名学者陈子展就多次表示："孙作云教授用考古新发现的材料来研究先秦文学著作，他是《楚辞》专家，从这个角度研究，往往有独到的见解。"①事实上，即使当代的一些学者研究楚辞，仍限于与出土文字的结合，而未重视"无字"考古材料的利用，孙作云的方法值得我们学习。

（三）对古俗的重视及"三重证据法"的提出与应用

闻一多研究的一大特色就是充分利用民俗学、民族学、神话学资料研究《诗经》、楚辞及上古历史文化，其名作《伏羲考》《高唐神女传说之分析》是这方面的代表。综观孙作云的学术成果，无疑是继承和发展了闻一多的学术方法。孙作云所发表的第一篇论文《九歌山鬼考》就是在闻一多指导下利用其理论方法展开研究的，就其学术价值而言，可谓《高唐神女传说之分析》的续篇。②

在此研究的基础上，孙作云也将研究范围扩展到了民俗学、神话学的领域，如孙心一所说："先生从《九歌》研究漫延到神话传说、民俗的研究，不能不归功于学生时代对《九歌》的探究。《九歌》是一组抒情诗，它所描写的许多神祇，既具有神话的研究价值，又与古代的祭祀典礼相关联，也具有民俗学的研究价值。因此，《九歌》的研究促使先生旁及神话传说和民俗学的开拓。"

① 汤漳平：《陈子展先生谈先秦文学及楚辞学研究》，《出土文献与〈楚辞·九歌〉》，第170、174页。

② 孙作云指出："本文立意乃受闻一多先生《高唐神女传说之分析》之启发。属草时，又屡就正于先生。先生为之组织材料，时词新意，又蒙以所著关于《诗经》《楚辞》之手稿数种借用。脱稿后，先生于文字上复多所润色。"此处虽有孙作云自谦之意，仍可知闻一多的影响之大，我们把《山鬼考》视为《高唐神女传说之分析》续篇可以从理论方法等方面得到证实。

出于对古代风俗资料的重视，孙作云在 20 世纪 40 年代提出了"三重证据法"①，在《中国古代神话传说研究》一文中，他指出：

> 古史的研究，不但取材于书本，而且要取材于古物，所谓两层证明法实在是治史的不二法门。我的意思，应该在古物之外，再加一个古俗，用古代的风俗来帮助文献和考古之不足；这个方法可以叫作"三重证据法"。

孙作云在充分肯定王国维"二重证据法"的重要价值的基础上，将"古俗"作为一重证据来补充二重证据法，形成了三重证据法。这一理论方法是孙作云继承前人研究并结合自己多年来的研究实践提出的。还需要指出的是，从孙作云的研究实践来看，他所说的古俗，正是民俗学、神话学的资料。

有关三重证据法的提法，学术界尚有不同意见，一般认为是饶宗颐和杨向奎等先生提出的，如饶宗颐将王国维二重证据法中的考古资料析为田野考古资料和甲骨，视为三重证据法。杨向奎 1987 年在《宗周社会与礼乐文明》序言中指出："文献不足则取决于考古材料，再不足则取决于民族学方面的研究。过去，研究中国古代史讲双重证据，即文献与考古相结合。鉴于中国各民族社会发展不平衡，民族学的材料，更可以补文献考古之不足，所以古史研究中三重证据代替了过去的双重证。"②

三重证据法的提出，无疑是学术史上理论方法的重要突破。这一点无须笔者重加讨论，而孙作云于 20 世纪 40 年代最早明确提出三重证据法，比 20 世纪 80 年代多位学者先后提出的三重证据要早三四十年的时间，学术价值可谓重大。

---

① 朱仙林对孙作云提出的"三重证据法"也有讨论，他从神话学的角度写了多篇有关孙作云研究评价的文章，如《孙作云图腾神话研究解析》(《民族艺术》2011 年第 2 期)、《孙作云与中国古代神话研究》(《中南大学学报》2011 年第 3 期)、《孙作云民俗学视野下的神话研究》(《民族艺术》2011 年第 4 期)。

② 杨向奎：《宗周社会与礼乐文明》，第 2 页。

可惜的是，由于孙先生早逝，其作品未能及时发表，使得学术界仍为谁先提出三重证据法争议。今先生遗作公开发表，我们应还其一个合理的"评价"！

在《九歌》研究中，我们会经常看到孙作云利用深厚的民俗学、神话学理论基础，结合考古资料展开研究。孙作云对司命神的考证最为精彩：以往学者对大司命和少司命的职掌分工意见不一，众说纷纭，而孙作云根据传世洹子孟姜壶铭文记载齐侯祭祀司命神的情况，认为这里的司命是大司命，即司掌成年人之命的神祇。他又根据20世纪50年代在山东济宁征集到的一个汉代石雕人像，"其像作半身立状，头大、戴冠、面部丰盈、博衣大袖，左手抱一婴儿，右手持一长方形物，右腕下并悬一物"，结合应劭《风俗通义》记载齐地重司命神这一古俗的记述，认为这个石像就是东汉民间的司命神，其怀抱小孩，当与司掌少儿之命有关。按：孙作云在前贤基础上结合考古资料对大司命和少司命的讨论十分正确。长沙子弹库战国帛书《天象》篇记载说，彗星的出现给人间带来了灾祸，其中重要的一点即"民则有殻亡，有相扰……"李学勤提出："'殻'，《尔雅·释亲》：'子也。''有殻亡'意为小儿夭折。"[1] 由此可知，彗星的出现会导致小儿的夭折。《九歌·少司命》中，一般认为"孔盖兮翠旍，登九天兮抚彗星；竦长剑兮拥幼艾，荪独宜兮为民正"几句是有关少司命司掌的关键。根据两位先生的讨论，笔者认为，少司命"登九天兮抚彗星"，不是一般意义上学者认为的减免灾祸，而是挽救小儿性命，帛书《天象》记载即证明。结合"竦长剑兮拥幼艾"来看，少司命登九天，抚彗星，其目的应该是"拥幼艾"——保护儿童性命，两句表达的实际上是一个主题。以往学者对"孔盖兮翠旍，登九天兮抚彗星"与"竦长剑兮拥幼艾，荪独宜兮为民正"两句多分而论之，或强调少司命"抚彗星"，或强调"拥幼艾"，很少论及二者的密切关系，所得结论自然会有争议。对于少司命司掌的是儿童生命这一观点的确认[2]，足见孙作云推断的正确性。

---

[1] 李学勤：《楚帛书中的天象》，《简帛佚籍与学术史》，第42页。

[2] 代生：《考古发现与楚辞研究——以古史、神话及传说为中心的考察》，南京大学博士学位论文（指导教师：范毓周），2011年。

孙作云晚年更是将三重证据法运用到注释研究《天问》中，如他所述"至于《天问》中神话传说、民俗迷信之多，是无与伦比的，在这里既可以考证历史，又可以考证民俗，或与古代艺术相参证"①。

我们曾作文指出，20世纪的楚辞研究取得了巨大的进步，也是楚辞学史上值得大书特书的时代。溯其根源，一是新理论的引进，诸如图腾理论、文化人类学理论，使我们可以从不同角度展开研究；二是新材料的发现——主要是考古资料的发现，为我们的研究提供了大量的参考资料，使我们可以对传统注释进行补充或修订。② 从上文讨论来看，孙作云研究楚辞，谙熟文献，既重视理论方法，又重视考古资料，取得丰硕的成果的同时也形成了自己鲜明的研究特色，犹如一面独树一帜的彩旗屹立于楚辞学史。

　　按：笔者在姜亮夫弟子江林昌先生门下攻读硕士学位，所读的第一部楚辞著作即是孙作云先生的《天问研究》，也正是这一部书，使我对《天问》产生了兴趣，并以之作为论文选题；2008年笔者考入范毓周师门下，成为孙先生再传弟子，经常聆听师母、孙先生女儿孙心菲女士的教诲，更多地了解了生活中的孙作云先生。在孙先生学术思想影响下，范师指导我利用考古资料研究楚辞，并以古史、神话及传说为考察重点形成博士论文选题，在研究中，我深刻体会到了孙先生的学问的博大精深，但限于水平，笔者远远未能窥其学术涯略，因此拙文仅是就先生的一些理论方法进行粗浅探讨。除此之外，先生研究屈原生平及作品编年，《离骚》相关问题，《九歌》的性质，等等，皆提出了独到的见解，至今为学界广泛引用，囿于学识，不再讨论。

---

　　① 孙作云：《楚辞——考古工作者如何利用这部书》，《孙作云文集·〈楚辞〉研究》（上），第161页。

　　② 代生：《中国大陆20世纪考古发现与〈天问〉研究》，《社会科学评论》2009年第2期。

二、读《楚辞类稿》札记

《楚辞类稿》是已故楚辞学家汤炳正的一部力作，甚为学界推重。近研楚辞，故置《类稿》于案头，读之时有拍案叫绝之快，以往读书虽久，却罕有此感。先生治学之广博、精深，实令后学敬佩。笔者曾将有关感想随手记录，成札记数则，今取存疑者四试加讨论，以就教于方家。

（一）《离骚》：余既滋兰之九畹兮，又树蕙之百亩

《类稿》云："滋"字，洪氏《考异》云："《释文》作蔵。"考"蔵"字当与"栽"为同义之异体。《广韵·哈》"蔵，蔵莳"（蔵，祖才切）。而《离骚》王逸注云："滋，莳也。"又云："种莳众香。"则"滋"实"栽"之同音借字矣。以此推之，则王逸《章句》本或作"蔵"，不作"滋"，故以"莳"、"种"释其义，而不取滋润灌溉之说。至五臣注云"滋，益也"，则唐本殆已多作"滋"，不作"蔵"。是《释文》所据作"蔵"之本，当为汉本异文之仅存者。[1]

---

[1] 汤炳正：《楚辞类稿》，第181页。

按：汤先生所云有理，但认为"《章句》本或作哉，不作滋，故以莳、种释其义，而不取滋润灌溉之说"，则未必。《惜诵》有"播江离与滋菊兮"句，与《离骚》"滋"同，王逸仍训为莳。《广韵之部》也说："滋，莳也。"北魏李骞在其《释情赋》言"抱玉而怀珠，且滋兰而树蕙"（见《魏书》卷三十六《李顺传》附《李骞传》），无疑是化用《离骚》，此处仍用"滋"而不用"哉"。因而可知《离骚》"滋兰"说流传已久。视"哉"为异文尚可，但云"王逸《章句》本或作'哉'，不作'滋'"则证据不足。

（二）《惜往日》："乘骐骥而驰骋兮，无辔衔而自载"

《类稿》云：此句王逸注，各本皆作"如驾驽马而长驱也"。以"驽马"训"骐骥"，王逸虽迂腐，亦不至如此。……因此，王逸《章句》所据之汉代传本，正文或作"弃骐骥而驰骋兮"。因为"弃骐骥"，则当然是由于"驾驽马"，王注并不误。……而且"乘"之古写作"椉"，亦与"弃"形相近，故又以形近而与《离骚》句相混同。[①]

按：关于此句历来众说纷纭，向无定诂。汤先生以改字疏通文句，虽可通，但实无必要。查王逸注本，在"乘骐骥而驰骋兮"下注为"如驾驽马而长驱也"，"无辔衔而自载"下为"不能制御乘车将仆"，其实两注不当分离，而应连读，王逸意为：乘骐骥而无辔衔"如驾驽马"（明人李陈玉《楚辞笺注》已指出"无辔衔同于驽马"），此与下文"乘氾泭以下流兮，无舟楫而自备"句式相同。当是后人强拆王逸"如驾驽马而长驱也，不能制御乘车将仆"的解释而致误。而且若改为"弃"字，则王逸不必言"如"字。

又《战国策·齐策》载"《语》曰'骐骥之衰也，驽马先之'"，古语云此，可见，王逸将乘无辔衔之骐骥比作乘驽马也不为过。

---

① 汤炳正：《楚辞类稿》，第 362 页。

（三）《卜居》：詹尹乃端策拂龟

《类稿》云：《说文·言部》云："諯，数也。"此句"端策"之"端"，盖即"諯"之借字。"端策"与"拂龟"连举，即先数其策，又拭其龟，以为卜筮之准备。《淮南子·说山训》（按：当为《说林训》——引者注）云"筮者端策"，与此同义。《文选》张平子《思玄赋》云"文君为我端蓍"，"端蓍"亦即"端策"，卜者以蓍为策也。《韩非子·饰邪》云"凿龟数筴"，"数筴"即"諯策"也（古书"策""筴"通行无别）。洪氏《补注》引五臣云"立策拂龟以展敬也"，训"端"为"立"，乃望文生义。①

按：《说文》云："諯，数也。"但"数"是指责意思，如段玉裁《说文解字注》："数谓相数责也，今音读上声，相让，相责让，二义略同耳。"朱骏声《说文通训定声》云："按数其过而诮泽之。"因此，"諯"并不像汤先生所云"数"义。

而且《韩非子·饰邪》所云"凿龟数筴"，完整句子为"凿龟数筴，兆曰大吉，而以攻燕者赵也"。"凿"与"数"，是指占卜的过程。而《卜居》"端策拂龟"，如汤炳正先生所说"以为卜筮之准备"。二者决然不同，不可相混。《淮南子·说林训》"卜者操龟，筮者端策，以问于数，安所问之哉"，这里的"操"当训为"持"，"端"义当与"操"近，当与"数"无关。

（四）《招魂》"目极千里兮伤春心"

《类稿》云：王逸……又引"或曰：荡春心。荡，涤也。言春时泽平望远，可以涤荡愁思之心也"。考或本作"荡春心"是也；但王氏释"荡，

---

① 汤炳正：《楚辞类稿》，第403页。

涤也"则误。因为此处"荡"字当为动荡、摇荡之意。《左传》庄公四年，楚武王将伐随，"入告夫人邓曼曰：余心荡"。杜注云："荡，动散也。"是"荡心"或"心荡"乃楚恒语。"荡春心"者，谓感于春来时交，而忧心忡忡，振荡不宁也。[①]

按：汤先生所说可为一解，《九辩》即有"心怵惕而震荡兮"，可为补说。但直接否定王逸所引释荡为涤的说法并不恰当。荡、涤双声，为联绵字，自可互训，其义可参王国维先生《肃霜涤汤说》(《观堂集林》卷一)。《思美人》载："开春发岁兮，白日出之悠悠。吾将荡志而愉乐兮，遵江夏以娱忧。"王逸注"涤我忧愁，弘侁豫也"，此处王逸即以涤释荡。《哀郢》："登大坟以远望兮，聊以舒吾忧心。"舒为抒发之义，与荡义近。而这里的情景与《招魂》"乱曰：献岁发春兮……目极千里兮荡春心"极为相似：春日之来，极目远眺，当是"舒忧心"、荡愁思的最佳意境。王逸所引"或曰"的解释也应是以此为背景的。而且，汤先生所举西汉枚乘拟骚而作的《七发》云"陶阳气，荡春心"一句，从文义看，释"荡"为"涤"也更妥当。

---

① 汤炳正：《楚辞类稿》，第 448 页。

参考文献

一、古籍文献

司马迁：《史记》，中华书局，1972 年。

班　固：《汉书》，中华书局，1990 年。

杜　预：《春秋左传集解》，上海人民出版社，1977 年。

马瑞辰：《毛诗传笺通释》，中华书局，1989 年。

方玉润：《诗经原始》，中华书局，2007 年。

孙星衍：《尚书今古文注疏》，中华书局，1986 年。

陈寿祺：《尚书大传定本》，商务印书馆，1937 年。

孙诒让：《周礼正义》，中华书局，1987 年。

孙诒让：《墨子间诂》，中华书局，1986 年。

孙希旦：《礼记集解》，中华书局，1989 年。

王聘珍：《大戴礼记解诂》，中华书局，1983 年。

朱　彬：《礼记训纂》，中华书局，1996 年。

黄以周：《礼书通故》，中华书局，2007 年。

洪亮吉：《春秋左传诂》，中华书局，1987 年。

顾栋高：《春秋大事表》，中华书局，1993 年。

董增龄：《国语正义》，巴蜀书社，1985 年。

徐元诰：《国语集解》，中华书局，2002 年。

王先谦：《荀子集解》，中华书局，1987 年。

王先慎：《韩非子集解》，中华书局，1998 年。

二、楚辞类著作（以姓氏拼音为序）

陈子展：《楚辞直解》，江苏古籍出版社，1988 年。

褚斌杰：《楚辞要论》，北京大学出版社，2003 年。

崔富章总主编：《楚辞学文库》，湖北教育出版社，2003 年。

郭沫若：《屈原赋今译》，上海书店出版社，2003 年。

过常宝：《楚辞与原始宗教》，东方出版社，1997 年。

何剑熏：《楚辞新诂》，巴蜀书社，1994 年。

洪兴祖：《楚辞补注》，中华书局，2006 年。

江林昌：《楚辞与上古历史文化研究：中国古代太阳循环文化揭秘》，齐鲁书社，1998 年。

姜亮夫：《姜亮夫全集》，云南人民出版社，2002 年。

姜亮夫：《重订屈原赋校注》，天津古籍出版社，1987 年。

蒋天枢：《楚辞校释》，上海古籍出版社，1989 年。

金开诚：《屈原辞研究》，江苏古籍出版社，2000 年。

李　诚：《楚辞论稿》（增订本），华龄出版社，2006 年。

李大明：《汉楚辞学史》（增订本），华龄出版社，2006 年。

廖序东：《楚辞语法研究》，商务印书馆，2006 年。

林　庚：《林庚楚辞研究两种》，清华大学出版社，2006 年。

刘永济：《屈赋通笺》（附笺屈余义），中华书局，2007 年。

刘永济：《屈赋注音详解 屈赋释词》，中华书局，2007 年。

聂石樵：《楚辞新注》，商务印书馆，2004 年。

孙作云：《孙作云文集·〈楚辞〉研究》，河南大学出版社，2003 年。

孙作云：《天问研究》，中华书局，1989 年。

汤炳正：《楚辞类稿》，巴蜀书社，1988 年。

汤炳正：《屈赋新探》，齐鲁书社，1984 年。

汤炳正：《渊研楼屈学存稿》，华龄出版社，2004 年。

汤漳平：《出土文献与〈楚辞·九歌〉》，中国社会科学出版社，2004 年。

王夫之：《楚辞通释》，上海人民出版社，1975 年。

闻一多：《闻一多全集》（楚辞编），湖北人民出版社，1993 年。

萧　兵：《楚辞新探》，天津古籍出版社，1988 年。

萧　兵：《楚辞与神话》，江苏古籍出版社，1987 年。

殷光熹：《楚辞论丛》，巴蜀书社，2008 年。

游国恩：《楚辞论文集》，古典文学出版社，1957 年。

游国恩：《游国恩楚辞论著集》，中华书局，2008 年。

游国恩主编：《天问纂义》，中华书局，1982 年。

于省吾：《泽螺居诗经新证、泽螺居楚辞新证》，中华书局，2003 年。

赵　辉：《楚辞文化背景研究》，湖北教育出版社，1995 年。

赵逵夫：《屈原与他的时代》，人民文学出版社，2002 年。

周秉高：《楚辞原物》，内蒙古大学出版社，2008 年。

周建忠：《楚辞考论》，商务印书馆，2003 年。

朱碧莲：《还芝斋读楚辞》，上海古籍出版社，2008 年。

朱季海：《楚辞解故》，上海古籍出版社，1980 年。

朱　熹：《楚辞集注》，上海古籍出版社，1979 年。

三、今人著作（以姓氏拼音为序）

艾　兰、汪　涛、范毓周主编：《中国古代思维模式与阴阳五行说探源》，江苏古籍出版社，1998 年。

白于蓝：《简牍帛书通假字字典》，福建人民出版社，2008 年。

陈　剑：《甲骨金文考释论集》，线装书局，2007 年。

陈梦家：《殷墟卜辞综述》，中华书局，1988 年。

陈梦家：《西周铜器断代》，中华书局，2004 年。

陈　伟：《新出楚简研读》，武汉大学出版社，2010 年。

陈　伟等：《楚地出土战国简册》（十四种），经济科学出版社，2009 年。

方诗铭、王修龄：《古本竹书纪年辑证》（修订本），上海古籍出版社，1981 年。

冯胜君：《郭店简与上博简对比研究》，线装书局，2007 年。

冯友兰：《中国哲学简史》，北京大学出版社，1996 年。

傅斯年：《傅斯年全集》，台北联经出版事业公司，1980 年。

高　亨：《古字通假会典》，齐鲁书社，1989 年。

葛兆光：《中国思想史》，复旦大学出版社，2001 年。

顾颉刚：《顾颉刚学术文化随笔》，中国青年出版社，1998 年。

顾颉刚：《秦汉的方士与儒生》，上海古籍出版社，2005 年。

顾颉刚：《史林杂识初编》，中华书局，1963 年。

顾颉刚主编：《古史辨》，上海古籍出版社，1982 年。

顾颉刚、刘起釪：《尚书校释译论》，中华书局，2005 年。

郭永秉：《帝系新研》，北京大学出版社，2008 年。

何琳仪：《战国古文字典》，中华书局，1998 年。

何琳仪：《战国文字通论》（订补本），江苏教育出版社，2003 年。

河南省文物考古研究所：《新蔡葛陵楚墓》，大象出版社，2003 年。

湖北省博物馆：《曾侯乙墓》，文物出版社，1989 年。

湖北省荆沙铁路考古队：《包山楚墓》，文物出版社，1991 年。

湖北省文物考古研究所等：《九店楚简》，中华书局，2000 年。

胡厚宣：《甲骨学商史论丛初集》（外一种），河北教育出版社，2002 年。

黄天树：《黄天树古文字论集》，学苑出版社，2006 年。

贾海生：《周代礼乐文明实证》，中华书局，2010 年。

荆门市博物馆：《郭店楚墓竹简》，文物出版社，1998 年。

李家浩：《著名中年语言学家自选集·李家浩卷》，安徽教育出版社，2002 年。

李　零：《简帛古书与学术源流》，生活·读书·新知三联书店，2004 年。

李　零：《中国方术考》（修订本），东方出版社，2001 年。

李　零：《中国方术续考》，东方出版社，2000 年。

李　锐：《新出简帛的学术探索》，北京师范大学出版社，2010 年。

李学勤：《重写学术史》，河北教育出版社，2002 年。

李学勤：《简帛佚籍与学术史》，江西教育出版社，2001 年。

李学勤：《通向文明之路》，商务印书馆，2010 年。

李学勤：《文物中的古文明》，商务印书馆，2008 年。

李学勤：《中国古代文明研究》，华东师范大学出版社，2004 年。

李学勤：《缀古集》，上海古籍出版社，1998 年。

李学勤主编：《清华大学藏战国竹简》（壹），中西书局，2011 年。

刘乐贤：《简帛数术文献探论》，湖北教育出版社，2003 年。

刘梦溪主编：《中国现代学术经典·傅斯年卷》，河北教育出版社，1996 年。

刘梦溪主编：《中国现代学术经典·顾颉刚卷》，河北教育出版社，1996 年。

刘梦溪主编：《中国现代学术经典·黄侃、刘师培卷》，河北教育出版社，1996 年。

刘梦溪主编：《中国现代学术经典·余嘉锡、杨树达卷》，河北教育出版社，1996 年。

刘信芳：《子弹库楚墓出土文献研究》，台湾艺文印书馆，2002 年。

刘笑敢：《庄子哲学及其演变》，中国社会科学出版社，1987 年。

刘　钊：《古文字考释丛稿》，岳麓书社，2005 年。

马承源：《中国古代青铜器》，上海人民出版社，1982 年。

马承源主编：《上海博物馆藏战国楚竹书》（一），上海古籍出版社，2001 年。

马承源主编：《上海博物馆藏战国楚竹书》（二），上海古籍出版社，2002 年。

马承源主编：《上海博物馆藏战国楚竹书》（三），上海古籍出版社，2003 年。

马承源主编：《上海博物馆藏战国楚竹书》（四），上海古籍出版社，2004 年。

马承源主编：《上海博物馆藏战国楚竹书》（五），上海古籍出版社，2005 年。

马承源主编：《上海博物馆藏战国楚竹书》（六），上海古籍出版社，2007 年。

马承源主编：《上海博物馆藏战国楚竹书》（七），上海古籍出版社，2009 年。

裘锡圭：《古代文史研究新探》，江苏古籍出版社，1992 年。

裘锡圭：《中国出土古文献十讲》，复旦大学出版社，2004 年。

饶宗颐：《饶宗颐新出土文献论证》，上海古籍出版社，2005 年。

饶宗颐、曾宪通：《楚帛书》，香港中华书局，1985 年。

宋华强：《新蔡葛陵楚简新探》，武汉大学出版社，2010 年。

唐　兰：《殷墟文字记》，中华书局，1981 年。

王国维：《古史新证》，清华大学出版社，1995 年。

王国维：《观堂集林》，河北教育出版社，2003 年。

徐旭生：《中国古史的传说时代》，广西师范大学出版社，2003 年。

徐复观：《徐复观论经学史二种》，上海书店出版社，2002 年。

晏昌贵：《简帛数术与历史地理论集》，商务印书馆，2010 年。

晏昌贵：《巫鬼与淫祀——楚简所见方术宗教考》，武汉大学出版社，2010 年。

杨　宽：《古史新探》，中华书局，1965 年。

杨　宽：《西周史》，上海人民出版社，2003 年。

杨　宽：《战国史》，上海人民出版社，2003 年。

杨向奎：《中国古代社会与古代思想研究》，上海人民出版社，1962 年。

杨　华：《先秦礼乐文化》，湖北教育出版社，1996 年。

姚孝遂：《姚孝遂古文字论集》，中华书局，2010 年。

于省吾：《甲骨文字诂林》，中华书局，1999 年。

于省吾：《于省吾著作集》，中华书局，2009 年。

袁　珂：《神话学论文集》，上海古籍出版社，1982 年。

袁　珂：《中国古代神话》，中华书局，1960 年。

苑　利：《二十世纪中国民俗学经典·神话卷》，社会科学文献出版社，2002 年。

詹鄞鑫：《神灵与祭祀——中国传统宗教综论》，江苏古籍出版社，1992 年。

张光直：《考古学专题六讲》（增订本），生活·读书·新知三联书店，2010 年。

张光直：《青铜挥麈》，上海文艺出版社，2000 年。

张光直：《中国青铜时代》，生活·读书·新知三联书店，1999 年。

中国社会科学院考古研究所编：《殷周金文集成》，中华书局，1984 年。

中国社会科学院考古研究所、中国社会科学院古代文明研究中心：《中国文明起源研究要览》，文物出版社，2003 年。

四、学位论文（以姓氏拼音为序）

廖　群：《先秦两汉文学考古综论》，山东大学博士学位论文（指导教师：董治安），2004 年。

西山尚志：《可以和传世文献相对照的先秦出土文献》，山东大学博士学位论文（指导教师：郑杰文），2009 年。

徐广才：《考古发现与楚辞校读》，吉林大学博士学位论文（指导教师：吴振武），2008 年。

周建忠：《屈原考古新证》，上海师范大学博士学位论文（指导教师：孙逊），2004 年。

五、单篇论文（以姓氏拼音为序）

白于蓝：《释"玄咎"》，简帛研究网，2003 年 1 月 19 日。

蔡丹君：《舜在屈原辞中特殊地位考论》，首都师范大学文学院编《文学前沿》第 12 辑，学苑出版社，2007 年。

曹方向：《云梦睡虎地汉简"伍子胥故事残简"简序问题小议》，简帛网，2010 年 2 月 1 日。

曹锦炎：《上海博物馆藏楚竹书〈墨子〉佚文》，《文物》2006 年第 7 期。

曹旅宁：《睡虎地秦简所载魏律论考》，《广东教育学院学报》（社会科学版）2001 年第 3 期。

曹胜高：《〈河伯〉"以女妻河"考》，《古籍整理研究学刊》2010 年第 2 期。

常金仓：《中国神话学的基本问题：神话的历史化还是历史的神话化？》，《陕西师范大学学报》（哲学社会科学版）2000 年第 9 期。

陈公柔、张长寿：《殷墟青铜容器上鸟纹的断代研究》，《考古学报》1984 年第 3 期。

陈　剑：《楚辞〈惜诵〉解题》，《中文自学指导》2008 年第 5 期。

陈　剑：《郭店简〈穷达以时〉〈语丛四〉的几处简序调整》，艾兰、邢文编《新出简帛研究》，文物出版社，2004 年。

陈　剑：《据楚简文字说"离骚"》，谢维扬、朱渊清主编《新出土文献与古代文明研究》，上海大学出版社，2004 年。

陈　剑：《上博楚简〈容成氏〉与古史传说》，复旦大学出土文献与古文字研究中心网站，2008 年 7 月 31 日。

陈　剑：《上博简〈子羔〉〈从政〉篇的竹简拼合与编连问题小议》，《文物》2003 年第 5 期。

陈　剑：《上博竹书〈昭王与龚之脽〉与〈柬大王泊旱〉读后记》，简帛研究网，2005 年 2 月 15 日。

戴　霖、蔡运章：《秦简〈归妹〉卦辞与"嫦娥奔月"神话》，《史学月刊》2005 年第 9 期。

董　珊：《新蔡楚简所见的"颛顼"和"雎漳"》，简帛研究网，2003 年 12 月 7 日。

范毓周：《甲骨文中的"尹"与"工"——殷代职官考异之一》，《史学月刊》1995 年第 1 期。

范毓周：《说魯》，胡厚宣主编《全国商史学术讨论会论文集》，《殷都学刊》增刊，1985 年 2 月。

范毓周：《中国古代的"十日"传说》，《江苏社会科学》1990 年第 5 期。

复旦大学出土文献与古文字研究中心研究生读书会：《睡虎地 77 号墓西汉简牍书籍简校读》(程少轩执笔)，《出土文献与古文字研究》(第三辑)，复旦大学出版社，2010 年。

复旦大学出土文献与古文字研究中心研究生读书会：《清华简〈楚居〉研读札记》(蒋文执笔)，复旦大学出土文献与古文字研究中心网站，2011 年 1 月 5 日。

顾永新：《伍子胥故事丛考》，《国学研究》(第 10 卷)，北京大学出版社，2002 年。

郭常斐：《出土文献与〈楚辞·九歌〉研究》，《云梦学刊》2010 年第 2 期。

郭德维：《曾侯乙墓五弦琴上伏羲和女娲图象考释》，《江汉考古》2000 年第 1 期。

郭德维：《曾侯乙墓中漆箱上日月和伏羲、女娲图象试释》，《江汉考古》1981 年第 1 期。

何　驽：《陶寺文化遗址走出尧舜禹"传说时代"的探索》，《中国文化遗产》2004 年创刊号。

侯连海：《记安阳殷墟早期的鸟类》，《考古》1989 年第 10 期。

侯乃峰：《〈昭王与龚之脽〉第九简补说》，简帛研究网，2005 年 3 月 20 日。

胡厚宣：《甲骨文商族鸟图腾的遗迹》，《历史论丛》(第一辑)，中华书局，1964 年。

黄灵庚：《简帛文献与〈楚辞〉研究》，饶宗颐主编《华学》(第九、十辑)，上海古籍出版社，2008 年。

黄灵庚：《屈原咏叹伍子胥的文化内涵》，《国学研究》(第 9 卷)，北京大学出版社，2002 年。

贾海生：《楚简所见楚礼考论》，《文史》2008 年第 4 期。

江林昌：《楚辞异文考例》，《文献》1991 年第 3 期。

江林昌：《略论"九州"的范围和"九"的原始涵义》，《民族艺术》2001
年第 3 期。

江林昌：《五帝时代中华文明的重心不在中原》，《东岳论丛》2007 年第
2 期。

江林昌：《〈商颂〉作于商代的考古印证与〈夏颂〉〈商颂〉存于〈天问〉
的比较分析》，饶宗颐主编《华学》（第九、十辑），上海古籍出版社，2008 年。

江林昌、张卫静：《商族先公名号中的鸟图腾印记》，《寻根》2010 年第
6 期。

来国龙：《〈柬大王泊旱〉的叙事结构与宗教背景——兼释"杀祭"》，"中
国简帛学"国际论坛，2007 年 10 月。

兰甲云、陈戍国：《〈九歌〉祭祀性质辨析》，《西北师范大学学报》（社会
科学版）2006 年第 3 期。

李伯谦：《二里头文化的性质与族属问题》，《文物》1986 年第 6 期

李伯谦：《中国青铜器文化的发展阶段与分区系统》，杨楠编《考古学读
本》，北京大学出版社，2006 年。

李衡眉：《"妻后母、执嫂"原因探析》，《东岳论丛》1991 年第 3 期。

李家浩：《王家台秦简〈易占〉为〈归藏〉考》，《传统文化与现代化》
1997 年第 1 期。

李解民：《睡虎地秦简所载魏律研究》，《中华文史论丛》1987 年第 1 辑。

李　零：《重读史墙盘》，《吉金铸国史——周原出土西周青铜器精粹》，文
物出版社，2002 年。

李　零：《"三闾大夫"考——兼论楚国公族的兴衰》，简帛研究网，2000
年 8 月 3 日。

李　锐：《〈天问〉上甲微事迹新释》，北京师范大学编《商周文明学术研
讨会论文集》，2010 年 4 月。

李晓琼：《出土文献与〈楚辞·九歌〉近十年之研究》，《楚雄师范学院学

报》2008 年第 11 期。

李学勤：《〈楚辞〉与古史》，《东岳论丛》1996 年第 5 期。

李学勤：《齐侯壶的年代与史事》，《中华文史论丛》2006 年第 2 期。

李学勤：《舜庙遗址和尧舜传说》，《光明日报》2005 年 8 月 26 日。

力　之：《〈涉江〉的"伍子"为"伍子胥"无误辨》，《云梦学刊》2002 年第 4 期。

廖名春：《读〈上博五·鬼神之明〉篇札记》，简帛研究网，2006 年 2 月 20 日。

刘书惠：《从〈子羔〉篇看三代始祖感生神话》，《古籍整理研究学刊》2010 年第 3 期。

刘信芳：《包山楚简神名与〈九歌〉神祇》，《文学遗产》1993 年第 5 期。

刘信芳：《孔子所述吕望氏名身世辨析》，《孔子研究》2003 年第 5 期。

刘跃进、江林昌：《姜亮夫先生及其楚辞研究》，《文学遗产》1998 年第 3 期。

栾丰实：《二里头遗址中的东方因素》，《华夏考古》2006 年第 3 期。

罗　琨：《卜辞中的"河"及其在祀典中的地位》，《古文字研究》（第 22 辑），中华书局，2000 年。

罗　琨：《楚竹书本容成氏与商汤伐桀再探讨》，《甲骨文与殷商史（新一辑）》，线装书局，2009 年。

罗　琨：《殷卜辞中高祖王亥史迹寻绎》，《胡厚宣先生纪念文集》，科学出版社，1998 年。

罗新慧：《释"瑶台"——从上博简〈子羔〉谈上古婚俗》，《民俗研究》2004 年第 2 期。

孟蓬生：《上博竹书（四）闲诂》，简帛研究网，2005 年 2 月 15 日。

孟蓬生：《上博竹书（二）字词札记》，简帛网，2003 年 1 月 14 日。

潘啸龙、陈玉洁：《〈九歌〉性质辨析》，《长江学术》2006 年第 4 期。

彭邦炯：《从甲骨文的易说到有易与易水》，《殷都学刊》1999 年第 2 期。

钱耀鹏：《感生故事与早期政权的更迭》，《中原文物》2006 年第 3 期。

清华大学出土文献研究与保护中心：《清华大学藏战国竹简〈保训〉释文》，《文物》2009 年第 6 期。

裘锡圭：《谈谈随县曾侯乙墓的文字资料》，《文物》1979 年第 7 期。

饶宗颐：《楚缯书疏证》，《历史语言研究所集刊》第 40 期上册。

沈建华：《〈保训〉所见王亥史迹传说》，《光明日报》2009 年 4 月 20 日。

沈建华：《甲骨文中所见楚简"九邦"诸国》，中国殷商文化学会编《2004 年安阳殷商文明国际研讨会论文集》。

宋华强：《清华简"比佳"小议》，简帛网，2011 年 1 月 20 日。

舒大清：《伍子胥和楚国的复仇模式》，《中国文化研究》2004 年第 2 期。

苏建洲：《出土文献对楚辞校诂之贡献》，《中国学术年刊》第 20 期春季号，2005 年。

谭其骧：《二千一百多年前的一幅古地图》，《文物》1975 年第 2 期。

汤漳平：《〈远游〉应确认为屈原作品》，《中州学刊》2009 年第 3 期。

汤炳正：《从包山楚简看〈离骚〉的艺术构思与意象表现》，《文学遗产》1994 年第 2 期。

王恩田：《高青陈庄西周遗址与齐都营丘》，《管子学刊》2010 年第 3 期。

王明钦：《〈归藏〉与夏启的传说》，饶宗颐主编《华学》（第三辑），紫禁城出版社，1998 年。

王　青：《门外释犬》，《南京师范大学文学院学报》2004 年第 1 期。

王　青：《九歌新解》，《文学遗产》1991 年第 1 期。

王玉哲：《试论商代兄终弟及的继统法与殷商前期的社会性质》，《南开大学学报》1956 年第 1 期。

王　晖：《周初改制考》，《中国史研究》2000 年第 2 期。

王　晖、王建科：《出土文字资料与古代神话原型新探》，《北京师范大学学报》（社会科学版）2005 年第 1 期。

王　辉：《王家台秦简〈归藏〉校释 28 则》，《江汉考古》2003 年第 1 期。

吴其昌：《卜辞所见殷先公先王三续考》，《燕京学报》（第 14 期）。

吴荣曾：《监门考》，《中华文史论丛》1981 年第 3 辑。

吴荣曾：《〈监门考〉补记》，《先秦两汉史研究》，中华书局，1995 年。

武　沐、王希隆：《对乌孙收继婚制度的再认识》，《西域研究》2003 年第 4 期。

熊北生：《云梦睡虎地 77 号西汉墓出土简牍的清理与编联》，《出土文献研究》（第九辑），中华书局，2010 年。

许富宏：《略论二司命的祭祀对象及命名来源》，《南通师范学院学报》（哲学社会科学版）1999 年第 4 期。

后 记

2011 年 3 月，博士论文答辩前，我写过如下的后记：

　　这篇论文写了很长，却写得很短。写了很长，是从时间看，论文的许多想法，早在硕士期间即已形成，直到读博后才加工成文；写得很短，是从篇幅看，论文正文只有十多万字。写作的过程是喜悦的，当每每有点想法并成文的时候，是我最开心的时候，我会把这种喜悦带给每一个接触我的人。这个过程也是艰辛的，以考古资料研究楚辞，前辈时贤都在提倡，可是出土的楚辞作品只有阜阳汉简的几个字，更多时候我们是拿着考古资料做背景研究楚辞。即使如此，可以结合的东西仍然不多，求得突破更需要对楚辞文本、上古历史文化和出土文献的精熟，为了开阔思路，寻找题目，我经常边读楚辞，边翻阅出土文献，时常为了找一本书翻遍整个宿舍。晚上的时间对我来说是相当宝贵的，夜深人静的时候，可以端坐在书桌前总结和思考。临睡前，我会把相关书籍和专门的笔记本放在床头，很多思路都是在熄灯后想到的，然后借着手机的余光把这些想法记录下来；有时抑制不住兴奋，干脆打开电脑，为自己的想法搜集资料。论文的修改，也经历了这样的过程。

　　论文初成，首先要感谢业师范毓周先生。范师温文尔雅、平易近人，三年来对我关照有加。范师精研甲骨文，是著名的古文字学家，我本该以此为方向，努力为学，但鉴于本人资质愚钝，又惧怕三年难以交出像样的成果，遂坚持研习楚辞。范师宽容，允我继续以楚辞作为论文选题，并时常加以鼓励。好在学问是相通的，当我重新绎读老师论著时，发现老师的很多观点不仅可以作为本文的佐证，有的恰恰是本文的指导思想。这也进一步增加了我对老师的钦佩。论文的框架、写作、修改，无不凝聚着老师的心血。师母孙心菲女士也十分关心我的学习和生活。师母是著名历史学家、楚辞学家孙作云先生之女，时常会给我们讲述孙先生的事迹，而我们在座的学生对孙先生的为人、治学更是钦佩不已。总之，感谢老师和师母三年来对我的关心和帮助。

还要感谢我的硕士生导师江林昌先生。江老师引我进入学术之门，他对学术充满无限的激情，每次与老师见面，老师总是先以学术相谈，这种精神，使我受到了强烈的感染。老师对待我们几个学生如自己的孩子一样，学习中、生活中，无时不为我着想；论文的提纲，也曾请老师审阅并承蒙老师提出了很多宝贵意见，在此学生向老师道一声：谢谢您！

安作璋先生是著名的史学家，在我读大学时指导了我的学年论文和毕业论文，更以言传身教教我为人和为学，因此我自诩先生为"启蒙"老师。正是先生的鼓励，我才有了追求学问的志向，也是他的推荐，我才能进入烟台大学学习。三年前，记得我把硕士论文寄给安先生并汇报我已考入南大，先生收到论文后即打电话给我，谈及的第一个事情就是希望我继续以楚辞为学习方向，安先生说，做学问，只有持之以恒钻研下去，才能取得成就，浅尝辄止是永远不能成功的。那时我向先生表态说，我硕士学习的重心是《天问》，博士期间想在此基础上攻读其他篇章。去年暑假见到安先生，他仍关心我的学业，在此，我向先生表示诚挚的感谢，祝愿先生身体健康。

读博期间，我还有幸聆听了颜世安先生、水涛先生、周言先生所开课程，他们的讲授，给了我很大的启发；魏宜辉老师在入学初为我开列古文字书目，给了我许多指导。在此向诸位先生表示感谢。

范师门下，聚集了我们几位同学：博士后俞绍宏师兄专攻战国文字，真诚严谨；郭珂师姐研究乐舞与文明起源，为人热情大方；同级马媛媛研究上古妇女史，处事不拘小节；韩鼎研究民俗学和青铜器艺术，活泼开朗。我们经常凑在一起，人生、学术，海阔天空，无所不谈，在他们身上，我学到了许多宝贵的东西。舍友赵长贵、田志光学习认真刻苦，为我树立了榜样，也给我提供了许多帮助。

烟台大学孙进老师，是一位"良师益友"，始终关心我的学习，生活中也给了我很多帮助和鼓励，硕士同门张卫静、李秀亮，淳朴善良，多年来助我良多，谨此一并致谢。

研习楚辞，使我有幸认识了楚辞学界的前辈时贤，如在答辩会上认识了著名楚辞学者周建忠先生，并有幸向先生请教；结识了参加答辩的陈亮博士，陈博士待人真诚，给了我很大帮助。我还有幸认识了楚辞学家汤炳正先生之孙汤序波先生，并送我其祖父的《屈赋新探》（修订版）一书。在此，向各位先生表示感谢。

论文的许多章节，已刊发在各类刊物上，这些刊物，虽多不是所谓"核心"，但我是十分珍惜的，如其中的《云梦学刊》《职大学报》《漳州师范学院学报》，是专门刊发楚辞文章的重要刊物，在楚辞学界享有很高威望。后两个刊物主编为周秉高、汤漳平先生，他们是楚辞学研究的知名学者，能得到他们的认可，对我来说是莫大的鼓励。当前的学术评价，存在着一些漏洞，往往不以学术本身为标准，而以所发刊物为准绳，因此各类刊物都收取高额的版面费，以收费刊文，某种程度上是对学术的亵渎。读博之初，我定下交一分钱也不发文的原则，三年来，我是这样做的，所以，我更要感谢刊发论文的刊物和编辑们，既不收版面费，有的还有"丰厚"的稿费，使我的不成熟的拙文得以面世。

时光如梭，转眼间毕业已经近十年了。上述文字，一则诉说自己楚辞研究的历程，二则向师友以及期刊编辑表示感谢。在这里，我还要感谢参加我论文答辩及评阅的水涛、许苏民、裴安平、王健、刘兴林先生以及周建忠、江林昌先生，给我提出了许多中肯的修改意见，并给我莫大的鼓励。而如今发生了很多变化，我的工作单位变成了山东师范大学齐鲁文化研究院，我尊敬的老师安作璋先生也于 2019 年离我们而去……

不变的仍旧是人与人之间的感情。首先感谢江林昌老师，从入学到读博、工作、调动等方面，无不是老师的帮助，十几年来，老师待我们如自己的孩子一样，这份感情，我永远铭记在心。

写这篇补记的时候，听到林昌师在他的办公室打电话，这让我的思绪一下回到了十五年前。那时候老师教育我们要"守一经"，"通一经，通百经"，我们的思路却永远跟不上他，所以经常挨批，于是我就发愿，一定要学到老师的"真本领"，因此我斗胆向老师提出我要学楚辞。话说起来简单，做起来却很难，我是历史学本科毕业，怎么学，我一点底也没有。那时候，我在我们看书的特藏书库中找到了一本游国恩先生主编的《天问纂义》，发现里面记载的都是历史，于是我就硬着头皮去读，很多时候总是"见异思迁"，我就买来笔记本，依照《天问》条目，抄写学者的不同见解，强迫自己坚持。一本书抄写下来，我有了豁然开朗的感觉，一是提升了我的文献把握和历史认知水平，因为里面的注解无论对错，都引用了大量的文献，使得我对先秦历史有了较多的认识；还能够通晓《天问》的每一句话是什么意思，学者有几种看法。在此基础上再去读考古资料、出土文献，尤其是当时讨论热烈的上博简《容成氏》的时候，我就不由自主地把一些问题带入楚辞，想到哪一条可能和《天问》（或其注解）有关，后来竟有了几条不成熟的想法，高兴地就向老师汇报。江老师总是先给予鼓励，让我先写出来，再帮我修改，硕士论文的主体，就是这样完成的。抄书的方法对我这样静不下心来读书的人很奏效，为了报考博士，我又着循这一方法，抄录了《左传》部分内容，形成了几百张学术卡片。工作以后，因研究清华简《系年》要与《左传》比较，随后的几年间我又通读并抄录了两遍杨伯峻先生的《春秋左传注》，使我受益匪浅，我对清华简《系年》研究的大多数文章是那个时候写出来的。现在回想起来，一大早坐在桌前，摊开文献开始抄录的时光真是美好，可以边写边思考，形成了文章之后，再回来抄录……

　　这本小书的出版，是在江老师的督促下进行的。博士毕业后，我的兴趣更多地转向出土文献。其间虽然拉杂地写了点有关楚辞的文章，但我知道，接下来的很长时间我不再会以楚辞作为主攻方向了，然老师依然郑重地告诫我，要"守一经"……我现在研究的重点清华简、上博简，依然与楚辞密不可分，如读到清华简《四告》周公祭告皋陶，我的直觉不是读《尚书》，而是读楚辞中有关皋陶的几句话，然后我才去翻检《尚书》，查阅其他文献寻找有关皋陶的记载。我想这就是楚辞对我的影响，楚辞研究是我的学术起点，是我思考问题的"直觉"。

　　拉拉杂杂写了这么多，最重要的两个意思就是，感谢我的老师江林昌先生，没有老师的指导、帮助，就没有我的今天；再是要感谢屈原，感谢楚辞，清白做人，踏实读书。

　　我还要感谢生我养我的父母，他们供我读书，在家里最困难的时候也没有提出让我辍学，而是时常嘱咐我要好好读书，好好做人。工作以后，我却没有让他们过上安逸的生活，他们也没有任何怨言，还拿出微薄的积蓄供我买房，时常唠叨我要吃好，注意身体……

　　最后，要感谢的是我的妻子张少筠博士，我们从相识到今天已近二十年，她承担了家庭、照顾孩子等各种事务，而她的科研也是"风生水起"。她的备课和看书时间都是在我和女儿休息之后，有时到了凌晨。调入山东师大以来，我可自由支配的时间更少了，陪伴孩子的时间屈指可数，而陪伴妻子的时间更少，对此，她却很少有怨言，默默地支持我的工作。在这里，我要对我的妻子说一声谢谢！

2020年10月记于千佛山下

图书在版编目（CIP）数据

楚辞与古代文明 / 代生著. -- 北京：商务印书馆，
2022
（齐鲁文化与中华文明文库）
ISBN 978－7－100－20829－1

Ⅰ.①楚… Ⅱ.①代… Ⅲ.①楚辞研究 ②文化史－研
究－中国－古代 Ⅳ.①I207.223 ②K203

中国版本图书馆CIP数据核字（2022）第035533号

楚辞与古代文明

代 生 著

商 务 印 书 馆 出 版
（北京王府井大街36号 邮政编码100710）
商 务 印 书 馆 发 行
苏 州 市 越 洋 印 刷 有 限 公 司 印 刷
ISBN 978－7－100－20829－1

2022年8月第1版 开本710×1000 1/16
2022年8月第1次印刷 印张17.25
定价：118.00元